講談社文庫

襲来(上)

帚木蓬生

講談社

襲来 上
目次

襲来

上

鎌倉時代の関東と鎌倉

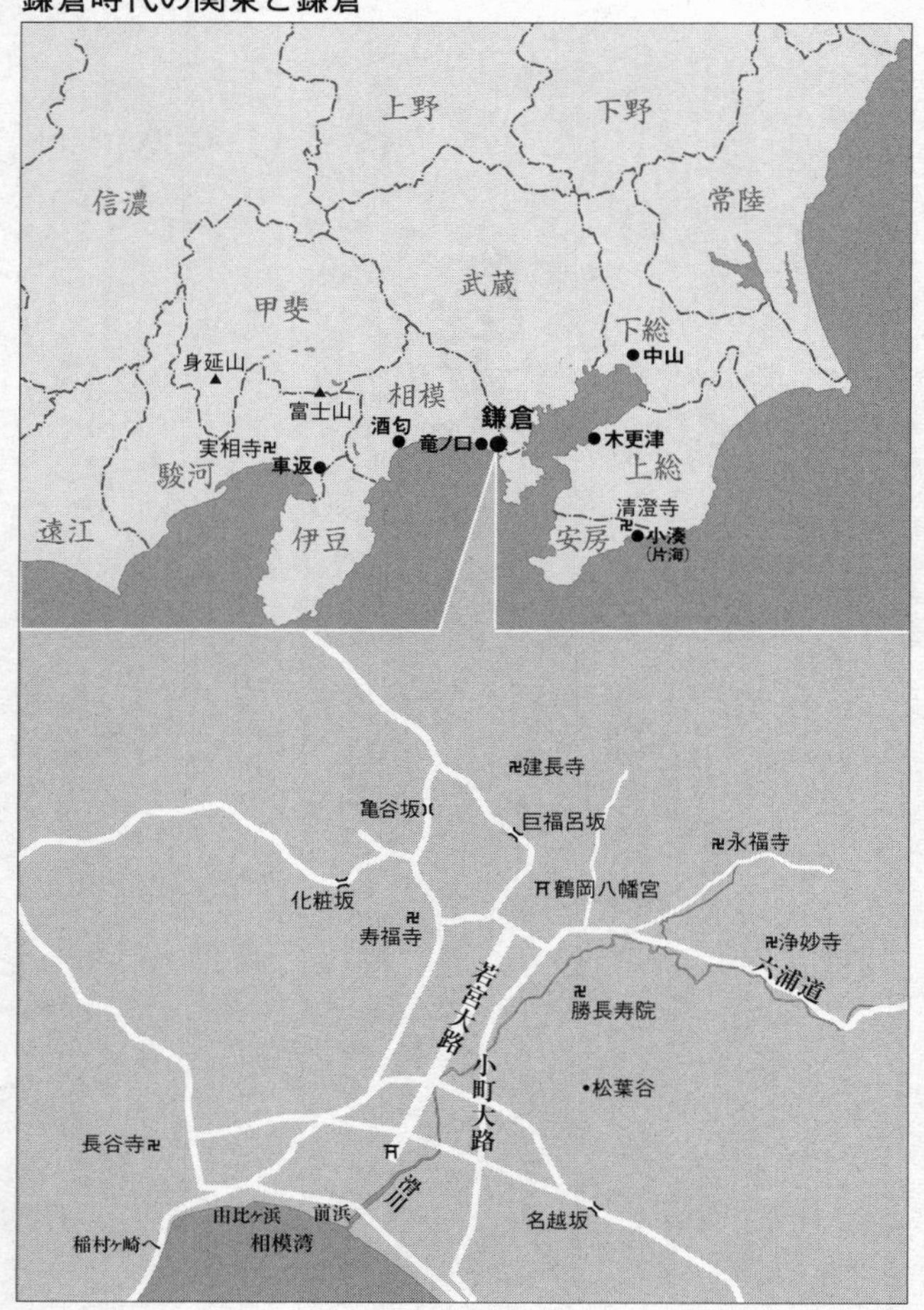

（制作）ジェイ・マップ

第一章 片海（かたうみ）

一、鯛（たい）の磯（いそ）

前方の海が朝日を浴びて、魚の鱗（うろこ）のように光りはじめている。

見助（けんすけ）は、暗いうちから舟を出してよかったと思う。小舟はいつも、人目につかない岩場に隠している。嵐が来そうな前兆を感じると、その上にある洞穴（ほらあな）に舟を引き揚げる。今まで、嵐の予感が狂ったためしがない。

これも生まれたときから、どこかの海辺で暮らしていたからだろう。もっと言えば、両親とも、根っからの漁師だったからに違いない。

海が荒れた日の翌朝、岩陰で泣いていた赤子（あかご）が自分だったらしい。それを富木（とき）様に仕（つか）える貫爺（ぬきじい）さんが聞きつけ、岩場に走った。壊れかけた舟の舳先（へさき）で震（ふる）えている赤子がいた。その脇の岩陰には、若い男女の死体が横たわっていた。

物心ついて貫爺さんから聞かされた話では、おそらく大波で舟がひっくり返り、三人は投げ出されたのだ。しかし父親のほうは赤子を抱きかかえて岸まで泳ぎ、母親もそのあとに続いたものの溺(おぼ)れかける。父親は赤子を岸に置き、母親を助けに海に戻る途中で力尽きた——。二人は岩場にうつ伏せになり、手と手をしっかり握っていたという。

「しかし、見助、お前がどうして舳先に坐っていたかは、分からん。ひっくり返ったはずの舟がまた元に戻り、よちよち歩きのお前がそこに乗り込んだのだろうが。普通はありえん」

話をするたび貫爺さんは首を捻(ひね)った。

貫爺さんが去年の夏に死んでしまった今、見助が考えるに、その赤子はまた舟に乗ってどこかの浦に戻りたかったのだ。

貫爺さんは、しばらくは見助の両親の故郷を探したらしい。舟にはもちろん名前などなく、遺骸(いがい)にも手がかりはなかった。屍(しかばね)は貫爺さんがひとりで岩場の上まで引き揚げた。穴を掘って埋め、上に目印の岩を置いた。先の尖(と)ったその岩は、海からも眺(なが)められる。貫爺さんと海に出るたび、見助は両親が自分を見守ってくれているように感じた。

そのみなし子に、どうして見助という名前をつけたのか、貫爺さんに訊(き)いたことがある。

「それは、お前がいつも海を見たがっていたからだよ。乳がなくて泣き出しても、抱いて海を見せると泣きやんだ。潮風の匂(にお)いをかぐと、微笑(ほほえ)みさえした。だから海を見たがる子という意味で、見助とつけた」

貫爺さんはそう答えて笑った。「だがな、見ることくらい大切なものはない。もちろん聞くのも、匂いをかぐのも、海の味を感じるのも大切。しかし見るのには勝たない。だからわしの願いも込めて、見助と名づけた」

貫爺さんは若いときに、つれあいに死なれ、その後はずっとひとり身で、子供がなかった。それだけに岩場で見つけた赤子は、天の恵みに思えたのだろう。乳が余っている母親や、産んだばかりの赤子に死なれた母親を訪ねては、乳をもらってきた。もちろん手ぶらではない。釣り上げた大鯛一匹と引き換えだったり、大鯛が釣れないときは小鯛三匹が代金代わりになった。

貫爺さんの得意技は、何といっても鯛釣りだ。天候の具合、潮の流れ、海水のぬるみなどを見計らって、どの場所に鯛の群が現れるかが頭にはいっている。餌となるえびや小だこが手許にないときでも、貫爺さんは鯛を釣り上げて持って帰る。貫爺さんの眼には、海底に潜(ひそ)む鯛が丸見えで、釣り上げるのも、念力(ねんりき)ではないかと噂されるほどだった。

釣った鯛を料理するのも貫爺さんは上手で、館主(やかたぬし)の富木常忍(じょうにん)様に客人が見えた折などは、先頭に立って魚をさばいた。さばかずに、釣ったばかりの鯛を、鱗(うろこ)はつけたままで、塩釜に入れて蒸し焼きにもした。

かと思うと、塩を塗った杉板の上に鯛をのせて焼く。杉の香が鯛の身にほんのり乗り移って、客人はことのほか喜ぶ。あるいは、鯛の薄切りの上から熱湯をかけ、すぐに冷水に入れると、白くちぢこまる。霜ふりと言って、客人はいくらでも所望(しょもう)するらしかった。

しかし見助が特に好きだったのは、鯛のふくめだ。鯛の身を煮たあと、日で乾かして打ち砕く。ふわふわになったものは、鯛の香と味が溶けるようにして口の中に広がる。

もうひとつの見助の好物は、何といっても鯛の塩辛(しおから)で、これさえあれば、飯が何杯でも食べられた。飯がないときは、大根につけて食べると、大根一本があっという間に腹におさまった。

貫爺さんは櫓漕(ろこ)ぎでも、余人が及ばぬくらい上手だった。離れ島まで、腕自慢が五人集まって、辿(たど)り着く速さを競ったことがある。凪(な)いだ海だったので、貫爺さんの漕ぐ舟は、まるで矢のような速さで進み、他を寄せつけなかった。負けた者のうちのひとりが、舟と櫓の違いだろうと口を尖がらせたので、貫爺さんは、互いに舟と櫓を取り替えて競ってもいいと余裕たっぷりだった。

二度目の競漕は、初めこそ互角だったが、そのうち貫爺さんの舟が大きな差をつけて島に着いた。貫爺さんの半分ほどの年齢しかない力自慢の若者も、完敗を認めざるをえなかったのだ。

「舟はこう進みたがっている。櫓はこんな風に動かしてもらいたいと訴えている。それに耳を傾けて、そのとおりにしてやると、舟は喜んで走ってくれる」

見助に漕ぎ方を教えてくれながら貫爺さんは言った。

手取り足取りで教えてもらったおかげで、十歳の頃には、若者にひけをとらぬくらい櫓漕ぎがうまくなっていた。

昨年の秋、貫爺さんが病に倒れたとき、見助を手招きして、形見の品をくれた。鯛釣りに使う餌木だった。これさえあれば、えびやたこがなくても、鯛が釣れた。頭は丸い鉛でできていて、そこから細く切った鹿の皮が出ている。真中に鉤が隠されていた。

舟べりから短い竿で垂らし、鉛が海底に着くまで垂らしたところで、一間ばかり上げる。そのあたりで釣竿を上下させれば、大鯛が食らいつくのだ。

「わしが五十年かかって工夫して、行きついたのがこの形だ。他の者には絶対見せてはならぬ。これから先は、鉛の大きさや足のひらひらを、見助、お前が工夫するといい。海のことは、すべて教え込んだつもりだ」

貫爺さんは、そう言って少し笑い、見助の手を取った。本当に貫爺さんが死んでしまいそうな気がして見助は泣き出した。貫爺さんがいなくなれば、これから先どうやって生きていけばいいのだろう。

「泣くな見助。人は必ず死ぬ。見助、お前もいつかは死ぬ。早いか遅いかだけの違いだ。だから、死ぬとき、生きていてよかったと思うような、振り返って悔いのない人生を送ることだ」

貫爺さんは、光が鈍くなった眼を見助に向けた。

「わしの悔いは、若い頃、女房のたみを亡くしたことだった。女房はまだ二十一、わしは三十だった。身籠って、あとひと月で赤子が生まれるというときに、腹の中の子が死に、たみも逝ってしまった。申し訳なかった。わしと夫婦にならなかったら、赤子もできずに、別の誰かと一緒になって、何人も子を産んで長生きできたろう。悔やんでも悔やみきれなかった。

わしにはもう嫁を貰う資格はないと思ったので、後添えを貰う話は全部断った。あくまでも死んだたみが、わしの女房だと思い定めた。どこに行っても目を閉じれば、たみの笑顔や体つき、歩く姿を思い描くことができた。

ところが、たみが宿していた赤子だけは、どんなに頑張っても頭に浮かんでこない。これは辛かった。一度だけ、よちよち歩きの赤子の手を引いているたみの姿を、夢で見たことがある。後ろ姿だったので、赤子の顔を見てやろうと前の方に行こうとした。しかし追いつけない。おい、たみ、と後ろから呼びかけたところで目が覚めた。

だから、十三年前、磯辺で赤子を見つけたときは、これこそ神仏が恵んでくれたのだと思った。五十過ぎて、やっと授けて下さった。たみ、ありがとうと、赤子を抱きかかえて天を仰いだ。

わしの猫かわいがりように、周りの者からは笑われた。笑いながらも、みんなお前をかわいがり、乳を工面してくれる母親もいた。だから見助、お前の体には、何人もの母親の乳がはいっている。古い産着を持ってきてくれた女子衆もいた。これもみんな、富木様が、貫を助けてやれと号令をかけて下さったからだ。だから見助、富木様には、一生かけて恩返しをしなければならぬ。

お前が十三年一緒にいたおかげで、いい人生になった。ありがとう。これから先は、たみと二人で、お前をどこまでも見守っている――」

そこまで言うと貫爺さんの息づかいが荒くなった。誰か呼びに行かなくてはいけないと思い、立ちかけた見助を、貫爺さんが制した。

「行かなくてもいい。見助ひとりがいてくれればいい」

言いながら、見助の手を握りしめる。しかしその力は弱く、少しずつ温もりが減っていき、やがて冷たくなった。

ひとしきり泣いてから、見助は厨の女子衆のもとに知らせに行った。

下人の葬儀なのに、わざわざ遠くの清澄寺から、若い僧侶がおりて来てくれた。富木様とは親しいらしく、読経がすんだあと親しげに言葉を交わしていた。

富木様はまだ涙にくれている見助を呼び、その僧侶に向かい、「この見助が、片海で亡き貫助に拾われた子です」と言ってくれた。

「片海か」

まだ三十歳そこそこと思われる僧侶は、その瞬間、眼光の鋭い目を細めた。「片海で拾われたとは。養父を亡くして気落ちしているだろうが、そなたには、きっと良い人生が待っている」

片海で拾われてどうしてよい人生になるのかと、見助は、思いを巡らせた。しかし分からず、貫爺さんのような人生が送られれば、それがよい人生だと思い至った。富木様の館で働く家人や下人で、貫爺さんの悪口を言う者はひとりとしていなかった。こうやって、葬儀に大勢が集まり、主の富木様までも姿を見せてくれたのが証拠だった。

葬式が終わったあとも、海の幸を届けに行く際、富木様と出会ったときなど、よく声をかけてくれた。舟は傷んでいないか、櫓は替えなくていいか、釣糸や鉤は足りているか、などと訊かれるので、見助はどうしても入用なものは答えた。すると舟大工を呼んで、舟の修理をしてくれたり、余るほどの釣糸を購ってくれたりした。

見助自身、どうして主の富木様が、下人のうちでも一番若い自分に目をかけてくれるのか分からなかった。多分にそれは死んだ貫爺さんの余徳に違いないと、自分なりに納得している。貫爺さんが一生かけて、富木様に誠心誠意仕えたおかげなのだ。

その富木様が仕えているのが、下総国の守護である千葉様だった。その千葉様の所領になる飛び地がこの安房国の片海一帯だった。そのため富木様は年に何回か、馬に乗ってこの地に来られる。その光景は、磯で岩に生えている甘海苔やひじきを採っているときに見かけられた。富木様のほうで見助に気がつき、馬上から声をかけられたこともある。見助が手を振ると、富木様も手を振る。まるで、よく精を出しているなと、見助の労をねぎらっているような仕草だった。

見助が見るところ、富木様はこの東条郷の片海が心から好きなのだ。片海の地は南に少し突き出た岬で、西と南の海岸は断崖になっている。東側が磯で海藻や貝に恵まれている。北側は山へと続く。

片海の台地に立つと、海が三方に開け、日の出も日の入りも見ることができる。富木様の生国は因幡と聞いている。もちろん見助はそれがどこにあるかは知らない。しかし見助が思うに、おそらくそこはこことは反対の土地だろう。海はどんよりとして輝かず、春になっても台地一面にたんぽぽの花が誇ることもないのだ。

富木様がどうやって下総の千葉様に仕官するようになったか、もちろん見助には分からない。しかしこの片海の地が気に入っているのは間違いない。春になって、馬に揺られて下総からここの館に向かうときの笑顔を見るとそう思わざるをえない。

春は、冬の間片海の深い淵に隠れていた鯛も、海面まで近づいてくる。それを貫爺さん伝授の餌木で釣り上げる。昼頃までに大鯛を五、六匹は獲ることができた。

その日も、獲った大鯛六匹を袋に入れて館まで運んだ。余りに重いので、坂道でよろけそうになる。とはいえ、雑魚しか獲れずに荷が軽いよりも、重いにこしたことはない。

ようやく厨に辿り着いて、女たちの前で袋の中味を土間にぶちまける。歓声があがったときが、見助が得意気に胸を張る瞬間だった。褒美として貰った饅頭ひとつをかじっていると、富木様の従者がやって来て、見助を呼んだ。館の中庭にまわると、縁側に富木様と僧侶が坐り、談笑していた。

「見助、ほら、清澄寺の蓮長様だ」

上眼づかいに僧侶の顔を見る。貫爺さんの葬儀のとき、読経をしてくれた僧だった。

「見助と申します。先だっては、貫爺さまの供養でお経をあげてもらい、ありがとうございます」つっかえつっかえ見助が言う。

「なんのなんの。礼を言うのは拙僧のほう。このたびは、そなたの釣り上げた鯛を貰って寺に帰る」

僧侶が笑いかけてくれたので、見助は一遍に気が楽になる。「富木殿に聞くと、そなたは海の申し子らしいな」

「はっ」答えたものの、申し子の意味が分からない。「釣りや貝掘り、海藻採りなど、みんな腕がよいということだ」富木様が言い添えてくれた。

「いいえ、自分の腕がいいのではありません。片海がいいのです」

「片海がいい？　どんなところが」

「全部です。海も岩も砂も、光も風も、潮の匂いも、泳いでいる魚も、岩にこびりついている海藻も——。ひとつとして悪いものはありません」

見助は思いつく言葉をつっかえながら口にする。その間、蓮長という僧は目を細めて聞いていた。

「お前は片海で生まれたのも同然だからな。片海がお前の命を助けたようなものだ」

富木様が言った。「この蓮長様も、片海の生まれでのう」

「そうですか」見助は急に僧侶が身近に感じられた。

「実は拙僧も片海で生まれて、片海で育った。今も母御(ははご)は片海に住んでおられる。出家の身ゆえに、稀(まれ)にしか会えないのが寂しい」

そう言うとき、僧侶の声が湿ったのに見助は気がつく。こんな出家した僧にも母がいるのに、自分にはいない。

「すまなかった。そなたは父母の顔も知らぬそうで、酷な話をしてしまった」

僧侶が詫(わ)びる。

「見助、呼んだのは、鯛の件だ。お前が釣り上げた鯛のうち、大きいほうから二匹、蓮長様にさし上げる。ついては、蓮長様に従って清澄寺まで行ってくれ。まさか僧侶が魚の袋は担げない。暗くなる前には帰って来られるだろう。よいな」

「はい」

答えて見助は僧侶を見上げる。嬉しい反面、緊張もする。そもそも寺を訪れるなど初めてだった。

「それからもうひとつ」

富木様がつけ加える。「本来なら、寺では殺生されたものは食してはいけない。しかし鯛だけは別だ。ことほぎ物として、この時期だけは食される」

「はい」

答えて見助は鯛のはいった麻袋を肩に、僧侶と共に館をあとにした。

驚いたのは蓮長様の足の速さだった。よほど歩き慣れているのか、山道になっても息も上がらず、ひょいひょいと凹みを跨ぎ突き出た石を避ける。岩場を歩き慣れた見助も、とうとう息が上がり出す。

「ちょっと速すぎたかな。そなたは荷を担ぎ、拙僧は手ぶらだからな」

少し笑ってから歩みを緩めてくれる。「そなたは片海を誉めてくれたが、片海の村そのものは貧しい。田を作る土地もない。畑とて、少し掘り下げると岩につき当たる。一番苦労するのは真水だ。岩ばかりの所に井戸を掘るにも苦労する。たまった真水もすぐになくなる。断崖に囲まれているので、港にも適さない。その点、湾の内側にある小湊（こみなと）や市川（いちかわ）とは大違いだ」

聞いていて見助もなるほどと思う。見助が住むのは少し内陸にはいった富木様の館なので、水には苦労しない。もちろん田畑を耕（たがや）している下人もいた。見助はどちらかといえば、海側から片海を眺（なが）めているだけだった。

「しかしそなたが言ったように、片海には日がふんだんに降り注（そそ）ぐ。惜し気もなく降り注ぐ。それが片海の宝だ」

光が宝だと言われて、見助は大いに納得する。小舟を海に浮かべているとき、片海の台地に、雲間から漏（も）れる光が斜めに突き刺さっているのを見たことがあった。二十戸ほどある家々が周囲から浮き上がり、今にも天に吸い寄せられそうだった。

「私はそこで海人（あま）の子として生まれ、十二歳で寺にはいった。そなたいくつになる？」

「十五です」

「十五の頃は、必死で経典の読み、そして書写を覚えていた。海人の生活とは正反対だった。僧になるように勧（すす）めてくれたのが、富木殿の御母堂だった。ちょうど見助が今やっているように、海の幸を富木殿に届けに行くのが私の役目で、そのたび御母堂は私を呼びつけ、いろいろな話を聞かせてくれた。すべてが私の知らないことばかりだった。話の最後は、そなたは片海で終わる人ではない。片海から出なさい、出るべきだと言われた。清澄寺に口ききをしてくれたのも御母堂だった。誠に富木殿の御母堂こそは、私の第二の母親であり、従って富木殿と私は、魂の兄弟のようなもの」

「魂の兄弟」

見助は胸を衝(つ)かれる。両親もいない、まして同胞(はらから)もいない自分にとって、兄弟姉妹は天上の人にも等しい夢のような存在だった。兄がいれば、いや弟でもいい。姉でも、妹でもよかった。どれほど、それを望んだことか。まして魂の兄弟となれば、切っても切り離せない、門の柱のようなものだ。どちらが欠けても、門は立っていられなくなるし、用を足さない。

「すまぬ。そなたにはまた酷なことを言った。しかし、そなたにとって、昨年身罷(みまか)った貫助(ぬきすけ)殿は、魂の親だったのではないか」

肩をおとしかけた見助を勇気づけるように蓮長様が言う。「実の親子、同胞は、神仏が決めるもので、もはや人の手は及ばない。しかし魂の親子、同胞は、本人の手にかかっている。だからみなし子でも、魂の親、同胞は見つけられる」

蓮長様から微笑(ほほえ)まれて、見助は頷(うなず)く。どこか希望を吹き込まれたような気がした。

「昨年、貫助殿の葬儀のとき、読経をするため山から下って来たのには訳がある。もちろん富木殿の依頼でもあった。しかし貫助殿には、小さいとき、よく舟に乗せてもらった」

「そうですか」

見助は目を輝かせる。まさか蓮長様が、貫爺さんの舟に乗っていたなど信じられない。

「拙僧に教えてくれたのは、鯛釣りの技（わざ）ではなかった。海の広さだった。片海は、ほんの小さな湾の入口。そこを出れば、海はどこまでも広い。自分は片海しか知らないが、お前はここから出て、広い海を知るといい。そう言ってくれたのが貫助殿だった。そして、いよいよ私が清澄寺に上（のぼ）るとき、まだ十二歳の子供に、貫助殿は、はなむけの言葉を贈ってくれた。それは、日本一の智恵者になれ、だった」

蓮長様が言って、長い息をしたので、見助はそっと横顔を見上げる。当時を思い起こすように、遠くを見やったあと、立ち上がる。

「さあ、ひと踏んばりして歩こう。大丈夫か」

「大丈夫です」

ゆるやかな山道だった。不思議に軽々と足が前に進んだ。道端のぎしぎしの茎をひきちぎり、中の汁を吸う。

「あの貫助殿のはなむけは、その後ずっと私の支えになった。来る日も来る日も、寺の下働き、そして読字と書字だった。日々、庫裏や本堂を隅から隅まで磨き上げ、毎朝、庭を掃く。そうすることで、どこにどんな仏像が置かれているか、広い庭に何の木があるか、頭の中にはいった。それが終わると文机について書字と読字だ。不思議なことに、四年もたつと、寺にある書物が読めるようになった。読経もできるようになる。それが十六のときで、道善房師の手によって得度出家した」

淡々と言われたものの、見助はその間の蓮長様の苦労が分かるような気がする。第一、貫爺さんの葬式のとき、あんなに長い経を諳じた。それだけでも見助にとっては神業だった。

「しかし清澄寺には、いかんせん書物が少なかった。すべてを読み尽くしたとき、もはやここに留まってはいけないと思い、鎌倉に上った。十八のときだ」

「鎌倉」

見助は口の中で呟いてみる。よく耳にする地名でありながら、それがどんな所かは想像もつかない。海があるのか、山の中なのか、高台に位置するのかも、全く思い浮かべられなかった。

「さあ、急ごう。あと少し」

蓮長様が歩みを速める。鎌倉がどんな所なのか、見助は聞いてみたかった。しかし蓮長様の足について行くのがやっとだ。

ようやく山門が見えるところに辿り着く。境内は広く、建物が三軒四軒と散らばっていた。右の方の建物の裏にまわり、中にはいる。若い僧が二人、厨で働いていた。ひとりは見助とさして変わらない年齢に見えた。その少年僧が見助が担う袋を受け取る。

「わざわざここまで来てくれた。何か家づとはないか」

蓮長様が言うと、年上の僧が三尺ばかりの山芋を持って来た。細竹に結びつけてある。そして縄つきの干柿三つも添えてくれる。見助は礼を言う。

「干柿のほうは、帰りがけにでも食べるといい。ご苦労だった」

蓮長様が見助を外に連れ出す。「そなたがここに来ることなど、二度となかろう。少し見て行くといい」

見助は頷く。ここまで来て、とんぼ返りに帰る手はなかった。

一番大きな建物の石段を登って、本堂の中を覗き込む。暗がりの奥に仏像がほのかに見えた。

「ここ清澄寺の本尊は、虚空蔵菩薩という。福徳をもたらして、智恵を授けるとともに、降りかかる災難を払って下さる。ここの僧はみんな、この像の前で行法を行う」

どこか懐し気に説明してくれる。しかし行法の意味が分からず、見助はぽかんとして蓮長様を見上げた。

「虚空蔵菩薩の真言である求聞持法を、百万回唱えると満願になる」

「百万回ですか」

魂消る思いで訊き返す。

「出家したのは、そなたとさして変わらぬ十六のときで、満願したのは十一年前の二十一のときだ。その日はちょうど雪の朝で、寒かった。しかし私が外に出ると、雪がやみ、東の空に日が射しはじめた。それで私は、あそこの岩場に立ったのだよ」

指さした方向に蓮長様が歩み出したので、見助もついていく。樹木の間に小径があり、岩場に続いていた。

見晴らしがよく、遥か遠くに海が広がっている。

二人で岩の上に立つ。春の日がもう大きく西に傾いていた。

「ここに立ったとき、急に空が明るくなった。立ち昇った日から、光る石がこちらに向かい、この右の袖にはいった」

「光る石」

「そう、ずしりと重さを感じたから間違いない。驚いて前を見ると、何万回見上げたかもしれない虚空蔵菩薩が立っておられた。すぐそこにだ」

蓮長様が目の前をさし示した。何もない空間だった。

「僧形をした菩薩は、私に手をさし出し、宝珠を下さった。黄金色の玉で、ずしりと重く眩しいくらいに光っていた。菩薩の姿が消えると同時に、宝珠も見えなくなった」

蓮長様が少し紅潮した顔を見助に見せる。「その日からだ。読むものすべてが、よく理解できるようになった。虚空蔵菩薩が智恵を授けて下さったのだ」

なるほどそういうこともあるのだと、見助は思う。蓮長様が嘘などつくはずがない。第一、自分のような下人に嘘をついて何になろう。

「見助、ここから何が見えるか」

突然、蓮長様が訊く。

「はい、安房国が見えます」

「それだけか」

「海もかなたに見えます」

「ほう、それだけか」

「手前に、村と木々が見えます」

「その他には」

「畑に出ている百姓が見えます」

「他には何が見える」

「川です」

「他には」

「道が見えます」

「その他に何かないか」

「山麓（さんろく）に池が二つあります」

「その他は」

もう見助には答えようがない。

「それでは、何が今そなたの耳に聞こえる？」

訊かれて見助は耳を澄ます。

「木々の葉の風にそよぐ音がします」

「その他には」

「今、ちいちいと鳥が鳴きました」

「他に何か聞こえぬか」

「いえ」

こんな静かな寺で、他に聞こえるはずがないと諦めて、見助は首を振る。

「念仏の声が聞こえないか」

言われて見助は、心をひとつにして耳を傾ける。

「何か聞こえます」

「何と言っている」

「なむあみだぶつ、です。ずっとそれが繰り返されています」

その念仏は、見助も富木様の館の前で聞いたことがある。托鉢の若い僧が唱えていた。

「南無阿弥陀仏だ。それを唱えていさえすれば、極楽浄土に行けると考えられている」

蓮長様がじっと見助の顔を見る。「そなたはどう思う」

「分かりません」

「極楽浄土に行きたいか」

「それは行きたいです」

「今すぐにでも？」

「いえ、今はいいです」

見助が首を振ると、蓮長様が笑う。

「そうだろう。そんなところは、あとになって行けばいい。いや行かなくてもいい。それよりも、この世を正しく生きることのほうが大切だ。念仏者にはそれが分かっていない」

言われて見助は首を捻る。この寺にいながら、寺で行われていることを否定していた。奇妙に思って、蓮長様を見上げる。

「見助、ただ見るだけ、聞くだけでは、そなたの一生がもったいない」

蓮長様は遠くを見つめながら言う。「例えば、ここでにわかに雷が鳴り、雨が降り出すとする。ほうほうの体で屋根の下に逃げこめば、それですむかもしれない。しかし、畑にいた百姓は、逃げる場所もなく、濡れねずみになっているだろう。もしかしたら、担いだ鍬に、雷が落ちて、落命するやもしれない。これが海であれば、釣り人は降りしきる雨の中、櫓をしきりに漕がねばならない。そんな労苦は、見助にも身に覚えがあるだろう」

「はい」

確かに半年ほど前、思いもよらず雲行きが怪しくなり、篠突く雨が降り出し、前後左右が見えなくなった。そのままでは、潮に流されてどこに向かうか分からない。目をこらして、陸の方向を見極めて必死で漕いだのを思い出す。

「そうやって、見えるもの、聞こえるものの奥を、見て聞けるようにならないといけない」

「はい」思わず見助は答えてしまう。どこか大事なことを教えられた気がした。

「すまん。長いこと引きとめてしまった。見助、もう帰らないと、夜目がきく間に辿り着けない」

蓮長様が岩から下りはじめる。相変わらず、足の運びは軽やかで、見助はそれについて行けばよかった。

山門のたもとで別れ、足早に見助は下っていく。道を曲がるとき後ろを振り返ると、まだ蓮長様はこっちを見ていて、見助に向かって合掌をしてくれた。見助も一礼する。

さらに道を下りながら、あの蓮長様とは二度と会えないと思うと、どこか寂しい気がした。もう一度でも会いたい気がしたものの、清澄寺に行く機会が自分にあるはずはなかった。

二、手習い

その年、夏が過ぎたとたん、大風の日が幾度となく訪れた。いったん風が吹き、海が荒れはじめると、四、五日は舟を出せない。下人小屋から外を見ながら、こんな大波が両親の乗る舟をひっくり返したのだと恨めしく思った。父と母の慌てぶりも眼の底に浮かぶ。舟が流されないように父が櫓（ろ）を漕（こ）ぎ、母がしっかりと赤子を抱きしめる。荒れる波の中で、櫓も空（くう）を切り、岸から遠ざかるだけだ。波の谷間に舟がはいったかと思うと、数瞬後には波の頂（いただき）に突き上げられる。赤子は泣き叫ぶ。それでも何とか父は、舟を岸近くまで寄せたと思ったとき、大波の腹に舟が乗せられ転覆する。

海が荒れるたび、見助は自分だけ助かった不思議さに思いを馳せる。両親の命と引き換えに、命を貰ったのだから、申し訳なかったと思う反面、父母の分まで立派に生きなければならないとも思う。

こんなことを考えるようになったのは、清澄寺の大岩の上で、蓮長様から見えるものの先を見ろと言われたからだ。

聞こえるものの先も聞けと、蓮長様は言った。あのとき風に乗って、ほんのかすかに、南無阿弥陀仏の声が届いた。それまで何度か見助も聞いた文句だったが、あれではいかんと、蓮長様は苦々しく首を振った。

僧侶でありながら、南無阿弥陀仏がいけないとは、どういうことなのか。あの日の帰りがけ、ずっと考えた。暮れがけになって腹が減り、干柿をひとつ食った。またひとつ欲しくなって、二つ食べたあとも、謎は頭から去らなかった。

館に帰り着いたのは暗くなってからで、厨の女下人に、手土産の山芋を渡した。ひとつ残った干柿は、翌日のために残しておいた。

「お館様が、見助はまだ戻らぬのかと心配しておられた」

女下人は言って、鍋の中に残っていた潮汁を椀についでくれた。

その夜は、さすがに疲れて、腐った魚のように眠った。明るくなって目が覚め、顔を洗い終えたとき、富木様が呼んでいると使いが知らせに来た。中庭まで急いだ。

「見助、昨夜は遅く帰ったそうだな。寺はどうだった？」

「広かったです」

答えてから見助は後悔した。こんな返事では、蓮長様なら決して許してはくれないはずだった。

「南無阿弥陀仏という声が聞こえていました」

急いで見助はつけ加える。

「ほうそうか」

「それを、蓮長様は、あれではいけないと言われました」

「なるほど、そうだろう」

富木様が満足気に頷く。

「お寺の中で、南無阿弥陀仏がいけないのは、どうしてでしょうか」気になっていた疑問を、とうとう口にする。

「なるほど、なるほど、なるほど」

富木様が笑いながら、何度も頷く。「さすが見助、よく気がついた。そして、蓮長様があれはよくないと、お前に言われたのも、お前が蓮長様から見込まれたからだろう。いいか、ちょっとむつかしいかもしれないが、知っていて損はない」

見据えられて見助は聞き耳を立てる。聞くだけではなく、その奥までも聞き取る意気込みだった。

「十二歳で清澄寺に入山され、蓮長様は道善房（どうぜんぼう）殿の教えを受けられた。もともと清澄寺は天台宗（てんだいしゅう）という密教を奉じている。密教というのは、我々衆生（しゅじょう）にはとうてい手の届かない奥深い教えという意味だ。その教えを悟（さと）るには長い長い修行がいるとされている」

聞いていて、見助は当然だと思う。あの蓮長様が百万回も祈りをあげたのも、その修行の一種だったと思い到る。

「しかしそれだと、ほんのひと握りの人間しか、仏の教えのありがたさを受けられない。そこで万人が仏縁（ぶつえん）につながり、浄土に行けるようにするのが本来の教えだとする僧侶が現れた。例えば、見助、お前は長い年月かけての修行に耐えられるか」

訊かれて、見助はきょとんとする。しかし首だけは横に振る。そんな修行など、はなから御免蒙（こうむ）りたかった。

「そうだろう。誰だって簡単に浄土に行ける方策があれば、みんなそこにとびつく」

「何かよい手立てがあるのですか」

「それが南無阿弥陀仏という念仏だ。一心不乱に唱えさえすれば、極楽浄土が保証される」

なるほどそうだったかと見助は納得する。清澄寺で聞いた南無阿弥陀仏は、かすかな声しか届かなかったものの、熱がこもっていた。門付(かどづ)けに立った僧が、その言葉を発するときも、我を忘れたように陶然(とうぜん)とした表情で口を開いていた。

「実を言えば、蓮長様の師匠である道善房殿も、念仏を宗(むね)とする浄土教(じょうどきょう)を奉じておられる。密教の天台宗よりは、念仏浄土の浄土宗がよいという考え方だ」

富木様がじっと見助の顔を見る。どこまで理解したかを探る眼つきだった。

「大方の人間は、やさしい方便(ほうべん)を好む。しかし蓮長様は、それでは満足されなかった。もっともっと仏の教えの奥深いところを学びたいと思われた。それが十八歳のときだ」

「十八」

見助は驚く。自分よりたった三つ年上のときに、そんな考えに行き着くなど信じられない。

「そこで遊学(ゆうがく)の志(こころざし)を立て、鎌倉に上られた。ところが鎌倉は、念仏の市場だった。どこを歩いても、聞こえてくるのは念仏ばかり。念仏に満ちているから、さぞかし穏やかな所だろうと思うと、それが大間違いなのだ。辻斬り強盗さえも、念仏を唱えながら悪事を働く。人殺しまでも、念仏を口にして浄土行きを願うという有様(ありさま)だった。蓮長様は、鎌倉に三年留まり、念仏宗の正体をしかと見極められた。清澄寺に戻って、浄土宗の念仏のあり方を批判する書を記された。その書の写しは、わしが持っている。二十歳をわずかに過ぎた青年僧が書いたとは、信じられないくらいの立派な書物だ」

聞きながら、見助は身が引き締まるのを覚えた。そんな偉い僧と一緒に清澄寺まで行き、大岩の上で話を聞き、あまつさえ、山門で見送ってもらったのだ。振り返ったとき目にした、蓮長様の合掌した姿は、もう死ぬまで忘れられない気がした。

「そのあと再び蓮長様は、修行に出られた。今度は鎌倉ではなく、もっと西に行かれ、多くの大寺院を訪れて、教えを請われた。比叡山延暦寺、園城寺、高野山、四天王寺、東大寺、興福寺、唐招提寺など、そこここで、大切な経典を書写しながら、その真髄を学ばれた。
田舎出の若い僧が寺を訪れても、そう簡単には受け入れられない。毎日が難行苦行だったはずだ。それを十年続けて、戻って来られたのが、去年の夏だった」

いつの間にか、富木様の表情が緩んでいた。「十年の間に、蓮長様は見違えるほど、逞しくなられていた。首も太く、肩幅も広く、何より眼光が鋭くなられた。同時に、学識も広く深くなられて、まるで底なし沼だ。とはいえ、心根は昔と変わらず、どこまでも優しい。それは見助も知っているだろう」

「はい。やさしいお方でした」

仏の教えの詳細など見助には分からない。だからあの蓮長様をひとことで言い表わせと言われれば、やさしいお方と答えるのが一番だった。

「なるほど見助、お前が蓮長様をやさしいお方と言ったのは、的を射ている。あの方が願われているのは、国の安泰と民草の幸せだ。十年にわたる修行も、人々の幸せのために仏僧は何ができるのか、その追究が目的だった。

仏教には気が遠くなるような長い歴史があり、書かれた教えも膨大な数にのぼる。それらの経典が最も多く集められているのは、清澄寺の本寺である比叡山延暦寺だ。だから蓮長様も、そこに一番長く滞在された。蓮長様によると、八年間、比叡山に籠られたそうだ」

「八年も」

「そう。来る日も来る日も、仏典を読み、書写されたり、重要と思われる部分を抜き書きされた。最も力を注がれたのが、一切経という経典だった。全部で五千巻ある」

「五千ですか」

十や百までは想像のつく見助も、千となると思慮の外だった。それが五千になれば、見当さえつかない。

「その膨大な数の経典のうち、最も重要なものを見つけられた。つまり、諸々の仏典の最高位に位置する書物だ。それが法華経だった。この仏典に、民草を救う誠の方策が書かれているのを、蓮長様が見出された」

法華経がどういうものか、見助には分からない。しかし血のにじむ長い修行が終わったということだけは、見助も理解できる。いつの間にか力のはいっていた肩が緩む。

「今回の帰郷は、その成果を師である道善房殿に報告するためでもあった。清澄寺には、修行中の若い僧である大衆が二十人はいる。その他にも、大衆を導く僧が六人いて、一番上に立つのが道善房殿だ。そうした僧や修行僧を前にして、蓮長様は、来月、修行で得た知識を披瀝される。その成果が楽しみな反面、心配な点もある」

富木様の顔が少し曇った。「蓮長様の主張を、他の僧や大衆たちが理解できるかだ。しかしいずれにしても、わしは蓮長様をどこまでも信奉する」

言われて、見助も心の内で「自分もです」と叫ぶ。仏の教えなどは全く分からないものの、あの蓮長様の言うことであれば、全身全霊で信じていいと思った。

それから二ヵ月後、見助は再び富木様に呼ばれた。中庭の樹木の葉は緑が濃くなり、日陰が快(こころよ)くなっていた。蟬(せみ)の初鳴きを耳にして、改めて夏の到来を感じた。

「見助、お前が好きな蓮長様は、清澄寺を出られた」

「もうあそこにはおられないのですか」

一度しか話したことがないのに、心のどこかに穴があいたような気がした。「どこに行かれたのですか」

「鎌倉に行かれた。自分の教えを弘布(ぐぶ)するには、日本の中心である鎌倉がふさわしいと思われたようだ」

「清澄寺には、もう戻られないのですか」

「当分はな」

聞いて、見助は落胆する。当分なら、蓮長様のことだから、五年や十年のことだろう。いったいそのとき、自分はどうなっているだろう。考えると気が遠くなりそうだった。

「お寺で、蓮長様のお話は聞き入れられたのですか」

「いや、駄目だった」

富木様が首を振る。「まあ、予想されたことではあった。清澄寺は、念仏宗に染められていて、蓮長様は結局は憎まれた。憎まれるどころか、命までも奪われそうになった」

「蓮長様の命を奪うのですか」

とんでもないと見助は口を尖らす。

「もちろん、清澄寺の僧や大衆が蓮長様の命を狙うのではない。念仏に凝り固まった僧が、地頭の東条景信に告げ口をしたのだ。というのも、この地で我が物顔にふるまう東条は、根っからの浄土信者だ。これ幸いと蓮長様に攻撃を仕掛けた」

富木様が苦々しい表情になる。「この頃は、どこの土地でも、守護の手先に過ぎない地頭が、武力を蓄えて寺社領を狙うようになっている。寺にいるのは僧侶だけだから、刃むかいができない。清澄寺でも、飼っている鹿を地頭の家来が捕えては持ち去っていた。しかし、道善房殿は抗議するどころか、武力を恐れて泣き寝入りを続けていた。ここでも蓮長様は、地頭の東条に真正面から立ち向かい、悪行を正すべし、それこそが仏法の行いだと主張された」

聞いていて、見助はあの蓮長様らしい振舞だと思う。僧侶たるもの、不正な行いを前にして黙るようではその資格がない。

「ところがだ」

富木様が語気を強めた。「師の道善房殿は、またもや東条の怒りを恐れて、蓮長様に清澄寺を出て行くように言われた」

「追放ですか」

蓮長様が自ら下山したと思っていた見助は驚く。

「追放でもあるし、勘当でもある。しかし、ここで蓮長様の心はふっ切れた。清澄寺の持仏堂で、自分に賛同する僧侶二人を前にして、新しい宗教を始める旨、宣言された。名前を蓮長から日蓮に改めたうえで、日蓮宗の旗揚げをされた」

「蓮長様は日蓮様になられたのですね」

「そう、これからわしたちも日蓮様と呼ぶ」

富木様が大きく頷く。「そして生まれたばかりの新しい宗派は日蓮宗となる」

感激を抑えきれないように、富木様の声が少し上ずった。「わしは、その旨を日蓮様から聞いたとき、膝元にひれ伏しそうになった。とうとう決意されたのだと、心から嬉しかった。あのお方は、今までの宗派にはおさまり切れないほど大きい方だ。先日ここに来られたとき、二人の僧侶を伴われていた。日蓮様より十歳くらいは年上で、訊くと清澄寺では、かつて日蓮様に手ほどきをした僧侶だという。名前は、義城房殿と浄顕房殿だ。往昔の師匠が、その弟子に今では従っている。そこに、わしは日蓮様の偉大さを見た」

言い終えたとき、富木様の顔はうっすらと紅潮していた。

「清澄寺を出るとき、その二人の僧侶も一緒だったのですか」

ひとりで下山する日蓮様の姿を思い浮かべ、見助は訊かずにはおられない。

「そうではない。義城房殿と浄顕房殿は、山門で日蓮様を見送られた。というのも、日蓮様が清澄寺に持ち帰られた仏典や書物を守る必要がある。日蓮様が鎌倉に落ち着かれたら、少しずつ運ぶ手立てになっている。わしも、これから、日蓮様にはどこまでもついて行くつもりだ」

どこか晴れ晴れしい顔で言う富木様が、見助は羨ましかった。自分も日蓮様には、どこまでもついて行きたい。しかしいったい何の役に立つのだろう。

「そこでだ、見助。日蓮様は出立にあたって、重大なことをわしに打ち明けられた」

富木様は真顔になり、見助を凝視する。「この三、四年のうちに、鎌倉のみならず、国中に天変地異が起こる。それはとりもなおさず、国を治める北条一族が間違った信仰をしているからだと、日蓮様は考えられている。そのことは既に法華経の経典に書かれているそうだ。そしてもうひとつ、国が乱れたあと、次に来るのが外敵の襲来だそうだ」

「外敵の襲来」

意味が掴(つか)めないまま、見助は口ごもる。

「つまり、国の内外に大騒動が起こるということだ。それを防ぐには、治政者がすべからく今の間違った宗教を捨て、法華経に帰依(きえ)するしかないと、日蓮様は思量(しりょう)されている」

一陣の風が庭の一角から起こり、膝(ひざ)の上に置いていた被り物が飛ばされそうになる。見助は手で押さえて、富木様の次の言葉を待つ。

「これは容易ならぬ考えで、必ずや日蓮様の行く手には困難が待ち受けている。日蓮様はそれを法難と考え、法華経を弘布(ぐぶ)するにあたっては、避け難いことだと悟(さと)っておられる。わしもそう思う。だからといって、日蓮様の法難を黙って眺めていることはできない。今後は、後々まで、わしの命ある限り、日蓮様を支え続ける。そのために、見助、わしの手となり足となってくれぬか」

富木様から見つめられ、見助は身を固くする。嬉しさも混じっていた。どうせこの身は、富木様に捧げているのも同然だった。

「はい」返事をしたあとで、もったいないと思い、さらに、いったい自分に何ができるのだろうと疑念がわく。

「日蓮様はこれから鎌倉に出られる。いろいろな法難が降りかかってくるはずだ。しかしわし自身は、千葉様の館のある下総中山を離れられない。だから、わしと日蓮様の間を行き来する仲介役が必要だ。それを見助、お前に頼みたい」

「自分に務まるでしょうか」

心細くなって訊き返す。

「今は務まらない。だから務まるように仕込む必要がある」

「どういうことをすればいいのでしょうか」

「いくつかあるが、今日からでも始めなければならないのは、読み書きだ。見助は字が読めるか」

「とんでもないです」

見助は激しく首を振る。

「読めなければ、書くのも無理だろうな」

「無理です」

「なら、まず読み書きを覚えてもらう。わしが中山に帰っている間も、自分で覚えてもらわねばならない」

「できるでしょうか」

思わず問い返していた。

「日蓮様の見立てによると、お前は聡明らしい。磨けば光る玉だと言われた。わしもそう思う」

日蓮様とは一日を過ごしただけなのに、そんなことが分かるのだろうか。見助は首をかしげる。

「簡単な字を読み書きできるだけでよい。お前が気がついたことを紙に書きつけ、使いの者に託せば、それがわしの許に届く。わざわざ見助が中山に来なくてもすむ。書きつけた折紙（短い手紙）だけが届けばよい。そしてわしのほうも、書きつけた折紙を使いの者に託して持たせる。お前はそれを読んで、わしの意図するところを摑める。単なる伝言だと、一回きりで終わるが、折紙はずっと残る。いつでも開いて確かめられる」

そう言われても、見助には見当がつかない。じっと富木様を見返すだけだ。

「昨年死んだ貫助は、何かお前に言い残した言葉があるか」

「言葉ですか」

貫爺さんの風貌や所作を思い出しながら訊き返す。海の色や風の向き、空模様など、貫爺さんからはさまざまなことを教えてもらった。しかしそれらは自分の体に沁みついて、もう言葉としては残っていない。鯛を釣り上げる餌木にしても、言葉ではなく貫爺さんが作ってくれた実物があるだけだ。

「いろいろなことを教えてもらいましたが、どんなふうに言われたか、覚えておりません」

「やっぱりそうか」

富木様が頷く。「貫助がお前に教えたのは、もちろん手取り足取りだったろうが、口でものを言ったはずだ。しかし口から出ただけの言葉は、いずれ消えていく。お前がこれから二十歳、三十歳、四十歳と年を取っていく毎に、聞いただけの言葉はどんどん薄れていく。それに反して、書きつけられた言葉は残る。百年、二百年、三百年、いや千年後にも残る」

言われて見助は頷く。それを見て富木様が言い継いだ。

「もうひとつ、口から出た言葉は、そのまま遠くへは運べない。もちろん口移しで届けることはできる。しかし人の口から口へと移されるたびに、少しずつ変化する。伝聞とは所詮そういうものだ。ところが文字は反対で、そのまま遠くへ運べるだけでなく、時も超えられる。そこが人と猿や鹿、牛馬と違う所以だ」

言い終えて富木様は遠くを眺める目つきになった。見助はその前で肩を落としていた。文字を知らぬ自分は、富木様の考えによると牛馬と同じ、あるいは釣り上げた鯛と同じ生きものになってしまう。

「今頃、日蓮様は鎌倉に着いておられる頃だろう。その鎌倉の様子も、おそらくわしに書いて寄こされるはずだ。それはすべて、この小湊の別館ではなく、中山の本館に届けられる。わしはこれから先、日蓮様が書き寄越されたものは、どんな片言隻語といえども残しておく。この命にかけてでもな」

富木様が言い、じっと見助を見おろす。そんなふうに言い切れる富木様が羨ましかった。富木様と日蓮様の強い絆がしのばれた。

「見助、いずれお前には、鎌倉に移ってもらう。日蓮様が書状を書かれても、運ぶ者がいなければ何にもならない。それもお前にやってもらいたい。そのためにも、読み書きを学んでもらわないといけない。よいか」

「はい」

答えはしたものの自信がない。力のこもらない返事になっていた。

「生返事では困る。嫌なら嫌と言ってくれないか。無理強いはできない」

富木様の真剣な顔を仰ぎ見て、見助は頷く。

「やらせていただきます」

思いがけずしっかり答えられたのは、日蓮様の姿が想起されたからだ。日蓮様に会えるのは嬉しい。年に一回、いや数年に一回でもいい。一瞬でも傍にはべることができれば、何にも換えがたい喜びになるような気がした。

「よし、決まった。わしは明後日、中山に戻る。明日、漁が終わり次第、ここに来い。そして、また秋にわしが戻るまでに、自分自身で手習いを続けておくといい。いや、そんなにむつかしいものでもない。学ぶのはあくまで仮名と、多少の漢字のみだ。よいな。もう戻ってよい」

見助は富木様の前を退出して、厨の方に向かう。途中で気持が変わり、海に突き出た小さな岬まで駈けた。この日を境に、自分の行く末が変わるような気がした。ここにいる限り、自分は貫爺さんと似たり寄ったりの人生を歩むはずだった。一生を舟と海と漁で満たす行く末が、これから先、そうではなくなるのだ。

しかし目の前の海は、片海だけではない。入江の奥の小湊にも続き、富木様の本館があるという中山にも続いているはずだ。そして日蓮様がおられる鎌倉も、この海の先にあるに違いない。

そう考えると、富木様が命じられた道を歩むのは、これまでの海の生活とは無縁ではない気がする。海の広さが何十倍、何百倍かに大きくなったと思えばいいのだ。

翌日、漁を終えて獲物を厨房に届けたあと、屋敷の中庭にはいり、中に向かって声をかけた。「お館様、見助でございます」と、三度言うと、中から富木様の声が返ってきた。

「見助来たか。ひょっとすると、来ないかもしれないと懸念していた」

富木様は満足気だった。「近くに寄れ。すぐに紙と筆を持って来る」

富木様は硯箱を取りに行き、見助の前に置く。中に硯と筆、墨がはいっていた。

「よいか、硯と墨はこうやって使う。この二つさえあれば、山の中だろうが、舟の上だろうが、どこでも使える。そのうえ、よく保存すれば、書かれたものは千年でも二千年でも持ちこたえられる」

「二千年も」見助は呆けたように言った。

小瓶には小さな穴があいていて、傾けると数滴が硯の上にたまる。それを富木様は棒状の墨で伸ばし、こすり始めた。

「もうひとつの道具は筆だ。これには大中小さまざまあるが、これは小筆で、通常はこれさえあれば用は足せる」

筆は見助も厨で見たことがある。下女がそれを使って、椀のはいった木箱に何か書きつけているのを見た。日頃は憎まれ口をきく年増の女だったが、学があるのだと多少なりとも見直す思いだった。

「そうしてもうひとつ、料紙がいる。これがなくては、どうにもならん。硯はなくても、凹んだ石で代用できる。筆も、なくしたときには、柳の小枝の先を石で砕いて筆にできる。料紙も、ないときは白布にも書きつけられる。しかし布は高価でもったいない。料紙だと、このとおり反故が手許にいくらでもある」

　富木様が紙の束を見助の目の前に置いた。一寸ばかりの厚さで、何枚あるかは分からない。大きさもまちまちだった。

「この料紙は見てのとおり、すべて紙背になっている。表に書かれたものは用済みなので、捨ててもよい。これがこの館には山ほどある。捨てるのは惜しいので、裏返して使っている。裏表に書き尽くしたあとでも、再び紙漉きをして乾かせば、また使える。中山の屋敷には、そのための紙漉き場まである」

　確かに、紙の表に書かれた文字が透けて見えた。これから、こんな字を書けるかと思うと、見助は胸の高鳴りを覚えた。

「まずは、こうやって筆を握る」

　富木様は筆を器用に握ってみせ、見助に渡す。見助は真似たものの、同じ手つきにならない。

「お前、左利きか」

「はい」

「漁をするには構わないだろうが、筆は右に持ったほうがよい。すぐに慣れる」

「はい」答えて持ったものの、うまくいかない。手を添えて富木様が筆を正しく握らせる。

「お前の手、大きくて岩のようだのう」

言われて見助は、手を引っ込めそうになる。爪の間は黒く、指にもそこここにひび割れがあった。

「日蓮様の手も驚くほど大きい。さすがに爪の手入れはされているが、大きくてごつごつしている。わしたちの華奢(きゃしゃ)な手とは違う。やはり、日蓮様もお前も、漁師の手であるのは間違いない」

見助は、日蓮様の手の大きさまでは気づいていなかった。今度会うときがあれば、しかと見届けようと思う。

「いいか、まず覚えておかねばならないのは数の書き方だ。ひとつ、ふたつ、みっつは、いくら何でも数えられるな」

「はい」そんなことは稚児(ちご)でも知っている、と見助は少しむっとする。

「いち、に、さんとも数えることも知っているな」

「はい。例えば、じゅうさんは、とおとみっつとも数えます」

「上等上等。それを書くとこうなる」

富木様はやにわに筆を執(と)って墨をつけ、紙の上を走らせる。たちまち十とおりの文字が黒々と書かれた。その中のいくつかは、厨で見かけた文字だった。棚の上に置かれた木箱に太い字が書かれ、消えかかっていた。

「この十とおりの字を手本にして、この料紙に書くといい。立ったままだと不自由だろうから、ここに上がれ」

板張りに上がれと言われても、見助は裸足(はだし)だった。「泥をぬぐって上がればよい」

汚れた足を手の平でぬぐい、板張りに坐る。富木様の館に上げてもらうのは初めてだった。まごついていると、富木様が小さな文机(ふづくえ)を持って来て、見助の前に置く。

「この上のほうが書きやすいだろう。書いてみろ」

手本を左上に見ながら、同じ筆を握って動かしてみる。ひとつは、単に横棒一本で、ふたつはそれが二本になる。下の横棒が上のよりも少し長い。みっつは、それが三本に増え真中の横棒が少し短い。

「見助、お前は手筋(てすじ)がよいぞ」

誉められているのか、おだてられているのか分からない。しかし悪い気はしない。

ところが、よっつになると勝手が違った。第一、どこから筆を入れていいのかが摑めない。四角をぐるっと書いて、中にちょんちょんと墨を入れたが、字というよりも、おかしな模様になってしまった。

「そこは、ちょっと工夫がいる」

笑いながら富木様は、見助の背にかぶさるようにして、筆を執る見助の手を握った。かすかにお香の匂いがして、見助は陶然とする。

「肩と腕の力を抜いて、こう書く。まず縦の線、そして横を引き、ぐっと下におろし、枠の左右に斜めの点を入れ、最後に横線を下に書いて終わりだ」

同じ字を三回書いて、次は五つ、六つと進み、やっと十まで辿り着く。何とか要領だけは覚えられたような気がした。

「同じ料紙が真黒になるまで、今度はひとりで一から十まで書いてみろ。そうそう、いい調子だ」

富木様が見守る前で、筆を走らせる。難しいのは四と五だけで、あとは何とか書きおおせた。

「ほう、なかなか覚えも早い」

またしても誉め言葉が耳にはいる。貫爺さんもそうだったが、富木様も誉め上手だった。見助が見よう見真似で餌木を作り、初めて大鯛を釣り上げたときなど、筋がよいと誉められたのを思い出す。

「この一から十の字が書ければ、例えば五十三も難なく書ける」

富木様は、また新しい紙に五十三と大きく書きつけ、その脇に八十一と四十八も書き添えた。その理屈が、おぼろげながらも見助にのみ込めた。縦に三つの字をくっつけて、続ければいいのだ。

「これらの数の脇に、読み方を小さく仮名で書き添えるから、よく見ておくとよい」

今度は、いち、にい、さん、し、ご、と口ごもりながら、曲がりくねった字が数字の横に書き加えられる。もう一枚、五十三などが書かれた紙にも、その読みのごじゅうさんが書き添えられた。

「こうすれば、読み方が分かっているから、仮名の形も分かる。読みながら書いていけば、大方の仮名が書けるようになる。ここに書かれていない仮名は、また帰って来たとき教える」

富木様はそう言い、二枚の手本を見助に手渡す。「そしてこの料紙も硯箱もお前にやる」

った。

「貰っていいのですか」あまりの嬉しさにのけぞった。紙は二、三十枚はありそうだった。

「どうせ反故になった料紙だ。表裏、真黒になるまで書いていい。筆も、穂先がすり切れたら、また新しいのをやる。しかしまあ、穂先がなくなる頃、もしくは墨がすり減ってしまった頃には、見助も字が書けるようになっているはずだ」

富木様は、先が楽しみだという顔で笑う。

「ありがとうございます」

押しいただく手が震えそうだった。

小屋に戻ってから、硯箱と紙は棚の上に置いた。文机の代わりは、古い漁具箱を裏返しにすれば使えそうだった。

これから先、暇があれば字を書こう。毎日書けば、貰った紙を真黒にするのに、ひと月いや半月もかかるまい。書くところがなくなったら、海辺に持って行き、水に濡らして干せば、また書けるような気もする。それでも書けなくなれば、砂浜に書けばいい。

引き波に洗われた砂浜に出て、小枝を拾って、一、二、三と書いている自分の姿が思い浮かぶ。今まで砂浜に残したのは、自分の足跡くらいだったが、大きな字も残せるのだ。他の村の漁師が通ったらさぞかし驚くだろう。

そうなると、自分の名も書けるようになる。まずは仮名を習い、次は富木様に頼んで、漢字でどう書くかを教えてもらおう。釣り上げた鯛にしても、いずれ仮名で〈たい〉と書けるようになるのだ。〈たこ〉も同じだ。今までは声に出して言うだけだったのに、書き残せるのだ。

そうだ、拾った木片に書きつけてもいい。墨と筆があれば、ちょっとした木片にも字が書ける。浜には大小の木片がよく打ち上げられる。干せば白っぽくなり、筆で書きやすい。

釣った鯛を麻袋に入れて厨房(ちゆうぼう)に持って行く際、木片に〈たい五ひき、見助〉と書いて、黙って帰ることもできる。気づいた厨の女下人たちが仰天する顔が思い浮かぶ。

しかし、字を書くところは人に見られないに限る。密(ひそ)かに打ち込んで、厨房の女たちを驚かせたかった。

三、嵐

釣った魚を袋に入れ、背負って厨房まで持って行き、戻ろうとしたとき、女中頭から呼び止められた。

「見助、最近小屋に枯木を積み上げているようだけど、何に使うの」

「別に」見助はしらばくれる。

「いらないのなら、持って来てちょうだい。煮炊きするのに丁度いいから」

「おいらも煮炊きに使うし」

「あらそう。今までは、こっちから薪を持って行っていたのに。いい心がけになったわね」

どこか皮肉がこもった言い方だった。

「乾いた流木は、よく燃える」

「だったら、乾かした料紙も燃やすのね。よく燃えるでしょう」

見助はしまったと思う。黒々になった紙を海水で洗い、干していたのを誰かに見られたのだ。

「火をつけるには、もってこいだ」

見助ははぐらかす。

「あんな立派な料紙も流れ着くのかい」

「近頃はよく見る」

またしてもしらを切る。

「へえ、どこからやって来るのだろうね」

「さあ」見助は首を捻ってみせる。

「それから、この前、浜に字が書いてあったそうだよ」

「へえ」やっぱり誰かが見たのだ。まさか書いているところを見られたのではなかろう。

「五という字が、大小、それこそ百近く書いてあったそうだよ」

「おいらは気づかなかった」

見助は首を振る。

「誰だろうね。まさか浦島（うらしま）の子が辿り着いたのじゃないだろうし」

「片海には竜宮城はないよ」

浦島の昔話は小さい頃、貫爺さんから聞いたことがあった。

あの五は、書くのが一番難しく、紙を真黒にするのが惜しく、明るくなってから砂の上に書きまくったのだ。

「そしたら天女が、空から舞い下って書いたのかもしれないね」

「さあ」見助は首を捻ってみせる。

「それにしても、どうして五なのかが分からない」

女中頭が解せない顔をした。

「おいら天女なんか見たことがない。それよりか、今夜から嵐になる。二日ほど海には出られない」

「おやそうかい。お前さんの言うことだから間違いない。ありがとうさん。みんなにも言っとくよ」

女中頭は最後には見助に礼を言って引っ込んだ。

小屋に戻りながら、嵐が来るのはもう間違いないと確信する。貫爺さんに教えられたとおり、海の色が藍色を帯びはじめている。今は日が照ってはいるものの、風に湿り気が感じられた。

小屋は岩陰にあり、もともとは貫爺さんが建てたものだ。低い屋根は葦で葺き、縄できつく縛りつけ、その上に平たい石を置いている。大風でも吹き飛ばされるおそれはない。壁は、板壁の外側に葦の束をびっしりと立て、さらにその外に篠竹で垣根を作っていた。

嵐のときは、貫爺さんと小屋の中に二人きりになる。屋根を大粒の雨が叩きつけ、風の吹き過ぎる音と、波の砕ける音が間断なく続く。それでも小屋はびくともせず、雨漏りもしない。小屋の中央に仕切った炉に火を入れる。じきに小屋全体が暖かくなった。竹串にさした干魚を火にかざせば、香ばしい匂いが部屋に満ちて、外とは別世界になった。

焼けた魚を、竹串のまま頬ばった。そんなときに、貫爺さんの口から昔話がよく出てきた。その中で一番頭に残っているのは、手なし娘の話だった。

ある村の長者の妻が亡くなって、器量よしの後添いが来た。この後添いは先妻の子のお清を憎く思って、亡き者にする策を立てた。仮病を使って医者にかかり、金を包み、この病気には若い娘の生胆が効くと言わせた。

後添いは長者を説き伏せ、お清を山に連れ出し、殺して生胆を取ってくることを誓わせた。この密談を聞いていたお清は、翌日山に上るとき晴着を着、父親について行ったのだ。

山頂に着くと、お清は父親に向かい、「どうぞ殺して下さい」と頼んだ。そのとき、空を飛んでいた雉が三羽、キイキイと鳴いて目の前に落ちて死んだ。父親は鳥の胆を取り、お清の両腕だけを切り落として殺した証拠にした。父と娘は、そこで泣く泣く別れた。

手を切り落とされて泣き続けていたお清が気がつくと、白髪の老婆が立っていた。老婆が傷口につける薬で血は止まり、老婆の姿も消えた。

〽風も冷たし　継母も冷たし
峠を越えれば　風もなかろ

お清は泣く泣く山を越え、下るとみかん畑と小屋があった。お清は口でみかんをくわえて食べ、小屋で寝た。

みかんが妙な食べ方をされているので、畑の持主の若者が不思議がり、小屋を覗くとお清がいた。不憫に思って、そのままお清を小屋に住まわせた。親には内緒で、弁当を二人分にしてもらい、毎日みかん畑に行き、一緒に食べた。

三年が過ぎ、お清が身籠ったので、若者は親の前に連れて行き、夫婦になることを許してもらった。丁度その頃、若者は小湊に住む縁者の家に奉公に出なければならなくなった。泣く泣く夫婦別れをした翌年、お清は玉のような赤子を産んだ。そこで両親は、小湊の息子に手紙を書いて、文箱担ぎに託した。ところがこの担ぎ役の男が酒飲みで、お清の実家である長者の家で骨休めをし、酒を飲ませてもらった。そのついでに後添いに口をすべらせ、手紙を見せた。

よこしまな後添いは、手紙をすり替えて、にせの手紙を持たせた。手紙には、「お清は化け物を産んだ」と書いてあった。

手紙を受け取って読んだ若者は、それでも「おれが帰るまでお清と赤子は大切にしておいてくれ」と書き、文箱担ぎに持たせた。

文箱担ぎは、またお清の実家で酒を飲ませてもらい、請われて後添いに手紙を見せた。後添いはまた手紙をすり替えて、「母子ともども、とっとと追い出せ」と書いた。

若者の両親も、不憫とは思いながらも、赤子と弁当を背負わせ、お清を追い出す。泣く泣くお清が山に登って行くと、頂上付近に柴屋があって、老夫婦が住んでいた。

「どうか背中の赤子をおろして下さい」

お清が頼むと、老夫婦は「よく来たな」と言ってくれた。

「わしたちは、お前がいつも信仰していた地蔵様夫婦だ。明日、山を下って、麓を流れる川で腕のつけ根を洗い、その水を三口飲め、必ずよいことが起きる」

ひと晩その柴屋に泊まり、朝起きると老夫婦の姿はなかった。

お清は教えられたとおり、山を下って麓の川で腕を洗い、水を飲んだ。三口飲んだとき、背中の赤子が落ちかけたので、思わず押さえようとした瞬間、ひょいと両手が生えた。

両手が戻ったお清は、川沿いに道を下り、村にあった機屋に雇われ、住みついた。

一方、若者は小湊で三年の奉公を終えて、家に帰り、わけを知らされて、母子探しの旅に出た。三年探しても見つからず、とうとう着物もすり切れ、道端の機屋に寄って、着物を買おうとした。すると、お清によく似た女が出て来た。しかし、ちゃんと両手がある。別人だと思いながら、勧められたお茶を飲んでいると、五、六歳の男の子が出てきて、若者を指さした。

「ととさんだ」

それで若者はお清だと分かり事情を知った。機屋の親方も喜び、親子三人を快く送り出してくれた。

三人は無事に村に戻り、待っていた両親を喜ばせた。

どこか奇妙で無気味な筋は、貫爺さんが死んだ今でも、見助の胸に残っている。両手がないと、どんなにか不自由だろうと、お清に同情し、よこしまな心の持主の後添いに、腹が立った。

しかし今となってよく考えてみると、すべての間違いのもとは、文箱担ぎのだらしなさだった。酒欲しさに、後添いの家に寄らずにいれば、誤解は生じなかったはずだ。

見助は、富木様が口にした言葉も思い出す。いずれお前に、日蓮様宛に文を運んでもらうかもしれないと、確かに言われた。そうなった暁(あかつき)には、忠実な文箱担ぎに徹しようと見助は思う。

もうひとつ、手のないお清の不自由さは、痛いほど分かる。手がなければ、手習いも、口か足指で筆を持つしかない。手でもさんざん苦労しているのに、筆を口にくわえたり、足指に挟めといわれたら、今の自分の百倍、千倍の苦労が待ち受けているはずだ。

そしてもうひとつ、お清を救ったのは、お地蔵さんの信仰だった。いつもお地蔵さんを拝んでいたから、腕を切られたときも、血が止まり、柴屋の老人たちが迎えてくれたのだ。

お地蔵さんなら、富木様の館から清澄寺の方に向かう道筋にひとつある。ちょっと見るだけで、手を合わせたことはない。まして道端の花を摘んで捧げたこともない。貫爺さんは、その前を通るときなど、頭巾を取って、手を合わせていた。見助はそれを隣で眺めているだけだったのだ。せめて今度、あの道を辿る際は、手を合わせることぐらいはしてみようと思い直す。

その日は案の定、夕方頃から生ぬるい風が吹き始めた。雲行きが怪しくなり、みるみる黒い雲が空を覆い、雨がぱらつき始める。その雨が篠突く雨に変わるまで四半時とかからなかった。

小屋の中が真暗にならないうちに見助は炉に火を入れた。外で風雨が荒れ狂っている間、これまではじっと横になっていた。嵐は何日も続かない。いずれ必ずおさまる。待っていればいいだけの話だ。

しかし今は、それではもったいない気がした。火が起こり、わずかに明るくなったのを見はかり、ゆっくりと墨をすり出す。波が岩に砕け散る音、屋根と壁に雨が吹きつける音を耳にしながら、墨をする。初めて味わう奇妙な心境だ。横になり、時には指で耳を塞ぎながら、早く嵐が過ぎるのを待ちわびるのとは、全く違う。言うなれば、嵐は嵐、自分は自分だという気がする。

墨をすり上げたところで、富木様が書いた手本二枚を台の上に置き、じっと見つめて頭に叩き込む。その字の形は、宙を見ても頭のなかでは崩れない。あとは、その字形に従って筆を走らせればよかった。

おしいただいた紙のうち、手をつけていない紙を一枚、台の上に置いて、筆を手にした。墨をつけて、一、二、三、四、五と書いていく。

十まで書いたとき、目の前に朝の光に満ちた砂浜が思い浮かんだ。波がかすかに寄せる波打ち際に、釣り上げた鯛を貫爺さんが並べていき、一、二、三、四、五と数え方を見助に教えてくれたのだ。時にそれは、浜に打ち上げられた貝殻のときもあった。きらきらと光る石のときもあった。

「いいか、数を知らないと、犬畜生と同じになる。いくら賢い飼い犬でも、数えられるのは、せいぜい三つまでだ。三から先はみな同じだと思っている。人間はそうはいかん。十が十集まれば百、百が十集まれば千、千が十集まれば万となる」

貫爺さんは小石を十個集めて小山にし、その小山を十個、今度は見助に作らせ、これが百だと教えてくれた。さすがに、小石を千まで積み上げたことはなかったが、千や万の数の多さは想像できた。

しかしその貫爺さんにしろ、一、二、三の字は知らず、書けなかったはずだ。

息を詰めつつ十まで書き終えたところで、見助は富木様の手本を取り出して見比べる。筆の勢いは違うものの、形は似ていた。

今度はまた手本を脇に隠して、仮名を書き添える。いち、に、さん、し、ご、ろく、しち、はち、く、じゅう。

数字とは違って、曲がり具合がむつかしい。書き終えて、手本と見比べる。やはりどこか違う。おずおずとした自分の心境が、字にも現れているような気がした。

こんなむつかしい仮名も、全部ではなかろう。そう言えば、ひゃく、せん、まんの漢字も、まだ教えてもらってはいない。習っていない仮名だって、もっともっとあるはずだ。

そう考えると、今度、富木様が下総中山から片海までやって来る日が待ち遠しかった。たいてい年に二度、早春と秋の終わりだから、次に会えるときまで半年近くある。それまでに、手本の字はすべて覚えておこう、それも手本と瓜二つになるくらいに上手にだ。

火が消えかけたので、枯木をくべる。平たい木片には、〈いち、に、さん〉が書かれている。裏にも〈五、六、七〉の字が記されていた。

雨音が耳をつんざく。岬の先にある松の根元も、大波が打ちつけるたび、少しずつ削られている。物心ついた頃、もう松の根元の土はいくらもなかった。松の根が張っている土の下は、たぶん岩だろう。その大岩がえぐられて、その上の草むらが三尺ほど垂れ下がっていた。

あれから十年、一本松はまだ倒れずにいる。倒れるどころか、えぐられた崖にしっかりとしがみつき、露出した根は、以前よりも太くなっていた。

嵐はますます激しさを増している。どこからか隙間風がはいり、火影がときどき揺れた。

両親が亡くなった日も、こんな嵐の夜だったのかもしれない。漁に出て雲行きが怪しくなったとき、急いで岸に引き返そうとしたものの、嵐のほうが早かったのだ。あとひと息で波打ち際というところで、舟はひっくり返り、しかし打ち上げられた舟の中に、赤子がちょこんと坐って泣いていたというのは、いくら考えてもありそうな話ではない。かといって貫爺さんが嘘をつくはずもない。理由はどうあれ、両親の命と引替えに命を授かったのが自分であるのは確かだ。

その赤子が、今こうやって嵐の夜に字を手習いしている。世話になった貫爺さんも、この世にはいない。何だかこの世とは、順繰り送りになっているような気もする。

死んだ両親から、この自分が貫爺さんに引き継がれ、富木様が今はこうやって手習いをさせて下さる。これも順繰りの一部に違いない。その富木様と、あの日蓮様の間の文箱担ぎの役を仰せつかるとすれば、これも何らかの順繰りだろう。

そうしたら自分は、いったい誰に順を送ればいいのか。見当さえつかない。たぶん自分が十五歳にしか過ぎないからだろう。いずれ誰かに何かを順繰りする日がやって来るに決まっている。

四十歳、いや五十歳まで生きるとして、あと三十五年はある。今まで生きた二倍以上の年数だった。長いようでありながらも、たった二倍ちょっととは、いかにも短いようにも思われた。しかし今こうやって筆を執っている手習いが、日蓮様や富木様の順繰り、ひいては自分自身の順繰りに役立つのは間違いない気がした。

第二章 鎌倉

一、百・千・万

その年の秋、心待ちにしていたのに、富木様は帰って来なかった。貰った紙が書字で真黒になると、海水で洗って干し、また使った。繰り返しているうちに紙は薄くなって、ついには穴があく。そんな紙は火にくべ、次は砂の上に字を書いた。そんな毎日を繰り返すうちに年が改まる。

「見助、料紙だよ。使ったらいい」

岩場に潜むたこを銛(もり)で突き、厨に持って行ったとき、女中頭が言った。手には反故紙の束が握られている。

「ありがとう」素直に見助は押しいただく。

「砂浜に書かれた文字も見たよ。四も五も、今では立派な字になった。ところが、どこをどう探しても、十から上の位がない。十が十集まると、見助、いくつになる？」

「百」

「百が十集まると？」

「千」

「千が十集まると？」

「万」

「そうだろう。その百、千、万が書かれていなかった」

「すみません」見助は顔を赤らめる。

「わたしがここに書いておいた。これも手習いするとよい」

女中頭は一枚の紙を手渡す。確かに三文字が書き連ねてある。富木様の字と比べると、どこか字体がやさしい。

「本来なら、万はもっとむつかしい字を用いる。しかし見助が覚えるには、この字でいい。書き順はこうだよ」

女中頭が板敷からおりて来て、鍋の蓋をひっくり返す。椀に水を入れ、人差指を浸した。

「ようく見ておいで。百の書き順はこうだ」

指先と水だけで字が書けるなど、見助は初めて知る。女中頭の細い指と、形のよい爪を眼にするのも初めてだ。指先から生まれる字を、見助は息を詰めて凝視する。指の動きは、その字とともに一生忘れない気がした。

「千はやさしい。万もむつかしくはない」

二つの文字が指先から現れるのを、見助はしかと見届ける。気がつくと、もう最初の百の字は薄れかけていた。

「分かったら、さあ行きなさい」

「ありがとう」厨を出ようとしたとき、女中頭が背後から声をかけた。

「富木様が、一両日のうちに戻って来られる。さきほど、家来が着いて知らせてくれた。鯛があると喜ばれる」

「明日、必ず釣り上げて持って来ます」

見助は胸を張った。

翌朝は凪（なぎ）で、早暁（そうぎょう）に舟を出した。入念に作った餌木をつけて、舟べりから投げおろす。錘（おもり）が海の底に届いた手ごたえがあると、一間ばかり巻き上げ、綛（かせ）を大きく上下させた。

急に、あたりが輝き出す。水平線上に日が昇っていた。眩しくて瞼（まぶた）を閉じる。光が瞼を透けて感じられる。息を大きく吸う。波に揺れる小舟に身を任せる。小舟もろとも海に溶け込んでいた。

綛に小さな手ごたえがあった。綛を一気に上げる。重くて上がらない。それどころか釣糸が引っ張られる。慌てるなと言い聞かせ、少しずつ綛を巻いていく。大鯛に間違いない。三尺か、四尺か。ここは鯛と人との力くらべだった。どちらが先に草臥(くたび)れるかだ。慌てる必要もない。

苦しまぎれに、鯛は舟の底をくぐろうとする。見助は舟の位置をずらす。今、引く力が弱くなった。これはこっちを油断させる魚の浅知恵だ。いずれ最後の力を振り絞って暴れ狂う。

すると案の定、道糸が引かれて、舟べりで前のめりになった。これが鯛に残された最後の力だった。

綛をゆっくりとたぐる。どこか重い荷物を引き上げるような感じだ。ようやく海面下に魚影が見えた。大きい。四尺はあろうか。体をずらして、伸ばした左手でたもを摑む。このくらいの大鯛であれば、まだひと暴れする力は残している。大人しく鯛は上がって来るが、これこそ鯛の狸(たぬき)寝入りだ。いつまた潜られてもいいように、見助は注意深く綛をたぐった。

こんなとき、貫爺さんは泣く子をあやすように唄をくちずさんだ。

〽よくぞかかった鯛さんよ
海の暮らしも倦きたろう
これから陸で
ゆっくりゆっくり
休んでたもれ
ゆっくりゆっくり

このゆっくりゆっくりが絶妙の節回しで、鯛はもう暴れない。命を貫爺さんに託したように横向きになる。そこをたもですくうと、暴れていたのが嘘のように上がってくる。舟底に放りやったとき、申し訳程度に跳ねるだけだった。

その唄の要領で、見助はたもを左手で取り、鯛をすくおうとした。その瞬間を待ち構えていたように、鯛が大きく跳ね、たもから逃げた。

これは間違いなく、一度どこかで釣られたことのある鯛に違いない。うまく逃げおおせた記憶が、頭のどこかに残っていたのだ。見助は慌てず、今度は一気にすくい上げ、両手で持ち上げた。ここまで重い鯛は、生まれて初めてだ。

舟底に横倒しになった鯛はもう動かない。しきりに口とえらを動かしているだけだ。見助も、精根尽き果ててへたり込んでいた。両腕が硬くなって動かない。腰さえも抜けたように立てない。

優に四半時は鯛と力比べをしていた。四尺超えの鯛は五、六歳の子供を寝かせたような大きさだった。

もう釣りを続ける余力は残っていなかった。あたりはすっかり明るくなり、日も高くなっていた。

櫓を漕ぐ腕にも、力がはいらない。腰の位置さえも定まらない気がした。息もはずんでいる。大鯛だけが静かに息づいていた。

〽よくぞかかった鯛さんよ
　海の暮らしも倦きたろう
　これから陸で
　休んでたもれ

貫爺さんの口調を真似て言ってみる。こんな大鯛、貫爺さんが生きていれば、その昔釣ったという大鯛と、どちらが大きいか、話に花が咲くはずだった。

「一番大きいのを釣り上げたのは、二十歳を少し過ぎた頃だ」

貫爺さんが両手を広げて言ったのを思い出す。

鯛を麻袋に入れて厨まで運ぶのが、またひと苦労だった。石段を登って厨の戸を開けたとき、よろよろとかまどの前にへたり込んだ。

「見助、どうしたのだい」

下女が心配気に言う。

「どうもこうも、あれを見てくれ」

袋の中で鯛はまだ動いていた。下女がこわごわと袋を逆さにするなり、ぎゃと悲鳴をあげた。悲鳴を聞いて他の女たちも駆けつける。

「こんな大鯛、初めて見た」

「片海の主だよ」

「富木様も喜ばれる」

口々に言っているうちに、女中頭も顔を出した。

「これは一番大きいかもしれないよ」

そう言って、大俎板(まないた)の上に鯛を運ばせる。三人がかりだ。

女中頭は、俎板に刻まれた切り込みを指さす。

「これが、ここで調理された鯛で一番大きかった印。死んだ貫助爺さんが若いときに釣り上げたと聞いている」

女たちが声を上げながら調べるのを、見助は見守る。まさか、貫爺さんが自慢していた鯛と比べられるなど、思いがけなかった。

「見助の鯛のほうが、一寸ばかり大きいよ」

女中頭が叫ぶ。「これで貫助爺さんを超えたね。ここに新しい切り込みを入れておくよ。いつかまた、見助がこれよりも大きいのを釣り上げるかもしれないからね」

見助は心の内で首を振る。もうこれ以上の鯛は、片海にはいないような気がした。もっと言うなら、大鯛を釣り上げる運は、これで尽きたような気がした。

小屋まで戻るときも、嬉しさよりは寂しさが胸の内に渦を巻いていた。見助は、訳が分からないまま、草むらに腰を下ろし、片海を眺める。日は高く上がり、海はどこまでも滑(なめ)らかだった。潮風がかすかに感じられた。

貫爺さんが亡くなった悲しさが、今頃になってぶり返していた。

寝転んで青空を眺める。白雲がいくつか浮かんでいる。間隔を縮めたり広げたりしながら、少しずつ形も変わっていく。

これでいいのだろうか、ずっとこのままでいいのだろうか。そんな疑問が頭をかすめて、見助は自分ながら驚く。片海は、貫爺さんから発見され、育てられた場所だった。貫爺さんの生まれもこのあたりで、貫爺さんは、一生を片海で過ごしたのだ。自分も当然同じ道を進むのだと思っていたのが、何かが変わりはじめていた。

どこからか自分の名前を呼ぶ声が聞こえてくる。頭をもたげて、あたりを見回す。下女のひとりがこちらを見ていた。

「富木様が呼んでおられる。早く」

慌てて立ち上がり、駈け出す。そのまま門から中庭に行き、いつものように外から声をかけた。

「見助か」

姿を見せた富木様が嬉しそうに声をあげた。「やっぱり安房はいい。中山からここに至る道は、進む毎に胸躍(おど)る。降りそそぐ光が一歩毎に明るくなる」

そんなものだろうかと解(げ)せないまま見助は頷く。確かに夏の片海は、天から陽光が降り注ぎ、海がそれを鏡のように照り返す。どこに眼をやっても眩しい。

「ところで、お前が釣った大鯛、見せてもらったぞ。たまげた。片海の主だろうと、女たちが言っていた。ようやったのう。今日の夕餉(ゆうげ)が楽しみだ」

「ありがとうございます」

「どうだ、手習いは進んだか。まさか鯛釣りばかりにかまけていたのではなかろう」

笑いながら富木様が訊く。

「一生懸命、打ち込みました」

「ほう、そうか。これは頼もしい。ちょっと待っておれ」

富木様は奥に引込み、硯箱と紙を持って来て、縁側に置く。

「見助、これを水注（すいちゅう）と言う。便利なものだ」

丸くて小さい容器を傾けて、硯に水を垂らしてから、見助に墨を手渡す。自分ですれという仕草だった。見助は立ったまま、縁側で墨を動かす。

「なるほど、墨のすり方も、初手（しょて）とは違う」

富木様から感心され、見助は頬を染める。特段誉められるようなことでもなかった。富木様が墨をすった姿を目の底に留めていて、それをなぞっただけなのだ。

「さあ、この筆でこの料紙に書いてみよ」

紙は反故ではなく、真新しい。どこにも墨跡がなかった。見助は躊躇（ちゅうしょ）する。

「よいよい。立ったままでは書きにくかろうが、それも手習いのひとつ」

筆に墨を含ませて、一から十までを一気に書く。

「ほう」息を詰めるようにして見ていた富木様が身をのけぞらせる。「そして読みは？」

乞われて、見助は小さい文字で、数字の脇に仮名を書き添える。

「ほう。釣りの腕前同様、なかなかの筆遣い。女たちの噂は本当だった。見助は、砂浜も料紙代わりにしていたそうだな」

「はい。書く紙がなくなりましたから」

まさか枯木にまで書いていたとは言いにくかった。

「よくやった。お前は教え甲斐がある。あれから中山に帰って気がついたのは、まだ百、千、万を教えていなかった。これを覚えれば、たいていの用が足せる」

「それは習いました」

「習ったと。誰から」

「女中頭からです」

「あの菊女からか」

「はい」

「書いてみよ」

見助は別の紙に百、千、万と書きつけ、その脇にひゃく、せん、まんを書き添える。実のところ、ひゃく、せん、まんのうち、知らない仮名のひ、や、せ、ま、は菊女から教えてもらっていたのだ。

「そうかそうか、菊女のやつ、そんな情けをお前にかけてくれたか」

富木様が唸る。「そうなると、例えば敵の数三万一千五百十三も書けるな。ちょっと例えは悪いが」

「三万一千五百十三ですね」

言いながら見助はそのままを、また別の紙に書く。敵の数が三万一千とは、いったいどのくらいの人数なのか頭に浮かべ、背筋が冷たくなる。

「よくできた。もうこれで充分。残るは仮名だが、まだ全部は覚えていない。最近はやっているのは、いろは歌だ。菊女も知っているはず。これを覚えて、びっくりさせてやれ」

今度は、富木様が筆を執り、墨跡も鮮やかに書き下した。

いろはにほへとちりぬるをわかよたれそつねならむうゐのおくやまけふこえてあさきゆめみしゑひもせす
「とても覚えられません」

「お前なら覚えられる。忘れたときは、菊女が知っている。他にも知っている者はいくらでもいる。どこに行っても、知っている者に尋ねればすむこと。心配はいらぬ。この料紙も筆も墨も、全部持って行け」

「筆と墨はまだあります」あまりのもったいなさに、見助は躊躇する。

「筆も墨も、いずれはちびる。予備があるに越したことはない」

ありがたく見助はおしいただく。

「今夜は館中の者が、見助の大鯛で、思いがけない夕餉になる。ありがとうよ」

言われて見助は平伏した。

小屋に戻っても興奮がおさまらなかった。ぼんやりと、傾く日を眺めているとき、下女が大きな椀を持って来た。

「見助にまず持って行けと言われた」

下女が言う。

小鍋と同じくらいの大椀で食べるのは、見助も初めてだ。漆塗りの赤い箸まで添えられていた。

石の上に腰かけ、そっと蓋を開ける。鯛汁のいい匂いがした。骨だけでなく、ふっくらとした身まではいっている。菜は白菜と細切りの白ねぎだ。白味噌の香が、いかにもうまそうだった。

夕日を体いっぱい浴びながら、鯛汁を食べる。傍(そば)に貫爺さんがいたなら、何と言ってくれたろう。

小魚を二人で釣り上げたときなど、鍋にぶち込んで潮汁を作った。菜は、そこいらに生えている菜花(なのはな)だったり、たんぽぽだったり、のびるだったりした。煮上がると、天気が良ければ、鍋を外に運んで、椀につぎ分け、石に腰かけて食べた。

夕日を見ながらのときもあったし、夏のうだるような暑さがひいた夕べもあった。貫爺さんの横にいると、何もかもが幸せに感じられた。そんな日々がいつまでも続くものと思い込んでいたのだ。

人の死とは、いったい何だろう。貫爺さんにそんな質問をしたことはない。貫爺さん自身も、人の死について何も語らなかった。語ったのかもしれないが、見助の記憶にはない。自分が考えていないものは、人から聞いても耳にはいらないのだ。

これから先、事ある毎に、貫爺さんの死が思い出されるような気がした。

食べ終えて、箸と大椀を厨まで持って行く。下女たちは、まだ給仕で大童(おおわらわ)だった。一番真先に自分が鯛汁を供されたのに違いなかった。

「おいしかったかい」

下女から聞かれ、

「おいしかった。二人分、貫爺さんの分まで食べた」と答えて厨から走り出る。

その夜はなかなか寝つけず、やっと寝入り、目覚めたときは、もう日が高くなっていた。やはり前日の大鯛との格闘が尾を引いている。今日一日は骨休みに決めた。

舟を出さない代わりに、小屋の中で仮名の練習をする。既に知っている仮名はあと回しにして、知らない字を手習いする。

とはいえ、富木様がさらさらと書き下した〈いろはにほへとちりぬるを――〉の意味が分からない。そのあとの〈わかよたれそつねならむ――〉も何のことか、理解できない。いつかは、またあの菊女に訊くはめになりそうで、気が重かった。

富木様の話では、仮名は全部で四十八あるという。たった四十八の仮名を覚えるだけで用が足せるとは、信じ難い。四十八の仮名くらいなら、五、六歳の子供でも、手習いできないこともない。自分はもう十六になった。手習いが遅いとはいえ、今覚えておかなければ、貫爺さんのように死ぬまで仮名とは縁がないのだ。

見助は日蓮様を思い出す。片海の村から清澄寺にはいったのが、十二歳のときではなかったか。自分よりは四歳も年下のときだ。今この年頃で富木様から手習いを授けられたのは、降ってわいた幸運のような気もした。

昼過ぎ、戸の外で声がした。慌てて紙と筆を隠して小屋を出る。

「見助、海に出ていなくてよかった。御館(おやかた)様が呼んでいる。大切な用事らしい」

「ありがとう」

見助は下女より先に石段を駆け上がり、館の門をくぐって中庭に出た。

座敷に富木様が坐り、ひとりの僧侶と対坐していた。見助の姿に気づいて富木様が手招きした。

「見助来たか。このお方は、清澄寺の浄顕房殿だ。たった今、お前の話をしていた」

しゃがんだまま、見助は僧に向かってぴょこんと頭を下げる。年の頃は富木様より少し年上で、四十代半ばに見えた。恰幅のよい富木様と違って、顔も首も細い。

「浄顕房殿は、明朝ここを発(た)って鎌倉に向かわれる。しかし荷が多い。お前、供(とも)をしてくれないか」

「鎌倉にですか」

「そう。浄顕房殿は、日蓮様が清澄寺に残されていた仏典などを、鎌倉まで届けられる。私も、日蓮様に届ける物がある。それを見助に持って行ってもらいたいのだ」

鎌倉はどうでもよかった。何よりも日蓮様にもう一度会えるのが嬉しかった。

「行かせてもらいます」

「そうか。明朝、明るくなる前にここに参れ。しばらくは帰って来られないかもしれない。そのつもりで、小屋の中は片付けておけ。あとで旅仕度のための衣は届けさせる」

言われて、見助は事の重大さを実感する。この片海に育って、この地を離れたのは、日蓮様のお供をして清澄寺に行ったときだけだ。鎌倉はその何倍かは遠い地にあるはずだった。

「見助殿とやら。礼を言いますぞ」

浄顕房から会釈（えしゃく）をされて、見助は恐縮する。一見とっつきにくい雰囲気があっても、本当はやさしい僧侶なのかもしれなかった。

「見助、手習いの道具は持って行け。小屋に置いていても、せんない」

「はい」筆などは当然持って行こうと思っていたので、見助は嬉しかった。

「料紙は油紙（あぶらがみ）に包んでおくとよい。それもあとで持って行かせる。下がってよい」

見助は小屋に戻り、片付けをはじめる。漁具は隅の木箱に入れた。綛（かせ）や餌木（えぎ）、釣糸、鉤（はり）など、貫爺さんから譲られた物も多かった。下女が衣と草鞋（わらじ）、油紙を持って来たとき、小屋の中は片づいて、がらんとしていた。

「見助がしばらくいないと聞いて、みんながっかりしている」

下女が真顔で言う。

「却(かえ)って喜んでいるのじゃないのかい」

見助が冷やかすと、下女は首を振った。

「これはあたしたちからの餞別(せんべつ)」

手渡された布包みは、銭がはいっているらしく、ずっしりと重かった。「このうち半分は菊女様からのもの」

下女が言い添える。人から餞別を貰(もら)うなど初めてだった。見助はうろたえながら礼を言う。

「明日の朝は早いだろうから、まだみんな寝ている。元気でまた帰って来るのよ」

「大丈夫だよ」

見助は笑ってみせた。下女を見送ったあと、明朝の出立が正確にはいつ頃か、聞いていないことに気がつく。富木様は明るくなる前と言ったような気がする。しかし早朝であれば下女たちはもう起きているはずだった。それが起きていない頃となると、日の出どきではもう遅い。浄顕房を待たせるようなはめになっては申し訳なかった。となると、まだ暗いうち、寅(とら)の刻(こく)（午前四時）くらいになるのかもしれない。

その日、夕餉をとったあと、すぐ横になった。耳に波の音が届く。この波音を聞くのも今夜が最後だった。

鎌倉という所は、波の音は聞こえるのだろうか。いやそんなに海が近いはずはない。ここで波音は常に身近にあった。それが聞こえない夜とは、いったいどんな夜なのだろう。そう考えているうちに眠りに落ちた。

目を覚ましてすぐさま、外が明るくなっていないか確かめる。大丈夫だ。少し欠けた月はまだ中天にあった。丑の刻（午前二時）にはいった頃で、起きるのには早い。しかし今寝入ってしまえば、起きる頃は寅の刻を過ぎ、卯の刻（午前六時）になっていそうな気がする。

持っていく荷は枕許にある。一番大切な紙は油紙に包んだ。二本の筆と二つの墨も、小さな麻袋に入れてある。

まだ着ていないのは、富木様から貰った上下の衣だ。いつも着ていた衣は、あちこちに継ぎが当たっていた。それも袋の中に入れている。今着ている衣も、置いていくには惜しい。鎌倉で入用になるはずだった。

そこまで考えると、急にいても立ってもいられなくなり、起きて着替える。上衣も下衣も使われた形跡もない新品だ。これまで着ていたのは、菊女から貰った古着が多く、貫爺さんが残してくれた衣もまだ着ていた。

新しい草鞋も履いてみたが、もったいなくて脱ぐ。これだけは鎌倉のためにとっておきたかった。今まで草鞋をはいたのは、岩場を歩き回るときくらいで、普段はいつも裸足だった。

着ている衣は真白なはずだった。今は暗くてよく見えない。明るくなって、真白な衣を着て歩くなど、どこか晴れがましくも恥ずかしい気がする。

じっとしていられなくなり、外に出る。月夜で、海辺までうっすらと見える。風がなく、波音だけが忙しげに聞こえてくる。北辰とそのまわりの星が、月に負けじと光っていた。

石段を上がりながら小屋を振り返る。次に戻って来るのは、いつ頃になるのか。年末、それとも来年か。古びた屋根が、主の留守を悲しんでいるようだった。

館の前に立つ。どこにも明かりはついていなかった。見助は裏木戸の前で腰をおろす。しばらくまどろんでいる間に、寝入ってしまった。

二、船宿

見助、見助と名を幾度か呼ばれて目が覚める。目の前に、富木様と家来、浄顕房が立っていた。

「ここで待っていたのか。殊勝なやつ」

富木様から言われ、立ち上がって目をこする。「まだ眠っていて、仕度ができていないのではと、浄顕房殿と二人で心配していた。荷はこれだ」

葛籠を家来が背負わせてくれる。「中には、料紙と筆が三本、衣が数枚、その他もろもろがはいっている。水にはくれぐれも濡らさないように」

自分の麻袋は、首に巻くような恰好で、葛籠の上に重ねた。見ると浄顕房も、黒漆塗りの葛籠を背にしている。たぶん大切な経典がはいっているのだろう。

「何から何までお世話になりました」

浄顕房が富木様に礼を言った。

「日蓮様には、くれぐれもよしなに伝えて下さい。何か入り用の物があれば、また送ります」

富木様が応じる。「見助、しっかりお供(とも)をするのだぞ」

「はい」胸を張って答える。

「見助殿、本当に助かります」

浄顕房から言われて、見助は背中がこそばゆくなる。

「お前、草鞋はどうした」

家来が気がついて訊く。

「はい。麻袋の中にしまっています。裸足のほうが楽です」

「いざとなったら遠慮なくはけよ」

家来が苦笑しながら言った。「達者でな」

富木様と家来に見送られて出発する。最初の道を曲がるとき、振り返った。暗がりの奥に、まだ二人は立っていた。浄顕房が静かに合掌する脇で、見助は頭を下げた。

途中までは、日蓮様と一緒に歩いた道だった。浄顕房が寺に続く道の方を見やるかと思ったが、ちらりとも見る様子はなかった。

ようやくあたりが明るくなる。人通りはなく、浄顕房の後ろについて、ひたすら歩く。

東の空が赤くなりはじめていた。赤味が消えると、空全体が戸を開けたように明るくなる。雑木(ぞうき)の間から海が見え、次第に青味を増した。

浄顕房の足取りは、清澄寺の周辺の山を歩いて鍛えた脚に違いなく、力強い。

「見助殿、足は大丈夫か。草鞋はつけなくて大丈夫か」

「大丈夫です。慣れています」

答えてから、見助は言い添える。「浄顕房様、どうか見助と呼んで下さい」

「あはは、そうか。すまんことをした。見助殿、いや見助」

見助も一緒になって笑う。日蓮様と違い、あまりしゃべらない僧ではあっても、好きになれそうな気がした。

「朝餉は食べていないが、腹は減っていないか」

浄顕房が振り返って訊く。

「少しだけ」

本当はもう空腹を感じて、このままだとあと一刻(いっとき)も歩けない気がした。

「もう少し行けば、海の見える所に出る。そこで干飯(ほしいい)を食べよう」

言われて道の先を見る。もう夜はすっかり明けていて、道端にある家から煙が上がっていた。

「鎌倉までは何日かかりますか」

「海路、波がなければ海を渡って、明日の夜には鎌倉に行き着く」

「明日着くのですか」

鎌倉は何日もかかる遠国だと思っていただけに、拍子抜けする。

「陸路だとそうはいかない。富木様の本館がある中山をぐるっと回り、浅草(あさくさ)、丸子(まるこ)、大船(おおふな)を通って、四、五日はかかる」

「そうすると、片海から中山までは、三日くらいですか」

富木様が馬に乗って来る姿を思い浮かべて、見助が尋ねる。

「そう、確かに長旅だ」

浄顕房の返事に、見助は首をかしげる。本当は、もっと日数がかかると思っていたのだ。

「鎌倉から中山までは、二日もあれば行けますか」

どういう道筋なのかさっぱり分からないものの、頭で計算して問いただす。

「そう二日だ」

だったらそう遠くない。富木様が中山に戻られて、鎌倉から何か荷物を託されて行くにしても、案ずるまでもなかった。

「ここで休もう」

ちょうど海が見えた所で、浄顕房が腰をおろす。葛籠から出したのは、袋にはいった干飯だった。片手に受けて、口に放り込む。じっくり噛んでのみ下し、竹筒に入れた水を飲んだ。ほんのひと握りの干飯なのに、腹に沁(し)み入るようだ。

「見助、これも富木様が下さっている」

浄顕房が取り出したのは、干しだこだ。噛みちぎるのにも、噛むのにも苦労する分、うまい食い物だった。

「これから山道を一日中歩き、夕方には海辺に出る。そこが湊(みなと)で、宿に泊まり、翌朝早く、船に乗る。昼前には浦賀(うらが)の港に着く。そこから衣笠(きぬがさ)道を辿って行けば、鎌倉だ」

「日蓮様はそこにおられるのですね」

「そう。鎌倉の東のはずれの小屋に住んでおられる」

「ひとりで？」

「ひとり住まいだが、信者ができて、代わる代わる世話をしてくれている。日蓮様の説法を聞けば、誰もが信徒になる」

浄顕房が自分で頷く。「あの方は特別なお方だ。私は、あの方が十二歳で清澄寺に来られたときから知っている。そのとき、もう初手の手習いは終えておられ、あとは海綿が水を吸うように、私らが与える経典を頭に入れられた。私ら年上の僧が舌を巻くほどだった」

日蓮様のことを聞くのは、見助の耳にも快くもっと聞きたかった。

その後はひたすら歩いた。山道をところどころで曲がる。うっそうと繁る木々で足元が暗くなる。どこからか猿のけたたましい鳴き声が届く。

峠にさしかかったとき、森の奥から、もの悲しい鹿の鳴き声も聞こえた。山道をこれほど長く歩くのは初めてだ。行き交う旅人の大半は、足に草鞋をつけている。

「足は痛くないか」

浄顕房が後ろを振り向いて案じてくれる。

「大丈夫です。慣れています」

答えたものの、こんな長歩きには慣れていなかった。

「あそこで休んでいくか」

何人かが縁台に腰かけている茶屋を指さして、浄顕房が言った。

浄顕房が壁の文字を読んで注文したのは、山芋汁だった。浄顕房が口で言ったから分かったものの、壁の字だけでは何のことか理解できない。見助に読めたのは、「いも」という字だけだった。

壁には、他の食い物も書き並べてある。「めし」とか「みそ」とか「つくし」とかは読めても、どういう食い物かは分からない。

富木様は、仮名さえ手習いすれば、何とか用は足せると言ったが、食い物の注文からして不充分だった。

山芋汁に箸をつけ、汁をすする。朝方食べた干飯は臓腑（ぞうふ）から消えていた。からになった腹に、汁は吸い込まれるようだった。たいらげた椀についでくれた白湯（さゆ）がまた、体に沁み入った。

「おいしゅうございました」

見助はたいらげてから言う。

「こういうのを食べると、昨夕食べた鯛汁が、夢見だったのかと思う。あれはうまかった。日蓮様にも食べさせてやりたかった」

「鎌倉にも鯛はいますか」

「いないことはないと思うが」

浄顕房は首を捻る。「鎌倉の先には由比（ゆい）ヶ浜（はま）があり、少し西に行くと、七里（しちり）ヶ浜（はま）になる。鯛は、浜には寄りつかないのか」

「寄りつかないこともないと思います」

浜で鯛を釣ったことのない見助には自信がない。「舟で沖に出たほうが釣れるはずです」

「そうだろうな。東の方に行くと、荒磯(あらいそ)になる。そこに行けば、釣れるかもしれんな」

言われて、見助は釣具をすべて小屋に置いて来たことを悔(く)やむ。まさか鎌倉で漁をするなど考えてみなかったのだ。

浄顕房が奥で代金を払った。再び歩き出す。足に力が戻っていた。ゆるやかな下り坂だった。登って来る旅人の額に、汗の粒が光っている。

「これなら日暮れ前に湊に辿り着ける。見助、そなたは運の良い命をさずかっている。おかげで、私もその恩恵を受けられる。前回もその前回も、鎌倉に赴いたとき、雨にたたられた。今回は見助のおかげで、このとおり晴天だ」

天候など、人に左右されないのは、骨身に沁みて分かっている。

とはいえ自分は運に恵まれているのかもしれなかった。

両親は嵐で命をおとしたのに、赤子の自分だけは助かり、貫爺さんに拾われていた。その貫爺さんがこの上なくいい人だった。

「運を授かっている者は、とことん、自分の道を進んで行くとよい。たとえ艱難辛苦にあおうとも、切り抜けられる」

浄顕房が諭すように言う。「私が見るところ、日蓮様がそんな運の良さを持っておられる。加えてあの頭の良さ、そして民草を思う熱い心が備わっている。間違いなく、日蓮様は釈尊が選ばれたお方だ。あの清澄寺にわずか十二歳で入寺されたとき、私は二十二歳だった。手習いや、その他の仏事、経典について手ほどきをしているうちに、この童は違うと、密かに舌を巻いていた。案の定、清澄寺を出て、鎌倉、そして京都で足かけ十年の遊学を終えて、再び清澄寺に戻られたとき、何倍も大きくなられていた。清澄寺に留まっていた私らは、足元にも及ばなくなっていた。かつて手ほどきをした私と、私の兄弟子でもある義城房殿には、それがよく分かった。出藍の誉れとは、このことなのだと、義城房殿と頷きあった」

「出藍の誉れとは、教えられた者が、教えた者を超えることですか」見助はおそるおそる確かめる。

「そう、よく分かったな」

どこか浄顕房が嬉し気な顔で見助を見た。「ところが、それを見抜けずに、却って妬む者も出る。誰とは名前を言わないが、日蓮様を成り上がり者、恩知らずと言って、後ろ指をさしたり、真向から通せんぼをする。世間にはよくあることで、寺の中でも、それは変わらない。出る杭は必ず打たれるものだ」

　あの日蓮様が清澄寺で打たれたとしたら、何と理不尽なことか。見助は口惜しくなる。

「ところが、日蓮様は打たれて凹むような人ではなかった。言うなれば、杭が大きく、打つほうの木槌があまりに小さいのだ」

　なるほどと見助は納得する。一尺の大杭を一寸の木槌で打っても詮ない。

　山中の道がようやく開ける。目の前に海が広がっていた。

「あれが、ちょうど片海とは反対側の海だ。安房国の東に片海がある。目の前の海はその西側にある。色が違うのが分かるか」

「分かります」

　心が躍るのを覚えながら答える。片海はどちらかというと明るい青だった。目の前に広がる海は濃い青だ。

「遠くに陸があるのが見えるか」

「はい」海のかなたに、薄くたなびくような影が眼にはいる。

「あそこに鎌倉がある」

浄顕房が右手を上げて指さす。

海を越えればもう鎌倉なのだ。鎌倉は思ったほど片海から遠くなかった。

「さあ、暮れる前に山を下ろう」

浄顕房の足が速くなる。見助も続く。黙々と歩き続け、ふと見助は潮の香をかいだ。その香も片海とはどこか違った。

海沿いに、漁師の家や宿屋らしい家が立ち並び、人通りが多い。

細い道を何度も曲がって、浄顕房が小屋の前に立つ。葦葺(あしぶ)きの屋根は古く、ところどころ板壁がはがれていた。

「ここに泊まらせてもらう」

浄顕房は勝手知ったように奥に行き、戻って来る。広い板敷にもう七、八人が隅の方に陣取っていた。修験者(しゅげんじゃ)のような男もいれば、旅芸人風の男女もいた。みんな粗末な身なりをしていて、浄顕房の黒衣や見助のような真新しい衣を着ている者はいない。

「見助、足を洗って寝場所を取っておいてくれ。私はちょっと用事をすませて戻って来る」

浄顕房から言われ、戸惑っていると、老婆が木桶に水を入れて運んで来た。上がり框に腰かけると、足を出すように老婆が言った。他人から足を洗ってもらうのは、生まれて初めてだ。布で拭き上げてもらう。

「お前さん、寺の小僧さんかい」老婆が顔を上げて訊いた。

「違います。お坊さんの供です」

答えてから、それでよかったのかなと思う。老婆はそれ以上何も訊かず、桶の水を戸の外にぶちまけて奥に消えた。

なるべく先客から離れた隅に、葛籠を二つとも運び、番をするようにして腰をおろす。みんな大人ばかりで、見助の年頃の者はいない。気後れがして、見助は入口の方ばかりに眼をやった。浄顕房はすぐに戻って来ると言ったが、心細さがつのった。

「そなた、どこに行く」

いつの間にか修験者風の男が、近くににじり寄っていた。肩にしているのは狸の皮だろうか。胸にも大きな数珠をかけている。

「鎌倉に行きます」

「どこか寺にでもはいるのだろう」

「いえ、寺にははいりません」

伏し眼がちに、しかしはっきりと答える。

「そんなら何しに」

「荷を運んでいます」

答えてから、しまったと思う。荷が大切な物だと相手に白状しているようなものだ。

「寺にか」

「分かりません」

荷を日蓮様に運ぶのは間違いない。しかし日蓮様がどこかの寺に住んでいるかどうかは知らない。

「鎌倉には、寺があちこちにあるからのう。ざっと数えても十指に余る」

「そんなに」

見助は驚いてみせた。荷の中味が何なのか訊かれずにすんだのに安心する。

「有名なところで、建長寺(けんちょうじ)、寿福寺(じゆふくじ)、浄妙寺(じょうみょうじ)、永福寺(ようふくじ)がある。その他にも」

修験者が指を折りながらさらに言う。あまりの多さに見助は圧倒される。それだけ鎌倉は大そうな場所なのだ。

修験者がさらに続けようとしたとき、浄顕房が戻って来る。修験者に会釈(えしゃく)したあと、荷を間に置いて腰をおろした。

「ここで一夜を明かす。明日は船出が早い。海が荒れる心配はないという話だった」

どうやら浄顕房は船着場に行って、明朝の乗船の段取りをしたのに違いなかった。

「貴僧は、どの寺から来られた？」

修験者は身を乗り出して、浄顕房に訊いた。

「清澄寺から参りました」

静かに浄顕房が答える。

「ほう、清澄寺ですか。天台宗の」

「はい」

「鎌倉に行かれるとか。そうなると赴かれるのはどの寺ですかな」

「寺に行くのではありません」

浄顕房がそっけなく答える。話の継ぎ穂を失って、修験者は少し黙り、また話し出す。

「この小僧にも言ったが、鎌倉は寺だらけになってしまった。どの宗派も、北条氏にへつらうために、いやとり入るために、競うようにして寺を建てている。同じ天台宗でも、山門と寺門に分かれて、しのぎを削っているから、妙なものだ。清澄寺は山門に属していた。

修験者も丁寧な口のきき方になっていますか」

「はい、いちおう山門です」

「なるほど、比叡山延暦寺が本寺ですな。寺門はそれに対して、園城寺を中心にしているはず。ところが、その天台宗も、この頃では臨済宗に押され気味になっている。これもあの二位の尼、北条政子のてこ入れが効いている。鶴岡八幡宮の近くに寿福寺を建て、今では北条氏こぞって臨済宗に傾きつつある。二位の尼が死んで三十年近くも経つというのに、勢いは衰えそうもない」

「存じております」

浄顕房は、あくまでも丁寧に答える。

「私らが情けないと思うのは、こういっては身も蓋もないが、どの宗派も、北条氏の機嫌うかがいばかりで、民草のことは眼中にない」

「確かに」

頷かれて、修験者は勢いづく。

「世の中が荒れているというのに、それは見えんらしい。その一方で、私がけしからんと思うのは、念仏衆だ。南無阿弥陀仏と唱えながら、強盗まがいのことをやっている。蔵に押し入ったり、ひったくりをしたり、追いはぎじみたことをしたり、横暴の限りを尽くしながら、南無阿弥陀仏の念仏を唱えさえすれば、極楽に行けると信じている。たいして修行もしていない輩ばかりで、盗人の群と大差ない」

「それには、拙僧も胸を痛めております」

「私らも、何とかせねばと思うが、せいぜい門付けをして、その家の安寧を願うくらいのことしかできない」

　唇をかむようにして修験者は黙った。いかめしい恰好をしているが、案外性根のやさしい人なのだと見助は思い、上眼づかいでその横顔を見る。修験者は一度見助を見、浄顕房に言いかけた。

「貴僧が鎌倉に赴かれるのは、何か目論見があってのことですかな」

「目論見というよりも、老師に仕えるためです」

「ほう。その老師の名前は？」

「日蓮様です」

「日蓮。知らんな。どこにおられる」

「松葉谷の草庵です」

「松葉谷なら鎌倉の東はずれではないか」

「はい」

「寺ではなく草庵におられる老師とはどんな僧ですかな」

「いずれ、この乱世を鎮められるお方です」

「ほう」

「念仏衆をことに嫌っておられます」

「なるほど」

「国を救うのは法華経であり、その道筋も法華経にすべて書かれていると、喝破されました」

「法華経ですか。耳にしたことはありますが」

修験者が言い、浄顕房をじっと見る。見助も、あの日蓮様が信じる法華経がどういうものか知りたかった。浄顕房がおもむろに口を開いた。

「拙僧も法華経は、ひととおり目を通しております。しかし、あまりに大部なので、この世を先を急ぐのみで、何の足しにもなりませんでした。老師によればこうです。この世を聖と俗、迷いと悟り、煩悩と菩提、生死と涅槃というように、二分して考えるのではなく、それらは一体になっているものとして把握するものです。つまり聖俗混在、迷悟不二、煩悩即菩提、生死即涅槃なのです」

「なるほど」

修験者は頷いたが、見助には何が話されているのか分からない。浄顕房は続けた。

「その不可分の例が蓮華です。蓮の花は、泥水を厭わずに咲き誇ります。このように法華経は、因果不二、事理一体、つまり原因と結果も分離できない、事実と真理も一体となっている。老師はそう教えられました」

「なるほど、なるほど」

修験者が納得する。「つまり、ありのままに世の中を見ろ。法華経はそう説いているのですな」

「人間については、六道輪廻を説いています。人間のあり方には六種あるというのです。一番下が地獄です。人間の本質は、他人との共存ですが、それが絶たれて孤立するのが地獄です。次が、貪欲の塊である餓鬼、その次が、衝動のままに生きる畜生、その上に修羅があって、これは争いを好みます。そして五番目が人間で、これは反省と内省によって成り立っています。最後が、歓喜に満ちた天上になります」

「すべて理屈にかなっている」

修験者がまた頷く。「この世には、地獄、餓鬼、畜生、修羅が何と多いことか。鎌倉などは、そういう輩の集まりだ」

「もうひとつ、大事な教えがあります」

浄顕房が言ったので、見助は耳を澄ます。教えをひとつくらいは胸にとどめておきたかった。

「人は、質素、正直、純な心であってこそ、仏を見ることができるのです」

頷いたのは見助だった。他の理屈は理解できなくても、このことだけは本当のような気がした。

「鎌倉の念仏衆は、そうなると仏を見ることはできませんな。質素な身なりはしていても、強奪したような布施で、好きなものをむさぼり食っています。不正直そのもので、邪悪な心を抱いたままです。仏の姿を見ぬまま、南無阿弥陀仏、南無阿弥陀仏と念仏だけを口にしている」

修験者が苦笑する。

「老師は、南無阿弥陀仏ではなく、南無妙法蓮華経と唱えるようにと言われます」

「南無妙法蓮華経か」

修験者が問い、見助も胸の内で唱えてみる。

「南無は帰依の心、恭順を表わした言葉です。法は真理の教え、妙は、物事を見通す識見は限りないということです」

「ならば、蓮華経とは」

「泥に咲く蓮華のように、眼前の小さな事柄に、宇宙の真理が現れるという意味です。最後の経とは、紐のことです。美しい花を紐で通して、ひとつにまとめ上げます。つまり、仏の教えをひとつにまとめたのが経です。老師は、この言葉を、あの膨大な法華経の中から、見つけ出したのです」

「なるほど」

またしても修験者が頷く。「そうなると、あの念仏衆が口にする南無阿弥陀仏よりも深味がある」

「あれは空念仏です」

「いかにも」

修験者が小気味よさそうに笑う。「こう聞いてくると、その老師はただ者ではないですな」

「それはもう、大したお方です。自分を三国四師のうちのひとりと、自負しておられます」

「三国四師」

ぎょろりとした眼を修験者が浄顕房に向ける。

「天竺の釈尊、震旦の天台大師である智顗、そして日本の伝教大師最澄と日蓮様です。これを日蓮様は、外側の系譜という意味で、外相承と言われています。これに対して、内側の系統が内相承で、釈尊、菩薩、日蓮様という流れです」

「今、何と言われた。釈尊、菩薩、その次がその日蓮という老師なのか」

「そうです」

「いくら何でも、大言壮語に聞こえるが」

「実際に日蓮様を知らない者は、そう思うやもしれません。私は間違いないと思っています。ですから、こうやってお仕えしているわけです」

「その日蓮という老師は、いくつになられるのか」

「私より十歳下なので齢三十三です」

「三十三」

修験者がのけぞる。心底驚いた様子だ。見助の見るところ、修験者は浄顕房よりも五つか六つは歳上のようだった。

「その若さで、そなたの言われるような境地に至ったのであれば、尋常ならざる器であるのは間違いない。いや、よい話を聞かせてもらった」

今度は修験者が見助に言う。「お前も、そんなお方の傍に仕えるのであれば、仕え甲斐があるの」

「はい」見助は正直に答える。

外はすっかり日が暮れているようだった。どこからか夕餉の仕度をする匂いが漂ってきて、にわかに空腹を覚える。

しかし船宿には、食べる物もなさそうだった。膝をかかえていると、腹の虫が鳴いた。それが聞こえたのか、修験者が葛籠の中をまさぐり、平べったい物を取り出した。

「食べな。干した鹿肉だ。うまいぞ」

見助が浄顕房の顔をうかがうと、にっこり頷いた。

「貴僧もいかがかな」

「拙僧は鹿肉は食しないもので」

その代わりというように、浄顕房が麻袋を出し、干飯を修験者の手の平に受けさせる。

見助は鹿肉を噛み出す。これまで厨で貰って食べたこともあった。しかしそれよりも旨味が強い。塩気も口の中では甘味が感じられた。腹の中で、干し肉が何倍にも増えていくのが想像でき、うっとりとした気分になる。

「うまいか」

「おいしいです」

「ならば、これもやろう。鎌倉で食べるとよい。お前はまだ僧ではないので、食ってもよかろう」

浄顕房がまたにっこりするのを確かめて、見助は板のような鹿肉を三枚もらい、袋にしまう。新たに、浄顕房から貰った干飯を口に入れる。これも嚙むにつれて旨味が増し、呑み込むたび腹が満足するのが分かった。

板張り部屋にはもう二十人ほどが陣取り、それぞれが、何かを食べている。握った飯を食っている者もいれば、豆を嚙んでいる者もいる。かと思えば、どこから持ち込んだのか、串焼きの小魚にかぶりついている者もいた。

「さあ寝るか、明日は早い」

修験者が大きな欠伸をする。

それを見て、見助も欠伸をかみ殺した。一気に昼間の疲れが体を包み込む。浄顕房との間に葛籠二つを挟むようにして、横になる。

もう左隣の修験者はいびきをかいていた。他人のいびきを聞くのは久しぶりだった。貫爺さんのいびきを聞いて、見助は大きくなったようなものだった。

貫爺さんは片海から離れて、この湊に来たことはあっただろうかと考えているうちに眠りにおちた。

三、衣笠道

翌朝、浄顕房から起こされた。左隣の修験者の姿はない。慌てて葛籠(つづら)の中味を確かめる。荒らされた形跡はなかった。

他の者たちも大方起きていて仕度をしている。用を足し、井戸水で顔を洗う。まだあたりは薄暗い。裸足(はだし)の下の地面も冷たかった。

「急ごう。もう少し明るくなると船が出る。海が凪(な)いでいてよかった」

浄顕房が言うように風もなく、波の音も静かだった。他の船宿からも人が出て来る。立派な身なりをして供を連れている女人(にょにん)もいる。かと思えば、富木様のように腰に刀をさした武家もいる。前夜の修験者の姿を探したが、見当たらない。どうやら船には乗らず、陸路をどこかに向かっているのに違いなかった。

どういう船で海を渡るのか、見助は興味津々だった。港に向かう旅人は三十人を下らない。これを全員乗せられる船など、見たことがなかった。

坂を下った先に艀があり、帆を下ろした船が一隻停泊していた。帆柱は三本あり、大きくせり上がった船尾には、屋根もついている。

見助は櫓が何本あるか数える。片側に六本突き出ていた。左右なら十二本だ。

浄顕房が懐から書付を取り出す。前夜、船賃を払ったときに貰ったのだろう。船頭のひとりが書付を回収しながら、次々と乗船させた。船内は匂いそのものが、見助の小舟とは違った。魚臭さが全くせず、海の香が船全体に沁みついている。

見助たちの後ろにも二十人ほどが続き、先に乗り込んだ客を加えると、船客は六十人ほどになった。高貴な身なりの女人や、帯刀の武家は、後方の船室の中にはいり、姿が見えない。

乗船が終わる頃、水手たちが乗り込んで来る。いずれも下帯だけの半裸で、赤銅色の肩と胸、太股がいかにも逞しい。

それでもまだ海は薄暗く、日は昇っていない。錨が上げられ、艫綱が解かれる。水手たちが、声をかけ合いながら櫓を漕ぎはじめる。

船腹に小さな波が当たり、顔にも風を感じた。見助は背筋を伸ばして、四方を眺め回す。船の進行方向には、何も見えない。後方に陸地があるのみだ。どうやって船の行先を定めるのだろう。

「見助、着くまでにたっぷり時間はある。ひと口食べておこうか」

浄顕房が、干飯のはいった袋をさし出す。遠慮なく手を入れて、ひとつかみ把んだ。口に放り込んで、嚙む。周囲でも、それぞれが何かを口にしていた。いり米だったり、いり豆だったり、するめだったりした。

艀が見えなくなった頃、東の空がようやく明るみはじめる。波は穏やかで、さして船も揺れない。左右の水手たちの動きを眺めながら、見助は手慣れた櫓漕ぎに感じ入る。

浄顕房が隣の男から話しかけられていた。訊かれるのは、どこの寺の僧か、念仏僧なのかということだ。面倒がらずに、律儀に答えているのが、いかにも浄顕房らしかった。どこか得体の知れない僧だと感じたのか、行商人風の男はやがて問いかけるのをやめた。

すると今度は、見助の脇に坐る年増女が、葛籠の中味は何だと訊いてきた。怪しい質問だと思ったものの、仏典や紙、筆と墨だと答える。どこか女中頭の菊女に似ている口のきき方だった。

中味が面白くもない品物だと思ったのだろう、今度は、見助が寺の小僧になるために鎌倉に行くのかと訊く。

「寺には行きません。日蓮様に会いに行きます。品物も日蓮様に届けます」

「その日蓮様というのは、お坊さんかい」

「はい」

「どこの寺におられる？」

「寺にはおられないと思います」

返事に窮して見助は浄顕房を見る。

「松葉谷に草庵を結んでおられます」

またしても浄顕房が律儀に答える。

「そうしますと、何宗になりますか」

年増女は少し丁重な言葉遣いになった。「昔からある法相、華厳、律、天台、真言に加えて、この頃では融通念仏宗、浄土宗、浄土真宗、それに新しいものでは臨済、曹洞もあると聞いております」

見かけによらず学があるのか、女は指を折りながら問い返した。

「そのいずれでもありません」

浄顕房はかぶりを振って、しばし黙った。年増女が納得しない様子なので、言葉を継いだ。

「強いて言うなら、日蓮宗でしょうか」

「日蓮宗」

「はい、そうなると思います」

日蓮宗、見助も胸の内で言ってみる。胸が熱くなるのを感じた。あの清澄寺で会った方が、自分の教えを広めるのだと思うと嬉しくなる。

教えの中味については、前の夜、浄顕房が修験者に縷々説いていたような気がする。しかし見助には、その万分の一も理解できなかった。唯一、頭に残ったのは南無妙法蓮華経という祈りの言葉だった。しかしその意味も、今となっては雲散霧消していた。

「教えが十の指に余るような世の中は、良いことでしょうか、それとも末世の印でしょうか」

女が訊き返す。茶化すのではなく、半ば本音の問いかけのようだった。

「この世の乱れそのものが、既存の教えが全く役に立っていない、いや乱れに手を貸しているというのが、日蓮様の考えです」

浄顕房はきっぱりと答える。「このままであれば、日本という国は内側から瓦解し、そうでなくとも、外から攻め入られるでしょう」

「外からと言いますと？」

問うたのは年増女の弟だろうか。どことなく顔つきが似ていた。

「外つ国です」

「しかし、日本は四方を海に囲まれています。海を渡って攻め来る国がありますか」

「海など、ものともしないほどの大国です」

「そんな強大な国があるとは思えません」

今度は男が反問する。

「それは、あるはずだよ。お前が知らないだけさ」

男をたしなめたのは、年増女のほうだった。

「国の内側からの困難を、自界叛逆と称します」

浄顕房が諭すように言う。「国が自ずから腐敗し、瓦解するという意味です」

「わたしが案じているのは、そこです」

年増女が納得し、脇の男に顔を向ける。「お前さんは、それを感じないのかい。身の回りは、騒乱ばかりだろう」

「確かに確かに」

男が頷く。見助は気になって二人の顔を見比べる。年増女と男は、ひょっとしたら夫婦かもしれないと感じたからだ。

「外からの難儀が、他国侵逼（しんぴつ）の難です」

浄顕房が言い足す。

「侵逼？」女が問い返した。

「直（ただ）ちに侵略してくる恐れがあるということです」

「なるほど」

女が納得する。「国中が乱れている間に、外つ国が襲いかかるというわけですね」

「そうです。日本は海に囲まれているからといって、安泰ではありません。海は道です。それも自由に行き来できる道です。陸の道はひと筋ずつ交わっているだけですが、海はあっちに行ったり、こっちに行ったり、思うままに動けます」

浄顕房が船内を見やって続ける。「仮にこの船に五十人ほどが乗っているとして、二倍の船であれば百人が乗れます。五百人を乗せる船を造ろうと思えば造れるでしょう。一隻（せき）に五百人乗った船を百隻揃えれば五万人です。千隻造れば五十万人です」

「千隻」

男も船内を見渡して驚く。「この程度の船でも、百隻造れば五千人になりますな。五千人が鎌倉の由比ヶ浜に押し寄せれば、これは一大事でしょう」

「由比ヶ浜から若宮大路（わかみやおおじ）を辿って、真直ぐ北に進めば、もう幕府の御所です」

年増女が静かに言い放つ。「距離にしてわずか半里です」

「いえ、まさか、敵の船が鎌倉に直接押し寄せることはないと思います」

慌てて浄顕房がたしなめる。「敵が襲来するとすれば、西国でしょう。そこに上陸してまずは陣地を築き、武力を貯えて、周辺の国を次々に平定していくのです」

「ありえますな」男が顎（あご）を引く。

「それが他国侵逼なのです」

「何だか、胸のわだかまりがすっきりしました。これまでは、鎌倉に住んでいながら、この国の乱れは何ゆえだろうと、首をかしげていました」

年増女が浄顕房を見据える。「となれば、どうすれば、その内からと外からの災難から免れるのでしょうか」

見助も、女の横顔と浄顕房の顔を見比べながら、返事を待った。

「自界叛逆も他国侵逼も、薬師経（やくしきょう）の中に書かれているそうです。その災難を防ぐには、為政者が自らの信仰を改めるのが一番なのです。為政者が邪宗を奉（たてまつ）っているので、内憂外患(ないゆうがいかん)が起きているのです」

浄顕房が重々しく言い切る。「いや、これはすべて、拙僧の師である日蓮様の請売(うけう)りです」

「その方が鎌倉に草庵を結んでおられるとなれば、一度おうかがいしたいと思います」

年増女が真顔で言った。

「是非とも。日蓮様は必ずや喜ばれます」

浄顕房が顔をほころばす。見助もどこか誇らしさを覚えた。

日が高くなっていた。幸い暑くはない。風が出たのを見計らって、四人の水手が中央の帆柱に帆を上げはじめる。莚帆(むしろぼ)が風をはらみ、船の速度が変わる。水手たちの櫓漕ぎが、それにつれてゆるやかになった。

やがて水手たちが唄い出す。しゃがれた声がひとつにまとまり、しっかりと船客の耳に届く。

〽安房の湊を出たからにゃ
荒波来たとて戻りゃせぬ

ひと波越えて矢の如く
ふた波越えて火の如く
それ漕げ　それ漕げ
それ漕げ　それ漕げ
嬶（かかあ）が産んでも帰りゃせぬ

安房の湊を出たからにゃ
嵐が来たとて戻りゃせぬ
ひと波越えて馬走り
ふた波越えて鹿走り
それ漕げ　それ漕げ
それ漕げ　それ漕げ
嬶が逃げても帰りゃせぬ

〈嬶が逃げても帰りゃせぬ〉のところで、みんなが笑う。水手たちも笑いながら、また唄い出す。

〽安房の湊を出たからにゃ
雨が降ろうと戻りゃせぬ
ひと波かぶって雨宿り
ふた波かぶって濡れねずみ
　それ漕げ　それ漕げ
　それ漕げ　それ漕げ
親が死んでも帰りゃせぬ

安房の湊を出たからにゃ
雪が降っても戻りゃせぬ
ひと波越えて雪ごもり
ふた波越えて雪だるま
　それ漕げ　それ漕げ
　それ漕げ　それ漕げ
家が焼けても帰りゃせぬ

見助は聞きながら、どこか頼もしさを感じる。いったん岸を離れたからには、俺たちに任せてくれと、船客たちに言っているように聞こえるからだ。唄はまだ続く。

〽安房の湊を出たからにゃ
雷(かみなり)　鳴ろうと戻りゃせぬ
ひと波越えて空光り
ふた波越えて海光り
それ漕げ　それ漕げ
それ漕げ　それ漕げ
船が焦げても帰りゃせぬ

「おいおい、船が焼けてはたまらんぞ」

奥の方で誰かが叫んで大笑いになる。その笑いに誘われてか、ひとりの中年男が、ひときわ高くなった屋形の脇に立ち、踊りはじめた。

髭面(ひげづら)のうえに、はだけた胸から熊のように毛深い胸毛も見える。はやす小太鼓の音も聞こえ出す。誰かが鳴らしているのだろう。その音に乗って、いかめしい動きで踊る。どうやら槍を持っての獅子退治のようにも見えた。ぎょろりとした目で見得を切ったり、長槍をしごいたりもする。「いいぞ」という声もかかった。

獅子を見つけていよいよ格闘しはじめる。しかし獅子は、若い女子を楯にして逃げ回る。科白もないので、よく分からないが、見助の目にはそう映る。

首尾よく、槍を突き立てて獅子を仕留める。船客たちが手を叩く。見助も拍手をしかけて、あっと驚いた。

男は、頭の後ろに面をつけていて、振り向くと、女子の顔になっていた。おまけに、衣には、襟元の締まった女の衣裳が描かれている。男はしゃがみ、なよなよした様子で背中を揺らす。女の面が左右に揺れるたび、〈助けていただき、ありがとうございました〉と言っているように見えた。

やんやの喝采が起こった。水手たちまでが手を叩いている。船は帆だけで進んでいた。

屋形の扉が開いて、小さな紙包みが男の前に投げられた。扉の隙間から一部始終を眺めていたのに違いない。見助の横にいた年増女も、懐紙に小銭を包んでひねり、男に手渡す。

「楽しませてもらった。投げてやりなさい」

男は髭面の男に声をかけ、おひねりを投げる。首尾よく男は受けとめて、こちらに向かって頭を下げた。

年増女の気前のよさに、見助は見直す思いがした。

「ああいう踊りは、念仏僧の門付けよりも、よほど心が和みます」

年増女が浄顕房に言う。

「鎌倉には念仏僧が増えました」浄顕房が頷く。

「この頃では、悪党までが念仏僧の恰好をしています。ひと月前には、知り合いが念仏僧の押入り強盗にあいました」

「それは気の毒な」

「朝早く、十人ほどの念仏僧が玄関口で念仏を唱えはじめたそうです。お布施を渡そうとして戸を開けたとたん、十人がどっとはいって来て、主人一家から奉公人まで縛り上げ、金品を出させて、雲の如く去って行きました。命だけは助かったからよかったものの、長年の貯えをごっそり盗られて、気の毒な主は今でも床に臥せっています」

「その筋には訴えられましたか」

眉をひそめて浄顕房が尋ねる。

「訴えたようですが、何しろこのご時世、訴えが多いらしく、いつになったらお調べがはじまるのか、その後の沙汰はありません。もう期待するほうが無理でしょう」

年増女が首を振る。「第一、強盗が念仏僧の身なりをしていたのか、念仏僧が強盗に早変りしたのか。それとて判然としません。物騒な世の中になりました。世に念仏が満ち満ちているのにです」

「確かに、この先、何が待ち受けているのか、考えると、胸がつぶれます。拙僧は、だからこそ師にすがる他ないと思っています」

「その日蓮という方の草庵はどこにございますか」

「松葉谷に足を運んでいただければ、草庵はすぐ分かります。付近に住む人たちが、こぞって日蓮様のお世話をしております」

そうかと、見助は納得する。日蓮様の身の回りの世話をする信者が、もういるのだ。

年増女に仕えている男の顔色が、先刻から見助は気になっていた。青い顔で目を白黒させている。

「お前さん、船酔いかい、嫌だね」

年増女が眉を吊り上げる。

そのときだ。屋形の扉が開いて、声がした。水手のひとりが慌てて木桶を持って行く。中にいる女人も船酔いしているのに違いなかった。それを機に、いくつかの木桶が船客の間に回された。

しかし見助の横にいた男は、木桶を受け取る前に、吐物（とぶつ）が口からほとばしり出る。避ける暇もなく、吐物が見助の膝元にかかった。

「すみません」

「お前さん、何だい。不様（ぶざま）なこと」

男は手拭（てぬぐい）を取り出して、見助の衣を拭きはじめる。見助も自分の古手拭を出す。

「真新しい衣なのに、申し訳ないね」

「いえ、これでいいのです」

つい見助は言ってしまう。新品の衣を着て以来、どこか居心地の悪さを感じていたのだ。いつものように汚れた衣のほうが、気が軽い。

その頃にはあちこちで吐く者が出、元気な者が木桶にはいった吐物を、船べりから海に投げ捨てた。

「横にならせて下さい」

男が言うので見助は場所を空(あ)けてやる。

今まで賑やかだった船内が、打って変わったように静かになっていた。海路のちょうど真中あたりにあるのか、波が荒く、船の揺れが大きい。船酔いで横になっている客には気の毒だった。

「安房には、よく行くのですか」

浄顕房が年増女に訊いていた。

「もとはといえば、木更津(きさらづ)がわたくしの出です。干物(ひもの)を仕入れに行っての帰りです」

「干物ですか」

「鮑(あわび)やさざえ、平目、鯵(あじ)にいかなど、干物はたいてい扱っています」

返事に見助は聞き耳を立てる。どうやら鎌倉に店を開いて商売をしている女人のようだ。

「木更津なら、この衣笠道よりも六浦(むつら)道のほうが至便ではありませんか」

浄顕房が訊く。

「仕入れ先が、木更津から湊にかけての村々に散っているものですから、今回は湊から船に乗りました。行きは、六浦道を通ったのですが、その分、船旅が長く、つれが船酔いで青息吐息になり、死にかけました」

年増女が男を見て苦笑する。血の気のない顔は、微かに頷く。

「それで今回は、船旅が半分ですむ衣笠道のほうを選んだのです。しかしやはりこのとおりで、いけません」

「こればかりは、慣れませんと」

浄顕房が同情する。

「何度乗っても慣れない者もおります。一度は、このつれが三日早く鎌倉を出、江戸、千葉回りで来て、わたくしは六浦道と船旅で、木更津で落ち合ったこともあります。ところが、陸路よりはこっちの船旅が楽なようです」

「それはそうでしょう」

浄顕房が頷き、横になった男も弱々しく頷いている。

見助は頭の中で、鎌倉がどのあたりにあるのかを思い浮かべた。片海から陸路で海に出た所が湊で、船で海を渡り、そこから衣笠道を辿って鎌倉に着く。鎌倉からはもうひとつ六浦道が海岸まで出ていて、そこからの船旅は少し長く、木更津という所に着く。木更津と湊はさして離れていない。

陸路は、鎌倉からぐるりと迂回して木更津に着く。富木様が住まわれている中山の館も、その途中あたりにあるのかもしれなかった。いかにこれまでの自分が、小さな片海から出ていなかったかを思い知る。

日が少し傾きはじめたとき、船の揺れがなくなり、櫓漕ぎが速くなる。風向きが変わり、帆が下ろされていた。

屋形の扉が開き、あでやかな衣裳を着た男が、船の進行方向を眺めている。御簾(みす)を少し上げたところから、女人が顔を出した。手をかざして前方を見る横顔に、見助は見とれる。

「お前さん、もう少しの辛抱だよ」

年増女がつれに言いかける。どうやら二人は主従ではなく、夫婦のようだった。

見助は腰を浮かせて前方を見る。陸地が近くに迫っていた。片海と違って、岸や谷(たに)間(あい)に人家が多い。いや小高い丘の上にも小屋があり、頂きの方まで田畑がせり上がっていた。

「もう少しの辛抱ですよ」

浄顕房が横に臥している男に言うと、青白い顔のまま力なく頷いた。

「本当に頼りにならないね。次からやっぱりお前さんは、江戸回りだね。それなら足元は、地震にあわない限り揺れない」

年増女は相変わらず口が悪い。

いつの間にか、吐物のかかった見助の衣も乾いていた。

船が入江にはいる。左右から岬が腕のように伸び、奥まった汀が港になっているようだ。

水手たちの漕ぎ方がゆっくりになる。船酔いで横になっていた連中も、ほっとして目を閉じている。頭の中で、揺れない場でひと息ついている自分の姿を思い描いているのだろう。艫綱が投げられて固定され、桟橋に船が繋がれた。

舳先の方から船客が降りはじめる。よろける客を水手たちが支えていた。

「着いたよ。今度は歩くんだよ。寝ていても家には着かないよ」

言われて男は立ち上がったものの、すぐにぐらつき、見助が腕を支えた。

「すみません。何から何まで」男が謝る。

葛籠を背にして、男の体を支えながら、ようやく桟橋に上った。

「ここからは歩けます」

男の顔に血の気が戻りはじめていた。

「どうぞ道中気をつけて」

年増女が頭を下げた。「わたくしたちは、今日はここでひと休みしますので」

浄頭房と見助も頭を下げる。

港には家屋がひしめいていた。対岸の湊とは比べものにならないくらい人通りが多い。

「腹は大丈夫か」

浄顕房が訊く。空腹には違いなかった。しかし口から出たのは、「大丈夫です」だった。

そのやせ我慢を読み取ったのか、浄顕房は道沿いの店に眼をやった。雑多な店が看板を掲げ、幟（のぼり）を立てている店もある。そのうちの一軒を浄顕房が指さす。「めし」と幟に書かれているのが、見助にも読めた。とたんに腹の虫が鳴く。

店の中と外に長い床几（しょうぎ）が置いてあり、思い思いに五、六人が坐っていた。浄顕房は中の方にある床几を選んだ。葛籠を肩からおろして土間の隅に置き、そこが見えるようにして坐った。

「何にする？」

浄顕房の問いに、見助は壁に張った文字のうちのひとつを口にする。その仮名が読めたからだ。

「どじょう汁か、いいね」

水のはいった椀を持って来た女に、浄顕房が注文し、金を払った。十二文なので、ひとり六文なのだ。壁の文字を見直すと、どじょうの下に、確かに六の字が書かれていた。

どじょうのはいった鍋は、貫爺さんと一度だけ食べたことがある。畑作りを受け持つ下男から、笊一杯のどじょうを貰ったときだった。蠢くどじょうは、二十四はいたろうか。貫爺さんは厨から一本の牛蒡と、近くの藪に生えている淡竹の筍を取って来て、石鍋で炊いた。細切りにした牛蒡と筍が、何ともいえずうまかった。どじょうの骨を箸で取り分けようとしたら、貫爺さんに叱られた。爺さんを真似て、頭から骨ごと噛み砕く。二人で鍋の底の汁まですすり、一滴も残さずに平らげた。

そのくらい貫爺さんは、死ぬまで歯が丈夫だった。手入れもよくしていた。柳の枝を折っては噛みしだいて、歯の手入れをしていた姿を思い出す。

「獣は、歯を失ったときが死ぬとき」

そう言ったのも貫爺さんで、以来見助も歯の手入れを怠らない。

女が持って来た膳の上には、大椀が二つのせられていた。うまそうな匂いが鼻をくすぐる。さっそく見助が椀を手に取ったのとは逆に、浄顕房は丁重に合掌してから箸を手にした。

以前食べたのよりも太めのどじょうで、四、五匹ははいっている。薄切りの牛蒡に添えて芹(せり)も入れられている。どじょうの頭の苦みも苦にならず、却ってうまみを感じた。気がつくと、浄顕房は器用に骨を出していた。それが僧としての食べ方なのかもしれなかった。

「入れるか」

浄顕房が、ひと握りの干飯をさし出す。椀の底に残った汁に、干飯を入れる。ふやけた干飯がまた喉に心地よい。

たったひと椀なのに、たらふく食べたような気がして、店の外に出た。道端に足の不自由な女が坐り、物乞いをしていた。胸には赤子を抱いて、汚れた右手をさし出している。片海では、ついぞ見かけなかった乞食(こじき)だ。気の毒だと思っても、何もやるものがない。幸い浄顕房が一文を乞食の手に握らせた。

「店の前にいる乞食は、じきに追い払われる。乞食はだから、あちこち逃げ回らなければならない」

浄顕房が言うとおり、見助が振り向くと、店の女に叱責(しっせき)され、場所を変えているところだった。

「鎌倉にはいると、乞食は増える。あまり多いので、今度は乞食同士で場所争いになっている。何という世の中だろうね。清澄寺にいたときは私も分からなかった。日蓮様に従って鎌倉に出て来て、世の乱れがようやく理解できた」

浄顕房が淡々と言った。「鎌倉というところには、あらゆる病人が集まっている。毎日のように、病の市が開かれているといっていい。生まれつき体に不自由があって歩けない者、見えない者、聞こえない者、口がきけない者。かと思えば、顔半分を火傷で焦がした者、喧嘩か争乱で、片腕を切り落とされた者、事故か何かで膝をつぶされた者もいる。加えて、親から捨てられた子供、子供から遺棄された老いた親など、あらゆる人間の労苦が鎌倉には集まっている」

思いもよらぬ話に、見助はじっと浄顕房の横顔を見上げる。人の苦しみを語りながら、浄顕房は顔をしかめている様子はない。むしろ静かにそれを受け入れているような、穏やかな表情だ。

「私はだからこそ、日蓮様が鎌倉を選ばれたのだと考えている。人の病苦や労苦を鎮めるのには、信心しかない。何もかもひとりで背負うのには荷は重過ぎる。大方の苦労は釈尊に背負ってもらえればよい。釈尊がずっと遠い所におられるのであれば、この日本という国では、私が労苦の荷を背負って行こう――。そう日蓮様は思っておられる。その道筋を説いた教えが、法華経であり、法華経のありがたさに感謝を捧げるお題目が、南無妙法蓮華経だ」

「南無妙法蓮華経」

見助は小さな声で言ってみる。初めて口にする言葉なのに、すんなりと言えたのが不思議だった。

「その南無妙法蓮華経の題目を、鎌倉中に響き渡らそうと、日蓮様は考えておられる。そうすれば、目が見えないという労苦も、労苦でなくなる。耳が聞こえないのも労苦でなくなり、親から見捨てられたみなし子という苦労も、苦労でなくなる。すべて釈尊、お釈迦様が望まれたことだからだ」

目が見えない、耳が聞こえないというのが、お釈迦様が望まれたこと――。お釈迦様がそんな無慈悲なことをされるのだろうか。

しかしそこには、無学な自分には分からない何か深遠な真理があるのかもしれなかった。

「もうひとつ、日蓮様が鎌倉を選ばれた理由は、衆生(しゅじょう)に救いをもたらすとともに、為政者に目を開かせるという意図があったからだ。鎌倉は、何といっても日本の中枢(ちゅうすう)だ。その真中にある人々の蒙(もう)を啓(ひら)かなければ、国全体を覆(おお)う暗雲は晴れないと考えておられる」

重々しい言い方に、見助はまた浄顕房の横顔を見上げた。先刻の穏やかな顔が、厳しい顔つきに変わっていた。

「しかし衆生を導くのと違って、それは難しい。日蓮様は、日々精進して道筋を探っておられる」

その日蓮様の苦労が、浄顕房の表情からしのばれた。浄顕房は、あの日蓮様に少しでも力になろうとしているのだ。厳しい顔つきも、その困難を予想してのことに違いない。

「今、国を統べる地位にあるのは、北条時頼殿だ。鎌倉には代々、将軍がおられる。幕府を開いたのは、もちろん源頼朝殿で、今から七十年ばかり前だ。そのあと頼朝殿と北条政子殿の子である頼家殿と実朝殿が、第二代、第三代の将軍になられた。ところが、実朝殿は、今から三十五年前、鶴岡八幡宮で、兄頼家殿の子、公暁に暗殺された。これで、源氏の血統は途絶えてしまった。そのあと、第四代将軍には、京都からの公家、九条頼経殿がすえられた。

この方は、考えてみれば気の毒な方だ。父君は九条道家殿で、母君は綸子といい、源頼朝殿の姪の娘にあたる。従って源氏の遠縁にあたるので、わずか二歳のとき、鎌倉に迎えられた。八歳で元服して、九歳で将軍になられた。十三歳で、源頼家殿の娘と結婚されたので、すべてが執権の思惑どおりに進んだとみていい」

浄頭房は見助が耳を傾けているかどうかは確かめずに、言い続ける。「執権というのは、本来は将軍の補佐役だ。初代の執権は、源頼朝殿の妻北条政子殿の父にあたる北条時政殿で、第三代将軍、源実朝殿のときに初代執権になられた。第二代執権は、その子の北条義時殿で、実朝殿が暗殺されたあと、さっき申した公家の九条頼経殿、つまり藤原頼経殿を四代将軍に迎えられた。これは全くのお飾りで、五代将軍は、その子、藤原頼嗣殿が継がれ、執権は第二代執権北条義時殿の長子、泰時殿に受け継がれた。この泰時殿のとき、将軍職は、もはや有名無実のものになってしまった」

聞いていて、見助はぼんやりとながらも、鎌倉での世の移り変わりを想像できた。初めに力を持った将軍が次第に影が薄くなり、逆に力を伸ばしてきたのが、代々続く執権の家系なのだ。

「今の執権は、泰時殿の孫で、時頼殿が務められている。一昨年、この鎌倉に迎えられたのが、帝（後嵯峨）の皇子の宗尊親王で、第六代の鎌倉殿、将軍になられた。しかしこれも所詮はお飾りで、実権は時頼殿が握っておられる。

この北条時頼殿は、豪腕という他ない。それまでは、諸々の政は、有力な御家人の集まりである評定衆の話し合いで決められていた。これに対して時頼殿は、新たに引付衆というものを設置し、さらに連署に大叔父の北条重時殿を迎え入れられた。

連署というのは、執権の補佐役で、ずっと北条氏一族がその任についている」

引付衆といい連署といい、見助には分かろうとしても分からない、縁遠い位だ。しかし政をする人々の間に、さまざまな思惑が渦巻いているのは理解できる。

浄顕房は、まだ何かを考えるようにして一歩先を急ぐ。日が傾き、もたもたしていれば、鎌倉に着く前に日が暮れてしまうだろう。

道端にいくつもの土饅頭（どまんじゅう）があるのに、見助は気がつく。

「行き倒れを葬（ほうむ）った場所だ。犬や猪（いのしし）に食われないように、近在の人が埋めてやっている。衣笠道は、その名前とは裏腹に、ひと皮むけば骸骨（がいこつ）道だ。無縁仏の墓の間を道が貫いていると思えばいい」

すぐ近くにある土饅頭に、さっと手を合わせて浄顕房が言う。「もともと、この衣笠山一帯は、三浦（みうら）氏一族の拠点だった。三浦氏こそ、執権の北条時頼の対抗馬だったが、七年前の合戦で滅ぼされてしまった。この三浦氏と手を組んでいたのが、上総（かずさ）の千葉氏だ。千葉氏については、見助も聞いたことがあるだろう」

「いいえ」見助は首を振る。

「富木殿が中山で仕えているのが、千葉頼胤（よりたね）様だ。ずっと以前より、上総と下総（しもうさ）に領地を持っている千葉氏の直系といってよい。この千葉氏のうち、ただひとり評定衆に名を連ねていたのが上総に領地をもつ傍系の千葉秀胤殿だった。三浦泰村殿の妹を妻に迎えたくらいに、三浦氏とは昵懇の仲だった。湊と浦賀に船での行き来ができたのも、そういういきさつがある。これに対して、下総のほうは、直系の千葉頼胤様が領主で、三浦氏とはさして親しい間柄ではなかった。これがあとになって幸いした。そうでなかったら、富木殿も千葉頼胤様と一緒に下総を追われていた」

「そうですか」

詳しくは分からないものの、何か自分が生きるこの世の生々しさを、見助は感じた。浄顕房は続ける。

「その三浦氏が北条時頼殿によって滅ぼされたのが七年前だった。鎌倉の住人たちに聞くと、この宝治元年（一二四七）という年は、正月から奇々怪々なことが起こったらしい。冬の寒さが残っている最中、鎌倉中を羽蟻の大群が襲って、昼なお暗く、羽音が昼も夜も絶えなかった。二月には、背後の山に、何か光る物がいくつも飛んで来て、三月には、由比ヶ浜の潮が真赤に染まった。毎夜流星群が飛び、昼には黄蝶が群れとんだという話だ。

時頼殿の軍勢が三浦氏を襲ったのは、六月五日だった。その前日から、三浦氏の館には、一族の身内や郎党が不穏な動きを察して、詰めかけていた。五日の早暁、時頼殿の軍勢が三浦氏の館を襲撃、三浦氏側も必死で応戦、勝負は昼頃になってもつかなかった。

午後になって、時頼殿の軍勢はいったん後退すると見せかけ、三浦氏の館の南隣の人家に火を放った。ちょうど風向きが北から南に変わる頃を見計っての奇策だった。三浦氏側はたまらず館を出て、法華堂まで逃れて、そこに立て籠った。法華堂は、初代将軍源頼朝殿の墓所がある所で、三浦氏はそこを死地に選んだ。同時に、少し北にある永福寺で防戦していた一族にも使いを出し、法華堂に集結するように命じた。他の場所で奮戦していた一族郎党も、続々と法華堂に集まった。

両者の戦いは、日が暮れる頃まで続いた。形勢不利と見た三浦泰村、光村殿の兄弟は、兵が防戦するなか、一族すべてと共に自刃して果てた。その数五百といわれている」

「五百人」見助は驚く。その法華堂は血の海、屍の山と化したのに違いない。

「これが宝治の合戦だ。これによって全国にちらばっていた三浦氏の領地は、時頼殿の御家人に分配された。

三浦氏と親交を結んでいた上総の千葉秀胤殿は、この合戦には加わらず、大柳の館に閉居していた。幕府の追手が来ると覚悟した秀胤殿と四人の息子は、館の周囲に薪と炭を積み上げた。追手が迫ったとき、館と周囲の家に火を放った。火の中で、一族は自刃して果て、追手としては、とうとう秀胤殿の首を取ることはできなかった。

こうして上総の千葉氏は滅んだ。同じ千葉氏でも、下総のほうが無傷だったのは、幸運だった。その上、上総の千葉氏が滅んだあと下総の千葉頼胤様は、北条時頼殿の信も厚く、京都大番役も仰せつかっている。さらに、もともとは三浦氏の所領だった九州の神埼と小城荘の領地も拝領された。見助は九州は知っているか」

「いいえ」見助は首を振る。鎌倉さえも初めてなのに、九州がどこにあるか分かるはずもなかった。

「鎌倉からずっと西に京都があり、さらに西に行くと九州がある。私とて、そのくらいのことしか知らない。とはいえ、千葉頼胤様の息のかかった所は、京にも九州にもあるということだ」

道の左側、数間向こうに、野犬が五、六頭集まり、何かを食べている。そのうちの一頭がひきちぎってくわえたのは、紛れもなく人の手だった。男か女かは分からない。行き倒れを犬の群が襲ったのか、弱った旅人を犬の群が襲って、食い殺したのかもしれなかった。

浄顕房はそれを見やって顔をしかめた。しかし足はとめない。西日に向かって歩く。道を曲がったところで、左側に海が見えた。海が目にはいると、見助はどこかほっとする。

「あと半時もすれば鎌倉だ」

浄顕房が見助を見て言った。

四、松葉谷

日が沈みかけた頃、小坪坂という所を過ぎた。夕日を浴びて、眼下に小島が赤銅色に染まっている。浄顕房が、「あの和賀江島が見えれば、もう鎌倉だ」と指さした。

坂を下ると、海の向こうの陸地に沈みかけた日が望めた。大きな寺があり、その脇を右に道をとった。鎌倉には違いないものの、あたりは閑散としている。瓦屋根の脇には、茅葺きの小屋もある。道は枝分かれするたびに細くなった。浄顕房が道を間違えないのが不思議だった。

道ばたの小屋から魚を焼く匂いが届いたときには、腹の虫が鳴った。そこそこ食べたつもりだったのに、腹は満足していないのだろう。

うっそうと茂る森を過ぎたかと思うと、次は竹やぶを貫通する道になる。さらにあたりは暗くなり、浄顕房の足が速まる。見助はひたすらそのあとをついて行く。こんな寂しいあたりに、あの日蓮様が住んでいるのかと思うと、どこか情けない気がした。

「着いたぞ」

浄顕房が重々しく言った。しかし、見助が周囲を見回しても、家らしいものはない。

浄顕房が向かったのは、崖のような場所だった。崖を背にして小屋があった。かすかに明かりが漏れている。近づくと、祈りの声が聞こえてきた。南無妙法蓮華経という題目だ。それもひとりではなく、二、三人はいる様子だ。

いよいよ日蓮様に会える。見助は胸が熱くなる。長道中の甲斐があったと思う。

草庵の草戸（くさど）を浄顕房が開ける。中は薄暗かった。奥の方に、燭台（しょくだい）がひとつあり、その前で、日蓮様が背を向けて坐っている。後方には、貧しい身なりをした女三人と男ひとりが坐り、ひたすら南無妙法蓮華経を唱えていた。

小屋の割に中が広いと思ったのは、奥が洞窟になっているからだ。洞窟の奥に祭壇があり、大きな紙が張られていた。見助には何と書かれているか読めない。

床は板敷の上に、ぶ厚い莚が敷いてある。後方に浄顕房と見助が坐ったとき、南無妙法蓮華経の題目が終わり、日蓮様がこちらに向きを変えた。

ぎょろりとした眼で一座を見渡したとき、浄顕房そして見助と視線が合った。見助は思わず懐しさで笑顔になる。やって来ました、と胸の内で呟いた。

「ちょうどよかった。今夜は、はるばる片海から、拙僧が親しくしている若者が来ている。みなさんにも世話になると思うから、ひきあわせておきます」

手招きされて、見助はおずおずと前に進み出て、ぴょこんと頭を下げた。四人の中には、笑っている顔もあれば、怪訝そうな表情もある。それでも見助は、日蓮様の脇にいるのが嬉しかった。

「見助です。片海で鯛を釣っていました。これから日蓮様のおそばでお仕えするのが嬉しいです」

「そうか、目出鯛」

右端に坐った年配者が言い、みんなが大笑いする。

「さ、それではこのあたりで、お開きにしましょう。夜道、どうか気をつけて下され。夜盗を避けるために、連れ立って帰られるのがよろしいでしょう」

日蓮様が言う。

「宿屋様がおられるので、そのあとをついて行けば、夜盗も恐くありません」

左端にいた老婆が言ったので、目出鯛と言った年配者が宿屋という名だと見助は知った。そう言えば、腰に脇差しを帯び豊かな髭を貯えている。信者たちが退出するのを、浄顕房が見送りに立った。

「見助、はるばるよく来てくれた。嬉しいぞ」

「自分も嬉しいです」

「道中はどうだった」

「道端のあちこちに土饅頭がありました。野犬が死人の腕をくわえていました」

見助は、頭に浮かんだ光景をそのまま伝える。

「なるほど、見助も見たか。明日から、この鎌倉でさまざまなものを見るに違いない。どんなにむごいものを見ても、眼をそらしてはいけない。逃げないで、踏みとどまり、見届けるのだ」

日蓮様の目の奥で、炎のようなものが一瞬光る。

「はい」答えながら日蓮様の言葉を胸に刻みつける。逃げないで、踏みとどまり、見届ける――。そういえば、野犬が人の腕をくわえたとき、見助は思わず眼をそらし、そそくさと歩みを速めていた。

「さ、信者からの貰いものがある。それを食って、寝たがよい。疲れているはずだ」

日蓮様が言ってくれた。

浄顕房が勝手知ったように、奥の方から竹籠を運んで来た。

中には、里芋が二十ばかりはいっている。皮つきのまま茹でられているようで、見助は思わず唾をのみ込む。

「しま婆さんが持って来てくれた」

日蓮様が言った。「畑で作ったものを、三日にあげずに持参してくれる。見助も腹が空いたろう。ありがたくいただくとよい」

浄顕房も見助に目配せをする。一番先に手を伸ばすのは気がひけた。しかし空腹には勝てず、ぴょこんと頭を下げて、ひとつ手に取る。まだ温みが残っていた。

皮はすぐにむけ、白い中味が顔を出す。そこにかぶりつく。塩茹でされていて、何ともいえない風味が口の中に広がる。臓腑が喜んでいるのが分かった。

「残してもいかん。遠慮なく食べていい」

日蓮様が言ってくれたので、二つ目にも手を伸ばす。二人がゆっくりと食べているのに、自分だけがガツガツとむさぼり食っていた。

「信者たちが、何かと持って来てくれるので、一日水だけという日も、今ではなくなった。これも法華経のおかげだ」

「三日間、水だけの日があったのを思えば、今は夢のようです」

浄顕房が、葛籠の中から干飯と干しだこを出す。

「浄顕房殿、干飯はとっておいて、その干しだこをいただけるかな」

「どうぞ、どうぞ。見助も遠慮しなくていい。里芋だけでは腹の虫もおさまらないだろう」

言われて、また干しだこを嚙む。

「片海のたこだろうか」

日蓮様が味わいながら訊く。

「おそらく、富木殿が家づととして持たせてくれたのですから」

「なつかしい。小さい頃、近所の連中について行って、たこ捕りをした。腕に巻きつかれて泣いたこともある」

日蓮様にもそんなことがあったのかと、見助は聞き耳を立てる。

「富木殿は達者でおられるか」

「はい。今回も、見助が運んだ葛籠の中には、料紙がたっぷりはいっています。筆も

五、六本添えられています。その他、こちらの葛籠には、清澄寺に残されていた諸々の経本を詰めて来ました」

「浄顕房殿、ご面倒でした」

「まだ残っているものについては、義城房殿が守っています。いずれまた、私と交代でここに運んで参ります」

「それについては、まだ迷っています。この草庵とて、火事になれば大切な経典も灰になります。ところで道善房殿は、まだ念仏を唱えておられますか」

「それはもう。あの東条なる者が、円智と実成を使って、道善房殿をがんじがらめにしています。念仏をやめれば、東条がいつ何時横槍を入れてくるか、それを道善房殿は気にされています」

浄顕房が眉をひそめる。

「あのお方らしい。清澄寺の住持としては、それ以外の道はないのでしょう。私は言うなれば、その師匠を裏切った者」

日蓮様が苦笑する。

「とはいえ、道善房殿は日蓮様を恨んではおられません。日蓮様が残された仏典などが盗まれないように、気を取られています」

「それも道善房殿らしい。ともかく、一番安全な場所は、富木殿の館かもしれません。それも片海の館ではなく、中山の館です。あそこなら、東条も手が出せず、鎌倉の念仏衆たちも知りようがありません」

二人のやりとりを聞いていて、この小屋が頼りないように、日蓮様の身の上も安泰とはいえないのを見助は知る。

「見助、どうだ、腹はくちくなったか」

浄顕房が訊いていた。里芋は五つ六つ食べて、ようやく腹が落ちついた。さらに三つ食べると、もう充分だった。

「おいしかったです」

「それはよかった。しかしよく来てくれたな」

日蓮様が笑顔になる。「そして少し背が伸びたのではないか」

「そうでしょうか」

片海で日蓮様に会ってから、まだ二年くらいしか経っていない。背丈の伸びなど、自分では分からなかった。

「見助を見ていると、己の影を見ているようで、いつも初心に戻される」

何の意味か分からず、見助はきょとんとする。浄顕房は微笑しながら頷く。

「こんな不自由な所で申し訳ない。しかし近くに谷水が出ているし、雨風はしのげる。厠は、信者たちが外に作ってくれた。厨も貧弱ながらあり、食い物はこれまた信者が何くれと持参してくれる。しばらくここに逗留してくれ」

「はい。嬉しゅうございます」

「嬉しいか」

「はい」見助は素直に頷く。

「やっぱり、お前はわしの影だ」

また日蓮様は笑顔になったが、その眼に強い光が宿ったように見助には感じられた。

その夜は藁布団をかぶって寝た。片海の自分の小屋にある藁布団よりは寝心地がよい。祭壇の前の灯明はまだついていて、日蓮様は文机の前で書きものをしている。その脇で、持参した経典を揃えていた浄顕房も、疲れが出たのか、見助の脇に来て、藁布団を敷き始めた。見助が覚えているのはそこまでで、すぐに眠りにおちた。

気がつくと、小舟を漕いでいた。乗せているのは日蓮様で、こちらに背中を向けている。その日蓮様が右手をさし伸べて、進む方向を指示してくれる。まっすぐに進んだかと思うと、次は右だった。かと思うと左になる。陸地など見助には見えない。それなのに、日蓮様には行くべき方角が見えているのだろう。やがて雲行きが怪しくなり、生ぬるい風が出てくる。早く岸に辿り着かないと、波が高くなる恐れがあった。

日蓮様の指示はまっすぐだ。その方向におそらく陸地があるのだろう。懸命に見助は櫓を漕ぐ。雨がぱらつき始め、すぐに大粒の雨に変わった。風が前方から吹き出し、波も高くなる。それでも日蓮様の後ろ姿は揺がない。

「日蓮様」

心細くなって見助は叫ぶ。日蓮様は右手を前方に突き出し、進む道筋はそっちだと教えてくれていた。小舟が揺れ出す。雨脚の奥に眼をこらしても、陸は見えない。小舟は上下して、櫓がたびたび空を切った。

「日蓮様」

また見助は叫ぶ。「このまま進んでいいのでしょうか」

そうだと言うように、日蓮様は右手を前に突き出したままだ。しかし波は高く、舟は容易に前に進まない。

「日蓮様」

すがるように叫んだところで、肩を揺らされた。眼を開けると、浄顕房の顔が目の前にあった。

「見助、もう朝だ」

「すみません」あたりはもう明るい。寝過ぎていた。

「うなされていたぞ。悪い夢でも見たか」

「いえ、はい」夢の中味は覚えていたが、口に出すのははばかられた。上体を起こして祭壇の方に眼をやる。日蓮様の姿はなかった。

「もう辻説法に出られた。お前を置いて行くわけにもいかず、私は残った。朝餉もできているぞ」

言われて、見助は飛び上がる。大失敗だった。厠で用を足して戻ると、浄顕房が膳を運んで来る。菜粥のいい匂いがして、唾が出た。

鎌倉の第一日目からして、浄顕房の世話になるなど面目なかった。菜粥だけでなく、わかめ汁とふきの塩漬けも添えられている。

「しかし見助、よく眠っていたぞ。羨ましいくらいだ」

「すみません」

「いやいや、それでいい。眠るときは眠る。動くときは動く。日蓮様など、いつ眠っているか分からぬくらいだ。よほど眠りが深いのだろう。人の二倍は深いので、眠る時間も半分ですむとしか思えない」

「寝過ぎて、すみません」

明日からは少なくとも、一番早く起きるのだと心決めする。そうでないと、何のために鎌倉に来たのか分からなくなる。

「食べ終えたら、さっそく日蓮様のところに行こう」

「はい」見助は急いで菜粥とわかめ汁をかき込む。

「菜粥とわかめ汁は、まだ余っている。残していても仕方ない」

それぞれを浄顕房がつぎ足してくれる。こちらが客人になっていた。食べ終わる頃に、腰の曲がった老婆が顔を出す。

「後仕舞と留守居は、しま殿がしてくれる。椀はそのままでいい。竹筒と瓢箪に水を入れている。それだけを持って行く」

浄顕房が立ち上がる。竹筒の水は自分たち二人の分で、瓢箪は日蓮様用なのだろう。黒漆で塗られ、赤い房がついていた。

しま婆さんに見送られて小屋をあとにした瞬間、体が揺れた。何かに足を取られたかと思ったのは間違いだった。

「地震だ」

浄顕房が言う。「小さくてよかった」

そう言われたものの、見助は不吉なものを感じる。地震が多い年は、漁も例年よりは難渋した。地の揺れは魚も無気味に感じて、海面近くに上がって来ないのだ。鎌倉での最初の朝が地震に見舞われるのは、またしても情けなかった。

細くじめじめした道を、浄顕房は足早に歩く。右側は雑木林、左側には竹藪がせり上がっていた。改めて、日蓮様の草庵が鎌倉のはずれに位置しているのを感じる。やがて広い往還に出た。右方はゆるい坂になり峠に向かっていた。

「後方は名越坂だ。越えると沼間に至る」

浄顕房が指で示す。日が上がっている方角から見て、西に向かっていた。道の広さは四、五間はあり、よく踏み固められて、中央が高くなり、両側に溝が設けられている。これなら多少の雨でも、ぬかるみは生じない。

次第に家屋が増え、その造作も大きくなり、門構えがいかめしくなる。これだけ大きな瓦屋根が連なっているのを見るのは初めてだった。人の往来も増えた。その中には牛車もある。牛が飾りたてられた車を引いているのを、最初に目撃したのは、五、六年前だ。貫爺さんに連れられて道まで行き、しかと眼に入れた。富木様の奥方が、わざわざ中山からやって来られたという話だった。牛の角までが朱の布で飾られていた。

今、牛車を引いている牛は、胴に帯が巻かれ、尾のつけ根に赤い房（ふさ）がつけられていた。牛を引く男も、淡青の衣を身につけ、どこか誇らしげに鞭（むち）を手にしている。

かと思えば、背中いっぱいに薪（まき）を担ぎ、見助と同じように裸足（はだし）の男もいる。衣のあちこちに接ぎが当てられていた。

往還が、また別の往還と交叉する。大きな四つ角から先は、屋敷の塀（へい）がどこまでも延びている。

「この左をそのまま進むと、昨日通った衣笠道になる。右に上がって行くと六浦道になる。もうすぐ川を渡る」

浄顕房から言われ、一瞬だけ四辻の中央に見助は立った。

こんな広い道が交叉するのを眼にするのも初めてだ。道の両側には、商家が立ちならび、ゆるい坂を上るにつれて長い塀に変わる。それは寺であったり、武家の屋敷だったりする。坂を下る道の両側には、小ぶりの家が立ち並び、藁葺きや茅葺き屋根が目立つ。

人馬の往来も激しかった。おしなべて人は道の左右に寄って歩き、中央を騎馬の武家が駆けたり、手綱を握る従者とともにゆったりと進んだりしていた。

商家の店先を見て、見助は立ち止まりたくなる。色とりどりの草履（ぞうり）が並べられているかと思えば、その隣は色鮮やかな傘が広げられている。少し先の店は古着屋だろうか。さまざまな形と色の衣類が、畳まれたり、広げられたりしていた。

「見助、もうすぐだ」

浄顕房から急かされて見助は我に返る。

今度は橋を渡った。幅は四、五間はあるだろうか。立派な欄干で、見助は思わず寄りかかって下を見る。たっぷりとした流れで、底は見えない。小舟が上下していた。

「滑川だ。六浦道はこの川に沿って延びている。小舟はずっと上流まで行ける」

浄顕房が言うとおり、あちこちに桟橋が突き出ている。蔵のような建物が右側の岸に認められた。

浄顕房が反対側の欄干に位置を移す。そこは景色が一変していた。川幅は川下で急に広くなる。右手は砂浜の海岸が弓なりに延びている。左側は荒磯で、小さな島が望めた。

「あれが和賀江島で、昨日衣笠道から見えた場所だ」

そうだったかと見助は納得する。岸に大きな囲いが設けられ、びっしりと茶色っぽい物が浮かべられていた。

「木材が貯められている。海に浮かべていれば、ついた虫が死んで腐らない」

浄顕房が説明する。「鎌倉はどんどん大きくなっている。毎日どこかに家が建てられる。古い家が壊されて新しい家が建つ。それに、火事でもあった日には、すぐさま大量の木材がいる。あの周辺には、そうした材木問屋や大工たちが住んでいる」

浄顕房は、川の西側にも眼をやる。美しい浜がずっと奥までつながっている。海岸から内陸にはいったあたりは、小さい家がひしめきあっていた。

「あれが由比ヶ浜。その手前には漁民が住み、海のものを扱う店が軒を連ねている。あそこに行けば、たいていの食い物が手にはいる。鎌倉の胃袋と思えばいい。さあ、行こう」

促されて見助は欄干から離れる。

何から何までが片海とは違う。ひとつだけ慰めがあるとすれば、海が近いことだ。片海と違って潮の香はしないものの、足を延ばせば海が望める。それがありがたかった。

橋を渡り切って間もなく、再び往還と道が交わる。道幅六、七間はある大きな道で、海側からまっすぐ、陸の方に延びていた。行き交う人と馬、牛車が多い。

「これが若宮（わかみや）大路。坂を上がった先に、鶴岡八幡宮があり、少し手前、右側に幕府の館が連なっている。いわば、この通りが鎌倉の中心と言っていい。それから」

浄顕房が辿って来た道の先を指さした。「この道をずっと行くとまた四つ角になる。左に下れば、片瀬に至る。まっすぐ進めば、大仏坂を通って藤沢に向かう。右に上がって行くと、その先は、上の道と下の道に分かれ、上の道は化粧坂、下の道は亀谷坂を登って鎌倉から外に出る。鎌倉という地は、いわば坂によって守られている。坂を塞げば、敵に攻め込まれない」

なるほど、そういうものかと見助は感心する。しかし敵の襲来といっても、いったいどういう敵がいるのだろうか。

浄顕房の後ろについて、若宮大路を少し上がる。そこに人だかりがしていた。耳を澄ますと、途切れ途切れに、力のこもった声が届いた。「法華経」という言葉で声の主がはっきりする。浄顕房がそうだというように頷く。日蓮様の辻説法だった。

人垣は二十人ほどだろうか。年寄りもいれば若い男女もいる。武家らしい男や、高貴な身なりの女もいた。胸が熱くなる。浄顕房について、人だかりをぐるりと回る。日蓮様の右脇に控えるようにして立つ。日蓮様と眼が合い、見助は軽く頭を下げた。

日蓮様が説法を中断して見助に手を伸ばす。さし出した瓢簞の水を、うまそうに二口飲む。

拙僧がここに捧げ持っている法華経こそが、真にこの世に救いをもたらすのです。ここ数年以来、雷鳴、地震、流星、月蝕、大風塵、盗賊、辻斬、乞食、行き倒れと、世の中の傾きを感じない人はないでしょう。

一方で、この鎌倉には、種々の教えがあまねく広まっています。第一に雪の下にある勝長寿院、そして二階堂の永福寺、この二つは今をときめく北条氏の手厚い庇護で、権勢を誇っています。そして昨年、得宗のたっての願いで山ノ内に壮大な建長寺が建立されています。

それでなくても、鎌倉には浄妙寺、成就院、常楽寺、寿福寺、杉本寺、満福寺、浄光明寺、補陀落寺など、まるでうんかの如く寺々がひしめいているのに、この災禍と天変地異はどうして起こりうるのか、ようく思いを巡らして下さい。

ここで日蓮様は、先程よりも増えた群衆を前にして、また瓢箪に手を伸ばして、ごくりごくりと水を飲む。見助は日蓮様の喉仏が動くのを、どこか頼もしく見入る。

日蓮様が聴衆に向き直る。

そう。みなさんが心の内で思っているように、寺という形はあっても、その中味が空洞になっているからです。祈りの声は、おのおのの寺で高らかに響いていても、その祈りが仏の本質を摑み損なっているために、祈りの声は、ひばりや雀、かもめの声と同じになっているのです。この寺からは雀の声、あの寺からは百舌の声、向こうの寺からは烏の声というように、鳴き声だけはかまびすしい。ところが、鳥の鳴き声は所詮鳥の鳴き声、仏の道とは何の関係もない。空疎そのもの。

その空疎な鳴き声の最も顕著なるものが、今巷間に満ちている南無阿弥陀仏です。南無阿弥陀仏に欠けているのが、この法華経です。法華経こそが、誠の仏の教えであるにもかかわらず、これをないがしろにして、南無阿弥陀仏と唱える輩が、日を追ってこの鎌倉に増えています。

それが念仏衆です。あれは悪党たちが、よこしまな心を隠すために、ぶつぶつと呟きながら寄り固まった烏合の衆に等しい。形は仏僧であっても、内実は悪党、縁なき衆生です。

見助は聞きながら心配になる。浄顕房の話では、念仏衆は鎌倉中に横行しているという。にもかかわらず、その悪口を人々の前で高らかに言っていいものだろうか。聴衆の中に、ひとりでも念仏衆が紛れ込んでいれば、日蓮様に襲いかかっても不思議ではない。

見助は上眼づかいで、聞き入る人々の顔をうかがう。幸い、全員が頷くようにして話の続きを待ち受けていた。日蓮様がおもむろに口を開く。

　正しい祈りは、この法華経の中に、そのまま書かれています。南無妙法蓮華経、南無妙法蓮華経、南無妙法蓮華経、南無妙法蓮華経――。

経典を左手に掲げて、右手を顔の前に立てて、高らかに繰り返す。

すると聴衆の中にも、合掌（がっしょう）しながら南無妙法蓮華経と唱える者も出はじめた。浄顕房も合掌して日蓮様に唱和する。

見助もそれを真似て手を合わせ、南無妙法蓮華経と言ってみる。

初めて唱える祈りだった。何度も繰り返すうちに、その唱和の声が大きくなる。胸の動悸が高まる。大勢と同じ文句を言い合う心地良さは、これまで味わったことがない。南無妙法蓮華経、南無妙法蓮華経――。

今では、日蓮様の前に集うほとんどが、南無妙法蓮華経を口にしていた。

ひとしきり題目を唱えたあと、日蓮様は言いやみ一礼した。

「それではまた明日、天気がよければこの場所で、天気が悪い日は、松葉谷にある私の草庵で説教をします」

言い終えて浄顕房と見助に目配せした。その場を立ち去りかけたとき、何人かが懐をまさぐり、日蓮様や浄顕房に銭を手渡そうとした。見助の前に銭を放り投げる者もいる。思わずその銭を拾いかけると、頭上で日蓮様の声が響く。

「見助、拾うな」

見助を制して、聴衆に向き直る。「拙僧どもは乞食坊主ではござらぬ。寄進は信者からでないと受け取りません。この法華経に帰依したい方は、どうぞ松葉谷に参られよ」

さし出された銭は受け取らず、日蓮様は歩き出す。見助は身をすくめて二人のあとに続く。

銭を拾おうとした自分が情けなかった。あさましい自分の心が、銭を前にしてむき出しになったのだ。日蓮様の志を汚していた。自分は日蓮様が言った乞食坊主以下、乞食そのものだった。

「見助」

日蓮様から呼ばれて、近づく。「ここが若宮大路だ。よく見ておれ。今、このあたりが日本の中心だと思ってよい」

乞食の振舞いには触れずに、日蓮様が言う。

道が広いので、道の向こう側が遠く見える。横切るにしても、年寄りはひと苦労するだろう。中央部は牛車や馬が通れるように空けられ、人の流れは両端に寄っていた。

「こちら側には、幕府の役所が軒を並べている。向こう側は大店が連なっている。日本各地の物があそこに集められ、また日本各地に運ばれて行く。おそらく、片海あたりで獲れた鯛や鮑の干物も、あそこの干物屋にはある。ここまで来ると、乞食はいない」

言われるとおり、道端に坐っている物乞いの姿はない。

「物乞いをしていると、役人が来てしょっぴいていく」

浄顕房が言い添えた。「臭いものには蓋」

「それでは、世を統べる者としては失格なのだよ」

日蓮様が見助に微笑する。「臭いところを見ないでは、世を統べられない。いかに立派な館を造っても、砂上の楼閣、砂の上の五重の塔」

見助は片海の砂地を思い浮かべる。あの浜辺に五重もの塔はとても建てられない。

「法華経は、あくまでもその臭いものから眼をそらさない。臭いものを見つめて、その救済の仕方を教えてくれる」

日蓮様が見助を振り返る。「臭いものがあったら、むしろそこに眼をそそぐとよい」

「はい」

見助は答える。一瞬、衣笠道で見た野犬の姿を思い出す。人の腕をくわえた犬がこちらを向いたのだ。その眼の光を思い出す。

道の両側は相変わらず賑わっていた。今のところ、どこにも臭いものは一切見えない。道の前方も同じだ。ゆるい坂の先には、こんもりとした森が広がり、その後方にも山が連なっていた。華やかさとおごそかさ、そしていかめしさが、この若宮大路だった。

日蓮様が大路を渡り始めたので、見助も慌ててあとに続く。大路の中央に立って、ほんの一瞬だけ坂の下に体を向ける。大路の先に海が見えた。見渡す限り美しい眺めだ。どこにも影はない。空さえも雲ひとつなかった。

道を横切った先に、屏風(びょうぶ)屋があった。見助が見たこともないような大きな屏風に、色鮮やかに鳥や花が描かれている。かと思えば、見助の知らない字が墨で大書されているものもある。美しいものばかりで、醜く汚いものはどこにもない。

二軒先には反物屋もあり、ここにも色とりどりの織物が並べられていた。その隣は仏具屋だろうか、金銀細工の器具が手前に飾られている。奥には、これもきらびやかで大きな仏壇が並ぶ。僧服を着た客が三、四人はいっていた。

見助は日蓮様の草庵を思い浮かべる。あそこには仏具が置かれていても、質素で小さなものばかりだ。正面に、いくつもの字が書かれた大きな紙が張られているだけだった。

「見助、そんなに珍しいか」

浄顕房が振り向いて急かす。「無理もないな。しかしそのうち慣れてくる。みんな当たり前になる」

そう言われても、目の前に次々と現れる店先が、当たり前になるとは思えない。陶磁屋が客寄せに店先に置いている茶碗ひとつとっても、例えば片海あたりの住人にしてみれば、宝物に等しい。

小走りで日蓮様に追いつく。ゆったりと歩いているように見えて、日蓮様の足取りは速かった。

道の先に大きな鳥居が見え、木立ちの中に社殿がいくつも屋根をのぞかせていた。

「鶴岡八幡宮だ。日蓮様はここでの辻説法に命をかけておられる」

小声で浄顕房が教えてくれる。これだけ大きな神殿であれば、おそらく鎌倉一に違いない。考えてみれば、今歩いて来たまっすぐの若宮大路は、この八幡宮の参道なのだ。

通りの向こう側には、いかめしい建物が立ち並んでいる。まるで大きな鳥のように瓦屋根を広げている。武家屋敷なのだ。こんな所で辻説法をするのは、確かに勇気がいる。

「このあたりを囲むようにして、後方に主な寺が控えている」

浄顕房が八幡宮の森を見回しながら言う。「この後ろの西側に寿福寺、鶴岡八幡宮の真後ろに建長寺がある。そして東側に浄妙寺（じょうみょうじ）が配置されている」

ようやく見助は納得する。日蓮様が立つこの場所は、鎌倉を代表する社寺の喉元なのだ。命がけの辻説法と、浄顕房が言ったのはそのために違いない。

南無妙法蓮華経、南無妙法蓮華経、と日蓮様が題目を唱え始める。腹の底から絞り出すような声と、経典を高く掲げた姿に、人々が足をとめはじめる。五、六人がすぐに十四、五人に増えた。その中に、先刻坂の下で説法を聞いていた武家がいるのに、見助は気がつく。聴衆の後ろにいて、頭ひとつ背が高かったので覚えていた。

よくぞここに足をとめられました。これこそが、この法華経の功徳であり、集まって来た方々の日々の善行への褒美です。

日蓮様はひとりひとりの目をのぞき込むようにして言いかける。ひとたび日蓮様に見入られると、人々は立ち去る気力が失せたように、その場に釘づけになった。

この法華経を読み解くと、日本国、六十六国二島から成るこの日本国が、最も仏の道が栄える地であることが分かります。法華経は天竺で生まれ、震旦に広がり、この日本国に達しています。その広がりとともに法華経の力が薄められたと思うとすれば、大間違いです。

法華経の中に、「仏日西に隠れたとき、遺光は東北を照らす。法華経は東北諸国に縁あり」と書かれています。仏日とは仏の恵み、仏の光を言います。この仏の光が西に隠れたとき、その残照が東北の方角を照らすという意味です。

東北とはどこか。それは天竺からすると、この日本国に他なりません。つまり、仏の力は天竺でもまだ不充分、月氏震旦に至ってもまだ未熟、ようやく日本国に至って、円機、機は熟すると明言されているのです。

日蓮様の太い声は、店先で客を呼び込む小僧の声と違い、腹の底から発せられていた。小僧の声は同じ文句の繰り返しに過ぎない。日蓮様の話には、物事の筋道が一本通り、見助でも理解できた。

日の光である仏の恵みが、西の空に沈んでいくさまを見助は思い描く。沈みかけても西日は大地を照らす。その美しさはたとえようもない。それが数瞬であっても、仏の世界では何千年、何万年にも相当するのだろう。見助は眩しさを感じながら、日蓮様の横顔に見入った。

しかるに、この日本国が仏の恵みを、国土の隅々にまで受けているかというと、全然そうではありません。この二、三年を振り返ってみても、ふりかかる災禍は十指に余ります。建長四年二月には、日蝕のあと、鎌倉は大火に見舞われました。東は名越の山王堂の前から西は寿福寺の前まで、北は若宮大路の上から南は和賀江まで、余す所なく焼尽しました。そのあと、腰越の海から和賀江の津まで、海の色が血のように染まりました。

翌建長五年の二月には、大地震のため多くの家屋がつぶれ、寺社にも相当の被害が出て、六月にはそれよりも大きな巨大地震があり、修理したばかりの寺社の瓦や壁が落ちました。先の地震で倒れずに残っていた家屋も、たまらず倒壊しています。

十二月には、再び大火のため、この若宮大路の下下馬橋(しものげば)から前浜(まえはま)に至る民家は、ことごとく焼けています。

日蓮様が澱(よど)みなく言い続けるのを、見助は驚いて見つめる。鎌倉を襲った災いを、逐一頭の中にとどめるのは容易ではない。日蓮様は、日々の出来事を細大もらさず記憶しているのだ。

聴衆はもう四、五十人に達していた。中には火事や地震の被害にあった者もいるに違いない。直接被害にあわないまでも、被害を見聞した住人がいるはずで、日蓮様の言葉は他人事(ひとごと)ではない。

火事はそれのみにとどまらず、同じく暮には、経師谷(きょうじがやつ)口から火が出て、運悪く北風にあおられ、火は浜(はま)の高御倉(たかみくら)まで至り、焼死者十六人を出しました。

ここで日蓮様は、持っていた経典を見助に手渡して合掌した。その横で浄顕房も瞑目して手を合わせる。見助は持たされた経典をどうしていいか戸惑い、とりあえず両手で捧げ持つ。大切な経典を手に持って触れることなど、初めてだった。これが法華経なのに違いない。ありがたいお経なのだ。そう思ったとたん、両手が伸びて捧げる姿勢になってしまっていた。

日蓮様は合掌した両手を解くと、そのまま説法を続ける。

「そして今年、建長六年（一二五四）には、一月十日の未明、材木座の民家から出火して、西風と浜風にあおられて、火は名越の山王堂まで至りました。焼尽した民家は五百、焼死者六十余人を数えました。

翌二月には、藤原親家殿の館から火が出、たちまちにして広がり、北条殿と安藤殿の館まで、あっという間に灰燼に帰しています。

五月には、こともあろうに鶴岡八幡宮の神事が取り行われている最中、下回廊の巽の隅で、大騒動が起こりました。負傷者三人、死者ひとり、流鏑馬の矢に当たった者二人の他、ひとりは馬に踏み殺されています。

見助は経典を捧げ持ったまま、辻説法を聞く。手を下ろしてはいけないような気がした。聴衆の中には、耳は日蓮様の話に傾け、見助の持つ経典にじっと見入っている者もいる。

さらに六月、月蝕があり、翌七月一日には、暴風雨に見舞われました。古老によれば、二十年来の大風で、倒壊した人家は五、六百、田畑の作物も甚大な被害を受けました。

これに追い討ちをかけるようにして起きたのが、昨日の大地震です。この若宮大路に面するような大きな家に被害はなかったものの、貧家は大損害を蒙りました。みなさんの中にも、まだ住処が傾いたままの方もおられるはずです。

何人かの聴衆が頷くのを見助は見届ける。いずれも貧相な身なりだ。

鎌倉を次々と襲う災いは、そのまま六十六国二島から成る日本国の災いを具現しています。

どうしてこのような災禍に日本国は見舞われるのでしょうか。

ここで日蓮様は聴衆に問いかけた。大方が首を捻(ひね)り、日蓮様を凝視する。すると日蓮様は見助が捧げ持っていた経典を手に取り、右手に持ち変えた。見助はほっとして息をつく。ほんの少しの間だけではあったものの、経典のありがたさが両腕に伝わり、体全体を満たしたような気がした。

その答えは、この法華経にあります。法華経をないがしろにする者に、栄光はなく、滅亡が待ち受けているのです。

その芽は、拙僧が生まれる前年に生じています。つまり承久(じょうきゅう)三年（一二二一）です。覚えておられる方も、この中にはおられるでしょう。この年こそは日本国が裏返った年でした。

後鳥羽(ごとば)上皇が率いる朝廷の軍が、北条義時殿を頭とする鎌倉幕府軍に敗れ去ったのです。世に言う承久の変です。これこそは天と地が逆さまになったも同然の大事件なのです。

聞き入る人々の中には、顔を見合わせて頷き合う年配者もいた。全員が日蓮様の次の言葉を、息をとめて待ち受ける。

なぜなら、この戦いによって、日本国の始まりから千五百年にわたって続いた天皇の軍が、武士の軍門に下ったのです。

その本当の理由は何なのか、考えて下さい。大方の返答は、単に義時殿の軍勢のほうが強かったのではないか、でしょう。しかしこれは誠の答えにはなっていません。

朝廷方の敗北の理由は、後鳥羽上皇が真言宗を重んじたからです。上皇は、真言によって戦勝祈禱を行わせたのです。

同じことは、震旦でも起こっています。震旦の唐の皇帝武宗（ぶそう）は、廃仏を命じて四千余の寺を廃したために、唐はその後滅亡しました。双方の敗け戦（いくさ）と破滅は、この法華経の教えをないがしろにしたからなのです。

そして今また日本国は幾多の難事に喘（あえ）いでいます。地震、火事、暴風雨、騒乱は、年を追うごとに増え、人々は右往左往するばかりです。

日蓮様は言いさして、天を仰ぐ。悲しみに満ちた日蓮様の顔を、見助は初めて見て胸を衝かれた。あたかも、災難にあった人たちを悼み、その遺族の悲しみを慰撫するような表情だった。日蓮様は続ける。

本来ならば、仏法が花咲く場所は天竺、震旦よりも、この日本国であるべきなのに、その道筋が妨げられているのは、ひとえに日本国が仏道からはずれた謗法の国に成り下がったからです。

この鎌倉には、幾多の寺が、まるで雨後の筍のように建っています。にもかかわらず、その功徳らしいものは、どこを探しても見当たりません。代わりにはびこっているのは、念仏衆のみです。あちこちに念仏が満ち、念仏の声が日本国を少しずつ蝕んでいます。いうなれば、人々が南無阿弥陀仏を唱えるたび、日本国の土台にひび割れが走るのです。

この念仏を広めた法然という男が記した選択集は、始めから終わりまで、嘘と誤謬で塗り固められた犬畜生の書です。なぜなら、八万四千にも及ぶ種々の教法の中から、唯一阿弥陀仏のみを取り出し、その名だけを選び出し、それを唱えれば阿弥陀仏の極楽浄土に往生することができると、まるで悟り切ったような顔で言いふらしています。
このたわけ者の教えが、既にこの鎌倉に満ち、日本国に満ちようとしているのです。往生極楽には、南無阿弥陀仏という称名以外の行は一切不要と法然が説いた罪は、断じて許せません。極楽往生どころか、地獄に陥ちるべき大罪であり、地獄で苦しむ法然の姿が、この私にはありありと見えるのです。

日蓮様が唾を飛ばしながら声を張り上げる姿を、見助は驚きと怯えを感じて見守る。法然という僧侶がどんな人なのか、また念仏の意味がどういうものなのか、見助には理解し難い。とはいえ、念仏の声は鎌倉に満ちて、今も耳を澄ませば、どこからか聞こえてきそうな気配だ。

見助は上眼づかいで聴衆の顔をうかがう。その表情もさまざまだった。日蓮様に賛同して頷く者の脇で、反発するように不機嫌な顔で日蓮様を睨みつけている者もいる。かと思えば、見助同然、こんなに激しい言葉を吐いてもいいのかと怯えた眼をしている人もいた。

浄顕房は、日蓮様の脇に、衛士のように周囲に眼を配りながら立っている。摑みかかろうとする者がいれば、すぐにでも取りおさえるような気迫に満ちた顔だった。

信じるべきは、専修念仏の法然が唱導する無量寿経や観無量寿経、阿弥陀経ではなく、この法華経なのです。ここにこそ、乱世を救う道筋が説かれています。鎌倉そして日本国の住人、世を統べる為政者すべてがこの法華経を尊ばない限り、天変地異、人災は次から次へと襲いかかるでしょう。南無妙法蓮華経、南無妙法蓮華経、南無妙法蓮華経――。

浄顕房も合掌して唱和したので、見助も真似る。南無妙法蓮華経の題目はもうすんなりと口から出た。聴衆の中には同じ題目を唱える人もいた。終えると日蓮様が言い継ぐ。

「また明日も、ここに立ちます。もっと説法に興味のある方は、どうか松葉谷の草庵に来て下され」

拍手が起こる。いつの間にか聴衆の数は道を遮るほどに増えていた。

何人かが、浄顕房や見助に銭を渡そうとする。

「寄進は信者からしか貰えません。どうぞ、松葉谷の庵に来て下さい」

浄顕房が制しながら言った。

五、法難

見助が辻説法に同行するように言われたのは最初の一回のみで、以後は松葉谷の草庵に留まる日々が続いた。

日蓮様と浄顕房が朝餉（あさげ）を終えて草庵を出ると、入れ代わりにしま婆さんがやって来る。

最初にしま婆さんが取りかかるのは、草庵内の片付けと掃除だ。その間に見助は外回りをきれいにする。

日が高くなる頃には、三々五々信者が姿を見せた。手には何かしらの供物（くもつ）を持っている。日蓮様の辻説法を聞いて胸をうたれたあと、あちこちで道を尋ねてようやく辿り着いた様子がうかがわれた。

供物は、それぞれの身分にふさわしい物ばかりだった。反物（たんもの）を胸に抱えた女は、男の従者を従えていた。重い反物など、従者に持たせたほうが楽なのに、道中ずっと抱えていたのだろう、うっすらと額に汗をかいている。

「どちら様でしょうか。お名前をここに記入して下さい」

見助がさし出した文机の前に坐ると、さらさらと書いてくれた。あまりに流麗(りゅうれい)な字なので見助には読めない。どうやら住所も書き添えているようだった。

洗いたての古着を持参した年増女は、字が書けなかったので、見助はその名前と顔を頭に刻みつける。日蓮様が戻られたとき、供物を示しながら報告しなければならなかった。

字を書ける人は、十人の中にひとりいればいいほうで、それだけ見助は覚える名前が増える。訪問客が増えるにつれ、見助はたまらず日蓮様に申し出、書き損じの紙はないか尋ねた。

「ほう、見助は字が書けるのか」

「はい」

「手習いをするなど、見上げた心得、反故ではなく、これを使いなさい」

日蓮様はそう言い、十枚ほどの新しい紙を手渡した。

昼間のうちに鋏(はさみ)で小さく切り、短冊のようなものを作った。そこに筆で、供物を持参した信者の名前、住んでいる所を記入した。

辻説法から戻った日蓮様は、この紙片を見て驚いた。

「そうか、見助は仮名が書けたのだ。こうしてもらうと大助かり」

名前を書いた紙片を一枚一枚確かめて、日蓮様は祭壇の前に重ねる。「しかし、見助、誰がそなたに仮名を教えたのだ」

「富木様です」

「富木殿が」

日蓮様が驚き、頷く。「よかったのう。富木殿はたいしたお方だ」

日の傾く頃から、草庵には次々と人が集まり出す。中にはいれる人数は、膝を詰めても四、五十人なので、溢れた信者たちは外に立ったままで、日蓮様の説法を聞いた。

そのうち、信者たちが莚を供物として持参し、晴れた日はそれを草庵の前に広げた。

見助が驚いたのは、日蓮様がことさら上席を設けなかったことだ。武家であろうと、町人であろうと、農民であろうと、また漁民であろうと、老若男女は来た順に前の方から席を取った。

見助が草庵に着いて三ヵ月経った頃、信者たちが二十人ばかり集まり、三日がかりで草庵を拡張した。ひと目で安普請(やすぶしん)とは分かるものの、雨風は充分にしのげ、雨の日でも百人近くが、草庵の中で日蓮様の説法を聞くことができた。

雨の日、日蓮様は往来での辻説法をやめ、庵(いおり)で過ごされる。それが分かっているのか、朝から信者が次々と訪れた。祭壇の前に坐った日蓮様は、文机で書く手を休め、ひとりずつ悩みを聞いては、短冊に何か書き記して信者に与えた。

浄顕房によると、中央に書かれた文字は「南無妙法蓮華経」で、右側に「愛染明王(あいぜんみょうおう)」、左に「不動明王」が梵字(ぼんじ)で記されているという。梵字は天竺で使われる文字らしく、さすがの浄顕房にも読めなかった。

雨の日、昼近くになると、信者の数は七、八十人になる。頃合いを見計らって、日蓮様は説法を始める。

幾人かの信徒の方々に、南無妙法蓮華経の短冊をさし上げました。南無とは、我が身と心、口をもって、妙法蓮華経に帰依するという意味です。

その右に愛染明王の梵字を散らしています。今年建長六年の正月一日、ちょうど日蝕が起きたとき、生身の愛染明王が私の眼前に現れました。そして同じく十五日から十七日までの三日間、生身の不動明王が立ち現れました。お二方の明王は、拙僧に向かい、こう明言されました。

大日如来を祖にして、そなたで二十三代になる。つまりそなたが新仏だ――。

つまり私は、生きてはいても死んだ仏なのです。恐いものは何一つ存在しません。法華経の行者として、命はあっても命はないに等しいのです。

聞きながら、見助は身の引き締まる思いがした。いつも身近に接している日蓮様が、生きてはいても死んでいる、死んではいても生きているのだ。そう言われると、妙に見助は納得する。つまり日蓮様は法華経の花をこの世に開かせるために、命を捨てているのだ。妨げるどんな障害が行く道に立ちはだかろうと、突き進まれるに違いない。

日蓮様が法華経の経典をいつものように右手に掲げた。

拙僧が法華経の行者だとは、何度も申し上げました。それではこの法華経の真髄とは何でしょうか。

日蓮様が手にかざしている経典に、何が書かれているか、見助には分からない。日蓮様がそれを嚙みくだいて説明してくれるなら、一生忘れずに、心の内に刻んでおきたかった。見助は耳を澄ます。

法華経の中心にあるのは、開顕の思想です。つまり、この法華経こそが、この世の中の真実を明らかにしてくれるのです。世の中はさまざまな事柄が混じり合い、その真実は覆いつくされて見えなくなっています。法華経は、誠の真実の外側にまといついた現実の塵芥を払い飛ばし、中味を露にしてくれるのです。

そうやって真実が見えたとき、即身成仏と娑婆即寂光土が可能になります。即身成仏とは、あなた方は、父母から受けたその身のままで仏になれることを言います。娑婆即寂光土とは、あなた方の住むこの世の中で、寂光土が出現するという意味です。

言い換えると、法華経を信じることによって、あなた方はそのまま仏になることができ、この世も寂光土に化すというのが、開顕の思想です。

日蓮様が言い切り、満面の笑みをたたえる。聴衆の大方が頷き、顔を輝かせた。見助も心の内で頷いていた。このままの身で仏になれ、苦難に満ちたこの世も浄土になる——。こんな幸せがあるなど、今まで思ってもみなかった。しかし日蓮様が言うのであれば、もう間違いなかった。見助ははやる気持を抑えて日蓮様の顔を仰ぎ見る。

あなた方は、ひとえに法華経を信じれば、それでよいのです。あなた方の住む処(ところ)が、そのまま尊い戒壇(かいだん)であり、道場なのです。

だからこそ、あなた方は、この法華経の一部八巻をひもとかなくても、信じればもう読破したも同じ、昼夜十二時の持経者(じきょうじゃ)なのです。読まなくても、日々読んでいるのと同じ、たとえ南無妙法蓮華経と唱えなくても、法華経を信じて心にとめておけば、この法華経を固く握りしめているのと同じです。

何というありがたい教えだろうと見助は感じ入る。これまで日蓮様にならって、何度か南無妙法蓮華経と題目を唱えていた。しかしそれさえも必要ないというのだから、これは万人に開かれている教えになる。聴衆の顔も一瞬拍子抜けしたようになり、次の瞬間、安堵(あんど)の表情になる。

しかしこの法華経は、その敵も法難として書き記しています。法華経を信じる者を邪魔する三種の強敵です。ひとつは俗衆増上慢（ぞくしゅうぞうじょうまん）。これは無知な人間が法華経の信徒に振り上げる鞭（むち）です。

二つ目は、道門（どうもん）増上慢です。仏の道を歪（ゆが）めた僧たちが、この鎌倉のみならず、日本国中にはびこっています。そうした邪道に堕ちた僧たちが、私たちに浴びせかける鞭です。

そして三つ目は、僭聖（せんしょう）増上慢です。これは高僧とあがめられている愚僧が、法華経の信徒を軽蔑、蔑視（べっし）する恐れです。

あなた方が法華経信仰を貫いていくとき、この三種の法難は必ず振りかかってくるでしょう。

そこで日蓮様は言いさす。何か質問はないかという表情で、集まった人々に眼を注いだ。案の定、前の方に坐る年配の女がおずおずと訊いた。

「そういう法難が襲って来たとき、どうしたらいいのでしょうか」

確かにそれは見助にも浮かんだ疑問だった。強敵にはどうやって立ち向かえばいいのだろうか。見助はじっと日蓮様の返事を待つ。

「法華経には、『折伏権門（しゃくぶくごんもん）の理を破（は）す』と書き記されています。これは、相手の瑕（か）

瑾（きん）、欠点や短所をあげつらわず、ひたすらこちらが真実の姿をめざす、という意味です。こちらが誠に真実の揺ぎない姿でいれば、ちょうど日が雨雲に覆われようと、いつかは雲が切れ、日が大地に降り注ぐように、強敵も退散するのです」

そうかと、見助は納得する。敵が来たとしても、刀剣を振りかざして反撃などしなくていいのだ。法華経を信ずる姿そのものが輝く日なので、動じる必要もない。

見助だけでなく、質問した女も、その他の聴衆も、どこかほっとした表情になっていた。

日蓮様も微笑を浮かべて言葉を継ぐ。

「日はときによって暗雲に閉ざされるかもしれません。しかしいつかは雲が切れ、日が顔を出します。あなたたちは、ひたすら法華経と心をひとつにしておけばよいのです」

ここで日蓮様は、経典を高く掲げた。

法華経の修行には二通りあります。正行（しょうぎょう）と助行（じょぎょう）です。正行とは題目を唱えること、助行とは読経や解脱（げだつ）を意味します。

このうち助行は、拙僧たち法華経の行者に任せ、あなたがたはひたすら正行に邁進(まいしん)すればよいのです。お題目といっても、あのかまびすしい、これ見よがしの念仏衆と違い、心の内で、七字の題目、南無妙法蓮華経と唱えればよいのです。それが正しい人としての真実の姿、大地を照らす日になります。本日はこれまで。

集まった聴衆の表情は、来たときとは明らかに違っていた。三々五々と立ち上がり、日蓮様に一礼して引き上げる後ろ姿からも、喜びと安堵が感じられる。

全員が帰ったあと、ひとり残って日蓮様としばらく言葉を交わしていたのは、宿屋光則(みつのり)という武家だった。もう見助とも顔見知りで、その従者と一緒にしばしば草庵に届け物をした。たいていは紙と銭だった。紙は真新しいのもあれば、反故もあり、その二つとも日蓮様は大切に使われた。あるときその武家から声をかけられた。

「見助、これは供物ではない。お前に私から贈る物だ。日蓮様への仕え、誠に感じ入る」

さし出されたのは、何着かの衣だった。「いずれも新品ではない。継ぎが当たったものもある。仕丁(しちょう)のお古だから、寸足らずや、だぶだぶのものもあろう」

見助は涙が出るほど嬉しかった。片海を出るとき富木様から貰った新しい衣は、洗ったあと今は大切にしまっている。その代わりに着ているのは、しま婆さんがくれた古着で、肩のあたりにほころびができていた。

見助は宿屋様を外まで出て見送る。月明かりの下で、武家の後ろ姿はいかにも頼もしく感じられた。

師走(しわす)になって雪が降り続き、見助は武家から貰った衣を重ね着して寒さを防いだ。藁葺き屋根に積もった雪の重みで、夜寝ているとき、柱が軋(きし)む無気味な音がした。

それでも日蓮様は泰然として文机に向かい、筆を走らせていた。浄顕房は書き上がったものを脇に並べ、墨跡が乾くのを待つ。出来上がったものを綴(と)じるのは浄顕房の役目で、その手際は見事だった。

年が改まり、その年は建長七年（一二五五）になった。寒さは少しずつゆるみ、草庵の周囲に水仙が花をつけた。緑の中で白が美しい。草庵に来たときは、林の中の暗い場所だと思っていたのが、そうではなかった。

その他にも、名を知らない草がいくつも蕾(つぼみ)をつけている。片海では、名も知らない花はそのままにしていた。知ったところで、暮らしの足しにはならないからだ。

今は違う。こんな暗い谷間に咲いてくれる花々がいとおしく思えた。

年が改まっても、地震はほとんど十日おきに起こった。明らかに片海よりも多く、揺れるたびに見助は怯えた眼で周囲を見渡す。しかししま婆さんは顔色ひとつ変えず、洗濯する手を休め、揺れが終わると何ごともなかったように仕事を続けた。

雨の日や夜の説法を聴聞に来る信者は、少しずつ増え、拡張した草庵にもはいりきれなくなる。あふれた信者は、草庵の外に立ち、漏れ出る日蓮様の声に耳を澄ました。聞き得たわずかな言葉にも頷き、満足した顔で帰って行く。そんな姿を見て見助は、言葉よりも日蓮様の声が、信者たちに力を与えているのではないかと思う。日蓮様の声を聞いて安心し、心の内で、あるいは声に出して、南無妙法蓮華経と唱え、日々の生活の苦しみや疲れを受け流し、新たな日々に立ち向かう勇気を授かっているのだ。

浄顕房によると、今まで二ヵ所でしていた辻説法も、三ヵ所に増やしたらしかった。それでも、日蓮様が説法を始めるや、すぐに黒山の人だかりになるという。それを妬(ねた)んだのか、念仏衆が徒党を組んで取り巻き、南無阿弥陀仏と声を張り上げて、日蓮様の声をかき消そうとしたらしい。

日蓮様は平然として、さらに声を三倍にも四倍にも大きくして対抗し、しまいには聴衆が念仏衆を追い返したのだという。

その夜の草庵での説法は、一段と力がこもっていた。

集まったみなさんの中には、昼間の念仏衆の狼藉を見た人もいるはずです。こうした法難は、つとに法華経の勧持品に書いてあります。曰く、「諸々の無智の人、悪口罵詈等し、及び刀杖を加うる者あらん。我等皆当に忍ぶべし」です。私たちに対する迫害が大きければ大きいほど、法華経の正しさが証明されるのです。

見助は、日蓮様には、苦難を力に変える不思議な精根が備わっているのだと思った。

三月にはいって、義城房が草庵に辿り着いた。浄顕房より少し年上で、恰幅がよかった。清澄寺を出て、下総の中山の富木様の館まで行き、浅草、江戸、品川まわりで鎌倉まで来たという。聞いただけで、見助は大変な旅だったろうと溜息が出た。にもかかわらず背負った荷は二つある。ひとつには清澄寺に置いてあった日蓮様の持物が、もうひとつには、富木様が託した筆や墨、反故、新しい紙がはいっていた。

義城房と入れ代わりに、浄顕房が中山に向けて出立した。もう一度清澄寺に戻り、残りの経本や書籍を持って来る手はずになっていた。

ややもすれば念仏衆に邪魔をされかねない日蓮様の辻説法も、義城房が傍についていれば安心だと見助は思った。

義城房は、もの静かな浄顕房と異なり、よく笑いよくしゃべる。しま婆さんも義城房と話すときは、しばしば口を開けて笑った。松葉谷に咲く花の種類が増えるとともに、草庵がひときわ明るくなったような気がした。

その頃、日蓮様の信徒は六百人ほどになった。その数は、見助が供物の寄進者の名を記した紙片が基になっている。同じ名があると一枚だけ残して他は破棄する。新たな人名だけを集めると、そのまま信者の数になる。

銭や物品の寄進が増えるにつれ、しま婆さんと見助が作る食事にも困らなくなった。大根が何本も集まったときは、しま婆さんが切り干しにした。多過ぎて余った生魚は、開いて干した。灯明(とうみよう)用の油が切れたときは、寄進された銭を握り、見助が町に出て買った。

その外出のおかげで、鎌倉の町中の様子が少しずつ頭にはいった。目的の店に行く前に回り道をしたり、店の周囲をうろついたりした。

若宮大路を南の方にまっすぐ下って行くと、滑川の河口から由比ヶ浜に出る。そこに立ったとき、見助は思わず涙が出そうになった。潮の香、波の音、大海原、行き交う舟や漁師の姿、すべてが懐しい。片海を出て一年が経っていた。何という境遇の変化だろう。髪を結った頭も、小ぎれいな身なりも、そしていつの間にか言葉の訛も鎌倉のものになっていた。

舟さえも、この一年乗っていない。櫓を漕いで固くなった手も、今では柔らかくなっている。釣りをし、網を繕った日々さえも、どこか遠い昔になりかけていた。

これでいいのだろうか。これから先、どうなるのだろうか。自問しても答えは出ない。要するに、これ以外の道はなかったのだから、よいも悪いもないのだ。これから先も、日蓮様の口ぶりを真似るなら、法華経にお任せするしかないのだろう。

胸の内で、法華経と言ってみて、見助は申し訳なく思う。いつも日蓮様が手にしている法華経は、あるとき間近でしみじみと眼にした。草庵の中を掃除したときで、その日、何の拍子か、日蓮様は別の経典を手にして、辻説法に出られたのだ。

手垢に汚れ、絹張りの一部がほころびかけ、紐もすり切れかかっている。手にとって中を広げてみようとしたが、手が伸びず、息を吹きかけるのでさえ恐れ多い気がして、すぐに眼を離した。

広げたところで、中味を読めるはずはなく、ましてや理解できるはずもない。にもかかわらず、法華経にお任せするなどと、考えていいのだろうか。

記憶にあるのは、あるとき、聴衆を前にして、いみじくも日蓮様が口にされた言葉だった。

――私は頭髪の一本一本、爪の先まで、法華経の行者です。そしてまた法華経を知る者はすべてこの世の知者です。

このとき、一番前に坐っていた老女がこう訊いたのを覚えている。

「わたしは目も衰え、字も読めません。どうやって法華経を知ることができるでしょうか」

なるほどと見助は膝を打った。自分も一番訊きたかった事柄だったからだ。いや、見助だけでなく、聴衆の大方が同じ疑問を抱いているに違いなかった。

答えるときの日蓮様の微笑みもまた、見助は忘れることができない。

「知るとはどういうことか、についてのお尋ねですね。法華経こそがこの世を束ねる教えであると、知ればよいのです。ひいては、この法華経の行者、日蓮を信じることが、法華経を知ることに他なりません。なぜなら、あなた方に成り代わって、私が法華経を体得しています」

日蓮様が老女に笑顔を向けたとき、その老女の目から、はらはらと涙が溢れ出たのにも、見助は胸を打たれた。

となれば、これからもずっと、日蓮様に従って行けばよいのだ。

目の前の大海原を眺めて、見助は大きく息を吸う。もう何の迷いもなかった。この命をお任せするのは、日蓮様であり、日蓮様が体得している法華経だった。

草庵に戻ろうとして、再び若宮大路の坂を上がる。左側は小路が入り乱れ、店がひしめく市場だった。間口が四間の店もあれば、わずか一間の小さな店もある。

「ちょっと小僧さん。あんたは」

大きな店から出て来た年増女が、見助を呼び止めた。女の顔を見て、見助はあっと声を上げる。

「やっぱり、あんときの小僧さんではないか。背丈が伸びたけど、顔は変わらないね。ずっと鎌倉にいるのかい」

「はい」

訊かれて見助は答える。

「それで、あのときの坊さんも一緒かい」

「浄顕房様は、下総の中山に行かれて、今は義城房様が日蓮様についています」

「お前が仕えているその日蓮という坊さん、ひょっとしたら、橋のたもとや八幡様の手前で、辻説法をしているお方かい」

「そうです、そうです」

嬉しくなって見助は答える。「見たことがありますか」

「見たよ。大変な人だかりで、近づけないほどだった。何でも、法華経の行者という話だったよ」

「そうです。昼は辻説法で、雨の日や夕方からは草庵で、また別の説法が開かれています」

「行ってみてもいいかい。亭主と一緒なら物騒でもなかろう。確か、場所は松葉谷だったね」

見助は大よその道順を教えてやる。この広い鎌倉で偶然会えたのは奇縁だった。

「小僧さん、ちょっと待って」

立去りかけると呼び止められ、手土産を持たされた。「これはこ、こちの干物で、おいしいよ」

何度も礼を言って帰途につく。しばらく行ってから、おかみさんの名を聞くのを忘れたのに気がつく。店の看板に何か書いてあったのだが、仮名ではないので読めなかった。

日がかげり始めた頃、日蓮様と義城房が帰って来る。谷川の清水を木桶に入れ、手拭(てぬぐい)を添えて日蓮様に差し出す。汗びっしょりの下衣(したごろも)も、洗いたてのものと替えてもらう。日蓮様が終わると次は義城房だった。二人共汗かきなので、毎日そうする必要があった。

それが終わる頃、しま婆さんが夕餉を運んで来る。貰ったばかりのこちの干物を焼いたものと、あさりの味噌汁、のびるの醬酢(ひしおす)あえの一汁二菜(いちじゅうにさい)だ。

日蓮様が、何か日中に変わったことがないかと尋ねる。

「知り合いの者が、井戸を掘ろうかと言ってくれています」

しま婆さんが答える。井戸の話は見助には初めてだった。山から流れ出る清水が涸れることはなかったが、雨の日に濁(にご)るのが難点だった。そのため、大瓶(おおがめ)にはいつもきれいな水を張っておかなければならなかった。

「銭はあるのかい」義城房が訊く。

「銭はいらないそうです」

「何と」日蓮様が驚く。

「井戸掘りの信者にとっては、井戸が寄進だそうです」

しま婆さんが大真面目で答える。

「かたじけない。日蓮が礼を申していたと伝えてくれ」

そう言う日蓮様の目が潤んだのを見助は見逃さなかった。

二日後から、草庵の裏で井戸掘りが始まった。井戸などは初めからあるものと思っていた見助にとって、作業は興味津々だった。

五、六人の人夫がやって来ると思っていた見助の予想は、見事にはずれた。五十歳過ぎたと思われる小柄な男が、見助より二つ三つ年下の若者を連れて来たのみだった。

井戸が寄進だと聞いたからには、名前を聞いて紙片に記入しておかねばならない。訊くと、親方はてつ、弟子はその孫でいわという。

井戸掘りは、まず矢倉作りから始まった。二人で丸太を担いで来て、三本立て、そこに滑車を吊るす作業のひとつひとつが、見助には物珍しかった。

その日の昼から、人が二人はいれるくらいの穴が掘り始められた。翌日には、穴の深さはもう五、六尺になっていた。親方が掘った小石や泥は、竹籠に入れられて吊り上げられる。弟子がそれを泥と石に選り分ける。

次の日、別の中年男が、両天秤のもっこで、角ばった石を何度も運んで来て、井戸の脇に積み上げた。その男の名も見助は訊いて、紙片に記入する。名はいしと言い、若い男の父親だった。何のことはない、親子三代が井戸掘りの職人だったのだ。

見助は手がすくたびに、井戸を見に行き、三人の息の合った仕事ぶりに見とれた。ようやく二間ばかり掘り下げたところで、底に水がたまり出し、井戸底の作業は水との格闘になった。桶を井戸の中に入れ、水をたっぷりにして、吊るし上げ、水をかき出す。水が少なくなったところで、また鍬を井戸底に入れる。井戸壁が崩壊すれば、下で働くてつ爺さんは生き埋めになる。命がけの仕事だった。

天秤を担ぐ親父のいしが、次に運んで来たのは、底のない大樽だった。なるほどこれを重ねて井桁を作るのだと、見助は納得がいった。

日蓮様も義城房も、辻説法に出かける前に井戸を見に行き、てつ爺さん一家の奉仕に感謝した。

その日の昼過ぎ、草庵の外がにわかに騒がしくなり、見助としま婆さんは戸外に出た。

二十人ばかりの念仏僧の前に、いしが立ちはだかっていた。

「いかにも、ここは日蓮様の草庵だ。わしらはその日蓮様のために、井戸を掘っている」

「新参者の日蓮の棲家、何と貧相なことか。柱の二、三本もへし折れば、もう立ってもいられまい」

頭目らしい頭巾の男が言い、杖を振り上げる。

「柱をへし折らんでも、地響きだけで倒れよう。ほれほれ」

何人かが拍子を合わせて足を踏みならし、威嚇した。

そこへ井戸から上がって姿を見せたのが、てつ爺さんだった。下帯ひとつの裸は土で汚れている。

「何だお前らは」

小さい体に似合わない大声だった。「働きもしないで、念仏ばかり唱えている坊主と思っていたが、ほう杖を振り上げるか。この庵をつぶそうというのか。それが仏の教えか」

体全体に漲る怒りに圧倒されてか、僧たちの何人かが杖を下におろした。

「ええい、やかましい。構わん、柱だけでも倒せ」

頭目らしい男が言うと、四、五人が草庵の中にはいりかける。そうはさせじと、見助といしがその前に立ちはだかる。

「いわ、みんなを呼んで来い」

てつ爺さんが言うと、いわが走り出す。そのてつ爺さんは鍬を手にし、いしが天秤棒を突き出す。その脇で、見助としま婆さんが念仏僧たちを睨みつける。はいり込む者がいれば、足にしがみつくつもりだった。

「日蓮様の家を潰すなど、もっての外。あたしは留守を預っている。命にかえてでも、家は守る」

しま婆さんが声を振り絞って言い、怒りの形相で睨みつける。見助も続いた。

「日蓮様の留守を狙うなんて、盗人と同じだ。念仏衆は盗人か」

必死に叫んだつもりだったが、何の効果もなく、三、四人がしま婆さんと見助を押し倒した。草庵の中で一番大切なものは、日蓮様が集めた経典や、自ら書き記した書物だった。それだけは守らなければならない。

経典を蹴散らそうとしていた男に、見助はしがみつく。男の腕が首に伸びて来たので、そこに嚙みついた。男が悲鳴をあげてのけぞったところを、見助は押し倒す。その勢いで、別の男の腰をめがけて体当たりした。

そのときだ。庵の外が賑やかになった。

「念仏僧を根こそぎ、叩きのめせ」

「おう」

頼もしい声だった。見助としま婆さんの近くにいて、経典を引き裂こうとしていた男が慌て出す。庵の中に留まっていては袋叩きにあうと思ったのか、裏口の方から逃げ出す。しかしそこにはもう近所の衆が待ち構えていて殴りかかる。表の方でも打擲の音がして、念仏僧たちの悲鳴があがった。

集まった近所の衆の数は五、六十人に増えていた。それぞれ棍棒や竹切れを手にしている。中には箒を手にしている女もいた。

「退散だ」

そう命令した頭目は、額から血を流し、片足を引きずっていた。逃げ出したのはその頭目が真っ先で、他の念仏衆も、持っていた杖や笠を放り出し、あとに続く。着ている僧衣を引きちぎられ半裸にされた男もいた。

「助かりました。ありがとうございます」

見助はみんなに頭を下げる。

「間に合ってよかった」

「念仏衆には日頃から迷惑していた。思い切り叩きつけて、気が晴れた」

「これで少しは懲りたろう」

近所の衆が口々に言ってくれる。

「そうか、てつ爺さんが井戸を掘っている最中だったか」

「よし、ついでだ。手が空いた者で、ちょっと手伝わせてもらおう」

互いに言い合い、十人ほどが残った。

それから先は、いしの指図で、とんとん拍子に事が運んだ。何人かは玉石か玉砂利を取りに行き、麻袋を担いで戻って来る。かと思えば、てつ爺さんが掘り出した土の中から石を選び出し、谷水で洗う者もいる。

見助が感心したのは、近所の衆の中に大工がいたことだ。鋸とのみを取りに行って戻り、いしが運んで来た木材を切り始める。

いしと相談し合って寸法を測り終え、またたく間に三尺ほどの高さの井桁を完成させた。その手際のよさに、見助は舌を巻いた。

穴の周囲に、石ころ、玉石、玉砂利、木樽、井桁が揃い、その日の作業を終えた頃、日蓮様と義城房が戻って来た。

しま婆さんと見助が、これまでのいきさつを伝えると、義城房の顔色が変わる。それを日蓮様はやんわりと制した。

「法難は必ず訪れる。しかしそれを救ってくれる人たちも必ずや現れる」

日蓮様は、残った近所の衆とてつ爺さん親子に、丁重に頭を下げた。完成間近の井戸を確かめ、みんなに向かって手を合わせる。

「そなたたちひとりひとりが、仏だ。法華経が体に満ちている仏です」

この日蓮様の仕草と言葉は、見助も意外だった。てつ爺さん一家だけでなく、近所の衆も、当惑したように顔を赤らめた。

みんな一様に頭を下げて立ち去って行く。その後ろ姿にも、日蓮様は合掌し、目を閉じた。

見助は、しまったと思う。近所から駆けつけた男女の名前を、紙片に書き残しておくべきだった。念仏衆の狼藉から草庵を守ってくれたのも、寄進といえば寄進だった。井戸作りを手伝ってくれたのは、間違いなく寄進だろう。特に井桁を作った大工の名前は、確かめておく必要があった。

翌日早朝から親子三人は姿を見せ、さっそく仕事に取りかかる。三間近く掘ったとき、もう水は、てつ爺さんの首まで上がっていた。

底に、洗った石をまず敷いて、その上に玉砂利と玉石を二尺ほど積む。その間、何度も何度も水を汲み出して、底の具合を確かめ、井壁を平たい石で補強する。基礎が固められたあと、輪だけの樽を積み重ねていく。そして最後に井桁を設置すれば出来上がりだった。

昼過ぎになって、例の大工が姿を見せ、これもまたたく間に井戸の蓋を作ってくれた。この大工が、のみという名だとはてつ爺さんから聞き出していた。本当の名かどうかは、見助も分からなかったが、紙片には「だいく、のみ」と記した。

井戸水は何度も汲み出すうちに澄んできて、しま婆さんを喜ばせた。

「これで洗濯も炊事も楽になります」

四人に向かい手を合わせる。

「まだ水回りがしっかりしていないので、明日以降、手が空いたときに来ましょう」

てつ爺さんが言った。

四人が帰り仕度をしていた時だ。露地を歩いて来る男女が見えた。干物屋のおかみと亭主に間違いない。おかみのほうは手ぶらなのに、亭主のほうは背と両手に荷物を持っていた。

「やれやれ、やっと辿り着いた」

懐紙で額の汗を拭いながら、おかみが笑顔でみんなを見回す。

「栄屋(さかえや)のたえと申します。こっちは亭主の柴作(しばさく)です。日蓮様のために、採りたての貝を持って来ました。それに鍋も」

亭主に目配せをして、荷を解かせる。背の荷には大きな貝、左手の荷は小さな貝、そして右手の荷からはみ出ているのは、大きな石鍋だった。

「青柳(あおやぎ)だ。こっちは波の子貝」

いわが叫んだ。ばか貝に似た大きな貝が青柳と呼ばれるのを、見助は初めて知る。波の子貝というのは小さな貝で、見助も見たことがない。

「渡り蟹(がに)もあるぞ」

今度はいしが言う。蟹は五匹いて、石鍋から逃げ出そうとするのを、いしが押さえる。

「せっかく来たのだから、みなさんにご馳走しましょうか」

おかみが言い、しま婆さんが頷く。料理が出来上がる頃には日蓮様と義城房も戻って来るはずだ。

「ほら、あんたも手伝いなさい」

女房に言われて、亭主が動き出す。出来たばかりの井戸に近づき、裾(すそ)をまくり上げた。

「よくもこんな大きな青柳を見つけましたな」

大工ののみが驚く。

「知り合いに名人がいて、今朝獲って来てくれました。裸足で海にはいって歩くと、砂の下に隠れている青柳が分かるそうです」

「しかしここまで大きいのは、なかなかないぞ」

てつ爺さんも目を丸くしている。「できたばかりの井戸も喜んでいる」

確かにそうかもしれなかった。新しい水と新しい石鍋で、料理が始まるのだ。

しま婆さんとおかみは、かまどに火を起こし始めていた。

「この波の子貝は、いい出汁が出ます」亭主が言う。

「いわ、何か春菜を探して来い。貝汁がうまくなるぞ」

父親から命じられて、いわが山の中にはいっていく。

そのうち、茹でられた蟹と、醬で煮た青柳のよい匂いが漂いはじめる。おかみが持参した大鍋は、これまであったかまどにはおさまらず、てつ爺さんといしが、そこいらの石を集めてかまどを作っていた。見助は大工ののみ、おかみの亭主と一緒に、枯枝を集める役だった。

松葉谷というだけあって、落松葉にはことかかず、枯れた枝もふんだんにあった。

そのうち、いわが戻って来る。両手いっぱいに、さまざまな若芽や若葉を集めていた。さっそく井戸水を汲んで、二人で洗う。蓼の若芽、ぎしぎしや酸葉、いたどりの若葉、そして茅（ちがや）まである。

見助は茅の一本を取って噛んでみる。確かに甘い。子供の頃、貫爺さんから言われて味わったのと同じだった。

しま婆さんとおかみの手際のよさは見事で、まるで姑（しゅうとめ）と嫁のように息が合っている。亭主はおかみの言いつけどおり、右左にこまめに動く。夫婦というより主人と奉公人のようだった。

「しかし、器が足りないです」

初めてしま婆さんが気がつく。

「いわ、擬宝珠（ぎぼし）はなかったか」

「ありました」

父親から訊かれて、いわが答える。

「葉を十五枚ばかり切って来い。皿代わりになる」

今度は、見助もいわと一緒に山の中にはいった。食い物の他に、器の代わりになるものがあるとなれば、知っておいて損はない。いわについて行くと、木陰から雉子鳩（きじばと）が二羽飛び立った。

擬宝珠の群は、万両（まんりょう）の木の脇にあった。いわが腰の鉈（なた）で切ったものを、見助が受け取る。またたく間に二十枚ほどになっていた。

「このくらいあれば充分」

いわが言い、二人で戻ると、井戸端に日蓮様と義城房が立っていた。

「この草庵に井戸ができましたか」

日蓮様が井の中をのぞき込み、ああと声を出す。その声が井戸の中で響くと子供のように喜んだ。

見助はさっそく、干物屋の夫婦を日蓮様と義城房の前に連れ出す。

「二人とは、浄顕房様と船に乗ったとき一緒でした。この前、偶然、若宮大路の先で会ったのです」

「ああ、あのこちの干物をくれたお方か」

日蓮様は肯き、頭を下げる。

「今日はまた、青柳に渡り蟹、そして波の子貝まで下さいました。大きな石鍋までも、持って来られました」

しま婆さんがつけ加えた。

「干物の栄屋のたえと、こちらは亭主の柴作でございます」

おかみが頭を下げる。「湊から浦賀に渡る船の中で、この草庵については浄顕房様から聞かされたのですが、おうかがいするのが今日になってしまいました。これまでも、日蓮様の説法は、若宮大路で何度か聞いたことがあります。人が多いので、後ろの方からでしたが」

さすがにおかみだけあって、口上が滑らかだ。亭主はその脇で神妙にしている。

「井戸の完成を祝って、今日は宴（うたげ）ですな」

鼻をひくひくさせて義城房が言う。

青柳五つと渡り蟹も五匹あって、半分にすれば、十人にいきわたる。箸と椀も何とか揃い、しま婆さんとおかみが上手につぎ分ける。

半身とはいえ、青柳は充分に大きく、蟹も食べごたえがありそうで、見ただけで唾が出る。

「それじゃ、遠慮なくいただかせてもらいます」

日蓮様と義城房が合掌したので、みんなで真似た。

見助は、まず波の子貝のはいった山菜汁を吸う。初めて味わう貝だが、よく出汁がとれ、うまみが喉の奥まで伝わり、見助は陶然となる。

「岩間から出る清水よりも、やはり井戸水のほうがおいしい」

日蓮様が舌鼓（したつづみ）を打つのを、井戸掘り親子三人と大工ののみが嬉しそうに眺めている。「そしてまたこの貝と蟹も、由比ヶ浜の恵みです」

「はい。鎌倉は、滑川と由比ヶ浜で成り立っています。頼朝様がよくぞこの地を選ばれたと、いつも感心しています」

答えたのは、おかみだった。「滑川には、いくつも橋があり、どの橋から眺めても、滑川は美しいです。春の若葉の頃には、新緑が川面（かわも）に映え、秋は秋で、川面までが赤く染まります。小さい頃は二階堂（にかいどう）に住んでいました。二階堂川が滑川と合流するあたりです」

そう言われても、見助にはまだ鎌倉のどの付近かは想像もつかない。

「法華経の行者でもあった頼朝殿が、この地を選ばれたのには、理由があります」

日蓮様がみんなを諭すように言う。「人はこの鎌倉が背後を山々に囲まれた要害の地だからと言いますが、ここは何よりも海に開かれた土地だったのです。由比ヶ浜には小舟が着き、もっと大きな船の船着場は和賀江島にあります。頼朝殿の旗揚げに味方したのは、すべて海の武士でした。相模の土肥（どい）氏と伊豆の北条氏、三浦半島の三浦氏、そして上総と安房の千葉氏と安西（あんざい）氏、すべて海で結ばれていたのです。今はもう北条氏の天下になり、海の道も廃（すた）れましたが」

「なるほど。手前どもは、そういうことも知らず、このあたりの狸（たぬき）やいたちと同じように、ただ暮らしておりました」

そう言ったのは一番年長のてつ爺さんだった。

「知らなくて、何の不都合もありません。余計なことを言ったまでです」

日蓮様が謝る。

「北条氏が天下を取るようになって、法華経は忘れられました。大御堂（おおみどう）の勝長寿院、二階堂の永福寺が建てられ、亀谷（かめがやつ）の寿福寺、山ノ内に建長寺が造営されます。今をときめく執権得宗の北条時頼殿が、手厚く庇護しているのは、臨済宗です。

また一方で、北条重時（しげとき）殿、この方は三代執権の北条泰時殿の弟です。重時殿が護持したのが真言律です。鎌倉にはびこる念仏衆は、そこから出ています。

泉下の頼朝殿は嘆いておられましょう。法華経から離れるに従って、この鎌倉、そして日本国は、種々の災禍に見舞われています。今後もこれは続くでしょう。続くばかりか増えるでしょう」

最後のところで、日蓮様は厳しい表情になった。

「災害が増えますか」

驚いて訊いたのは大工ののみだった。

「増えます」

日蓮様が言いきる。「お上が真言律や臨済宗などを奉じている間は、災禍は続きます」

「それでは、わたしたちはどうすればよいのでしょうか」

栄屋のおかみが訊く。

「ひたすら法華経に帰依すればよいのです。頭上に嵐が吹き荒れ、大地が揺れたとしても、法華経を念じている者は災禍を免れます。いつも胸の内で南無妙法蓮華経を唱えて生きれば、その人は嵐で吹き飛ばされず、揺れる大地の上でも倒れません。あなた方の題目は、この日蓮の胸に伝わり、この日蓮の日々の修行によって法華経の真髄に達します。この日蓮を踏み台にして、法華経のありがた味を摑めばよいのです」

言われたおかみが深々と頷く。その目が潤んで赤味を帯びたのに、見助は気がつく。

「さあ、食べさせてもらいましょう。栄屋のご夫妻の恵みを、てつ、いし、いわ、そしてのみ殿が汲み出してくれた井戸水で味わいましょう」

日蓮様が改めて椀に手をやる。見助もならう。いわが摘んだ、ぎしぎしや酸葉、いたどりがこんなに旨い具になるなど、思いがけなかった。青柳は半身でもう腹一杯になり、そのうえ蟹の白い身、赤い卵までも食べられる。見助は満ち足りた気持で、蟹の足までもしゃぶり、最後は嚙み砕いてのみ下した。

翌朝、朝餉が終わり、日蓮様と義城房が辻説法に出る際、見助も呼ばれた。

「この手紙を宿屋光則殿の屋敷に届けてくれ。大御堂の近くにある。途中まで、私たちと一緒に行こう。宿屋光則殿は知っているな」

「はい。時々ここに見えますから」

見助は答える。宿屋様は武家の信者の中では最も位が高く、執権北条時頼殿の被官つまり家来だという。それでいて腰が低く、草庵に来たときも、他の信者にまじって話を聞くのが常だった。日蓮様がどうぞ前へと誘っても、従ったのは初めの頃だけで、あとは手を横に振り、後方に坐り続けた。

その宿屋光則様の字だけは、義城房から習って見助も書けるようになった。義城房の字を手本にして、反故の裏表が真黒になるまで練習した。松葉谷に来て書けるようになった字は、日蓮様と宿屋光則様の名前だけだ。義城房の字も覚えたらどうかと、義城房から言われたが、ひと目見ただけで諦めた。自分には仮名だけで充分と思い定めた。

そんな難しい字を縦横無尽に書きつける日蓮様を毎晩眼にして、見助はいったいどんな頭なのだろうと首を捻るばかりだった。

　辻説法の場所は、以前と違って、若宮大路ではなかった。滑川を渡る前に右に折れた。

「これが小町大路だ。若宮大路と並んで走り、そのまま六浦道と白山道に続いている」

　義城房が説明してくれる。

「辻説法の場所を変えたのは、宿屋光則殿の助言があったからだ」

　日蓮様がつけ加える。「若宮大路での説法は、念仏衆の反感を買いやすい。それよりは小町大路のほうが目立たないということだった」

「日蓮様の身の上に何かあれば、宿屋光則殿の屋敷に逃げ込むか、家来を呼ぶことができる。この小町大路をそのまま大御堂の方に上がれば、右側に屋敷がある」義城房が言う。

「それにここは、御所のすぐ裏でもあり、政所にも近い。辻説法にはもって来いの場所だよ」

　なるほど、小町大路の片側は、食べ物屋や宿屋が立ち並び、行き交う人も旅姿の者が多かった。旅人が多ければ、辻説法を聞いた人が日蓮様のことを他国に広めることもできる。

道の先に十人ほどがたむろしていた。日蓮様の姿を見て頭を下げる。どうやら辻説法を待ち受けている信者のようだった。

「見助、この先をずっと上がって行くと、道は右なりに六浦道にはいる。それをさらに行くと、右に大御堂が見えて来る。その少し手前の右側に宿屋光則殿の屋敷がある。赤い門柱が目印だ」

日蓮様は書簡を見助に手渡した。

見助は歩き出してから、疑問にかられる。新しい辻説法の場所からそう遠くない館であれば、日蓮様自身が直接足を運べば、事は簡単なはずだ。それができないのは、おそらく、日蓮様が屋敷にはいるのを見られては、何か不都合が生じるからに違いない。

小町大路と横大路が交わった先が、政所であり、近くに武家の屋敷が立ち並んでいた。振り返ると八幡宮のこんもりとした森が見えた。そこには見助はまだ足を踏み入れてはいなかった。鳥居をくぐった先に、左右に二つの池があるらしかった。左のほうが小さいので平家池、右側の大きなほうが源氏池と呼ばれているとは、しま婆さんから聞いていた。

しま婆さんは小さい頃、朝早く親に連れられて、源氏池にある蓮の花の開く音を聞いたことがあるという。早朝なので寝ぼけ眼で池の傍に立ったとき、ぽんという音がいくつもして、花が美しく開いたので、目が覚めたらしい。本当にそんなことがあるのか、今でも半信半疑だ。しま婆さんが嘘をつくはずはなく、いつか確かめてみたかった。

目当の赤い門柱は、道が右なりに曲がり、大きな寺の屋根が目にはいった場所にあった。立派な門構えの屋敷で、片海の富木様の館よりも造りはいかめしい。通用門の前に立っている衛士に、腰をかがめて来意を告げた。追い返されはしないかと、胸が高鳴る。幸い、相手は日蓮様の名を聞いて頷いてくれた。門の外でしばらく待つ。

日が高くなり、道を行き交う人々の数が増えていた。騎馬の武家もあれば、牛車も通る。かと思えば八幡宮に参詣しに行くのか親子連れもいる。いかにも長旅をして来た風情の、すり切れた草鞋の旅人もいる。背中に大きな箱を担って小走りしているのは飛脚だ。すぐ目の前を、ゆっくりと駕籠かきが通る。御簾が少し開いていたので、どんな貴人が乗っているのか確かめようとしたとき、衛士が戻って来た。

「会われるそうだ。ついて来い」

いかめしい顔で言われ、見助は身を縮めて門をくぐった。中は白砂の敷かれた庭が広がり、所々に松や槙、椿、南天が植えられている。開け放たれた玄関まで、五、六間はあるだろう、石畳が敷かれていた。

玄関の脇に、一畳ばかりの平たい石が置かれているところも、片海の富木様の館とは違っている。

「ここで待っていろ。ほどなく見えるはずだ」

衛士は言いおいて、きびすを返す。ひとり居残って急に心細くなる。平石に腰かけていいのか、立って待つべきなのか分からない。

見助はちょっと石に腰かけ、また立つ。立っていては不審者に間違われそうで、また腰かける。しかしそれも横柄な態度のような気がして、また立つ。

そのとき、白砂の奥の折戸から、宿屋光則様が姿を見せた。笑顔を確かめて、見助は深々と頭を下げる。

「確か見助と言ったな。御苦労、御苦労。ま、坐って」

あろうことか、宿屋様が平石の上に並んで腰かける。手渡した書簡を広げて読み始める。

「いつもながら、流麗な筆致だ。これだけの能書は、執権の被官の中にも幾人といない」

言いつつ、最後まで読み通し、顔を曇らせた。傍にいると、衣にたきしめた香の匂いがした。

「そうか、松葉谷の草庵が狙われたか。懸念はしていたが」

宿屋様が顔を上げて呟く。「見助、そのときの様子を聞かせてくれ」

請われて、見助はそのときの騒動を訥々と話し出す。途中から、熱がはいり出し、てつ爺さんの奮闘ぶりや、草庵の中の書物が荒らされそうになったことを、細々と伝えた。

「念仏衆も、文字通りの悪党になったな」

宿屋光則様が呟く。「いや、悪党が念仏衆のなりをしている場合もある。いずれにせよ、警固が必要なのは確かだ。見助、ちょっと待っておれ」

そういって宿屋様が玄関にはいって行く。

今度は見助も、安心して平石の上に腰かけていられる。耳を澄ますと、どこからか何かを打つような音が、一定の間隔で聞こえてきた。ようやく、それが的に向かって矢を射る音だと納得する。なるほど、ここは武家の館だった。

「この書状を日蓮様に渡してくれ」

出て来た宿屋様が、細く丸めた書状を手渡す。「ご苦労だった。いずれ近いうち草庵にはうかがう」

見助は頭を下げ、きびすを返す。先刻の衛士にも門のところでお辞儀をした。途中、八幡宮に立ち寄り、源氏池でも見ようと思い、諦める。道草などしておれない。

小町大路を下って行くと、先方に人だかりが見えた。やはり日蓮様の辻説法が人を引きつけているのだ。見助は嬉しくなる。聞き入っている聴衆の衣裳はさまざまで、裾をたくし上げた裸足の男もいれば、薄絹を頭にまとった高貴な女人もいる。かと思えば、弓を肩にして具足（ぐそく）をつけた武家も、後方から辻説法に聞き入っている。

妙法蓮華経の五字こそが、人を仏にするのです。法華経にすべてを捧げますという意味の南無を、これに加えると南無妙法蓮華経になります。この南無妙法蓮華経を唱えると、あなた方に備わっている人間本来の仏性が発揮されて、安心立命の境地に到ります。これが観心（かんじん）本尊です。

仏は人を教化、教え導きます。これを能化（のうげ）といいます。逆に、どんな人間でも、仏によって教化される能力が備わっています。これが所化（しょげ）です。仏と人をつなぐ一本の強い綱が、南無妙法蓮華経なのです。

他方、今はびこっている南無阿弥陀仏は、寝言に過ぎません。何の力もなく、鹿や猿の鳴き声、犬の遠吠え、鳥のさえずりと同じです。法華経の大きな流れは、天台大師智顗、伝教大師最澄と受け継がれ、今この日蓮に宿っています。その日蓮が申し上げるのですから、何の間違いもありません。

見助も、何度も耳にしている説法だった。その中で見助が好きなのは、人と仏が南無妙法蓮華経でつながっているというくだりだった。法華経そのものは、見助には理解はおろか読めもしない。しかし、その理解は日蓮様に任せておればよいのだ。それが救いだった。

見助と同じように、聴衆の多くが安心したように頷いている。

見助に気がついて、義城房が手招きした。

「宿屋様から返事を貰って来ました」

「すぐに草庵に戻れ。しま婆さんが心細がっているだろう」

なるほど、草庵に残っているのは、しま婆さんだけだ。八幡様で道草しなくてよかったと胸を撫でおろす。

小走りで小町大路を下る。名越の切り通しに向かう道に曲がってからは、上り坂になる。

草庵に着いて、ほっとする。しま婆さんが、井戸から水を汲み上げていた。

翌々日から、草庵を一日一度、宿屋様の衛士が見回りに来てくれるようになった。日蓮様の要請に、宿屋様が応じてくれたのだ。大きな太刀を背負い、胴に具足を巻き、足には脛当（すねあて）までつけていた。ひとりでも、そのいでたちだけで、あたりを払うようないかめしさがあった。

衛士が立ち寄ると、見助は必ず井戸から水を汲み、喉を潤おしてもらう。しま婆さんが、寄進された果物を持たせることもあった。

建長七年（一二五五）の夏、外が少し明るくなったので、見助は起きて井戸端に行こうとした。しかし体が揺れ、足許がおぼつかない。柱に寄りすがったとき、今度は体が上下に揺さぶられ、立っていられなくなり、床に伏した。背後の山で雷が落ちたような大きな音がした。

「見助、地震だ」

奥の方で日蓮様の落ちついた声がした。「そのまま動くな。庵はつぶれない」

その声も床の揺れと柱の軋(きし)みで、かき消されそうになる。祭壇の棚に置いていた供物が崩れ落ちた。

「火の気はないな」

今度は義城房の声がした。冬の間は、かまどに埋火(うずみび)をしているが、夏にはやめている。

「これは大きい」

日蓮様が床の上で合掌する姿が見えた。大きな揺れが鎮まったあとも、小さな揺れが続く。ようやく揺れを感じなくなったとき、外はかなり明るくなっていた。

「ここは私たちが片付ける。見助は外を見て来い」

日蓮様が言う。

「はい」外に飛び出し、乱れた髪のままのしま婆さんと鉢合わせになる。

「庵は大丈夫かい」

「棚がひっくり返りました」

「日蓮様に怪我(けが)は」

「ありません」

「よかった」

しま婆さんが息をつく。「大きな音がしたろう。近くで山崩れがあったはずだよ。どこだろうね」

井戸端に立って、周囲の山を見渡す。どこにも変化はない。

「谷川の清水が少し濁っているよ」

しま婆さんが清水を手に掬って確かめる。「井戸は大丈夫だろうね」

見助は釣瓶を落として井戸水を汲み上げる。濁ってはいない。

「よかった。あたしは、ちょっと着替えをして来る。こんな姿を日蓮様には見せられない」

しま婆さんは、そそくさと帰って行った。

戻って来たしま婆さんと朝餉の仕度をし、四人で食べる。

「しま殿、付近の家々、被害はないか」

日蓮様が訊いた。

「五軒向こうの熊さんの家が傾きました。二年前に建てたものでしたが、安普請だったのでしょう」

しま婆さんが気の毒そうな顔をする。

「あの大工ののみが建てたのではないか」義城房が訊く。

「いえ、熊さんが自分で建てたのです。ですから文句は言えません。今、のみさんが取壊しを手伝っています。今度は、のみさんに頼むのではないでしょうか」

「餅は餅屋、紺屋は紺屋ではないかな」義城房が笑う。

「この分だと、町中は大きな被害が出ている。見助、ひとっ走りして見に行ってはくれないか。この静けさは普通ではない。私の辻説法はやめておく」

雨でもないのに辻説法をやめるとは、並大抵のことではない。見助は日蓮様の真剣な顔を眼に入れて頷いた。

後仕舞を終えるとすぐ見助は草庵を出た。

名越の切り通しに出たところで、山肌があちこちで露出しているのに気がつく。これまで緑で覆われていた山麓が、ごっそり削り取られていた。ざっと数えただけでも七、八ヵ所はある。崩れた土砂の下に埋れた家もあるに違いない。草庵の近くで山崩れがなかったのは幸運だったのだ。

そのまま道を進むと、右側にあった田代の観音の大きな建物が傾き、人だかりがしていた。柱はひしゃげていないものの、その上にのった屋根は、半分ほどの瓦が剝がれ落ちていた。集まった人々は、どこから手をつけていいか分からず立ちつくしている。

かと思えば、一町くらい先の家では、柱がつぶれ、屋根が地べたに崩れ落ちていた。中には生き埋めになった人がいるらしく、五、六人が瓦礫を取り除いている。しかしそれが容易でないことは、ひと目見ただけでも明らかだ。柱一本を引き抜くのでさえ、二、三人の力ではどうにもならない。

手助けをしたい気持を見助は抑える。日蓮様から命じられたのは、加勢でも救助でもなく、惨状の報告だった。

さらに道を急ぎかけ、左の方を見たとき目を疑う。和賀江島の手前に浮かべられていた材木が、全く姿を消していた。目をこらすと、その手前一帯にあった低い家々の姿が消え、単なる平地に変わっていた。しかもその平地が茶色に見えるのは、木材が積み重なっているからだった。海に浮かべられた材木が、すべて陸地に移動していた。見助には何が起こったのか分からない。その謎は、小町大路を渡り、滑川に近づいたときに分かった。

滑川に沿って、川岸にあった家がことごとく潰れるか、傾いていた。橋さえもどこかに流され、川の流れは、いたる所で堰止められている。渡る場所を探そうとして、見助は息をのむ。あちらこちらに人の死骸が散らばっていた。まともな形をしているものは少ない。胴体が刳られていたり、片腕がもぎとられていたり、頭の半分がひしやげていたりしていて、直視できない。ようやくこれが、津波だと思い至る。

「大波が滑川を這い上って来た」

見助に近寄った中年男が、無表情で言った。「女房と子供が、家もろとも流された」

顔は蒼ざめ、目は虚ろだ。亡霊のように川べりまで下り、いくつもの死骸を見渡している。

ざっと見ただけでも、横たわっている死骸は百近くある。動いている人影は、いなくなった身内を探しているのかもしれなかった。

これが津波であれば、滑川の対岸に広がる多くの家も無傷であるはずはなかった。若宮大路でさえも、滑川と同じように大波が駆け上がったとも考えられる。

川岸に上がり、由比ヶ浜の方角に眼をやる。やはりそこも、どこか平べったくなっている。一軒一軒区切られた屋根の形が今は消滅していた。

「上流の橋は渡れますか」

川上の方から来た年配者に訊いたが返事はない。血走った目は、姿を消した身内を探していた。

川は、堰止められている所で深さを増していた。見助は小町大路まで引き返し、坂を上がる。両側の家の三分の一ほどが被害にあっている。さすがに潰れている家はない。どこから手をつけていいのか分からず、四、五人が口もきかず、呆然と突ったっている。命からがら助かったのか、道端にへたり込んでいる年寄りもいた。

幸い夷堂橋(えびすどう)は無傷だった。津波はすぐ下流で止まったのか、塵芥(ちりあくた)があたりに散乱している。

若宮大路の方に向けて、細い道を抜けようとして、前方を阻まれる。家が一軒横倒しになり、二、三十人が片付けていた。

また引き返し、別の露地を通って、ようやく若宮大路に出た。坂の上に眼をやる。道幅が広いので、一見何事もなかったように見える。しかし人通りが消えていた。本来ならこの時刻は、行き交う人で溢れ出すはずだった。

小走りで由比ヶ浜の方に向かう。見える風景が一変していた。家があるのは途中までで、その先は野分(のわき)にあった稲田のように平たくなり、家の見分けがつかない。代わりにあるのは雑多な瓦礫だけだった。

そこには、あの栄屋があるはずだった。おかみと亭主が大丈夫か気になる。

津波は、滑川と同じように若宮大路を駆け上がっていた。瓦礫が押し上げられ、両側の家々も波に削られるように、店先がむき出しになっている。人々がまず片付けているのは、散乱している死骸だった。手や足が瓦礫の間から出ていれば、破れた戸や折れた柱を取り除く。ひと目で生きていないのは分かる。人の体も、塵や芥、瓦礫とともに転がされて、若宮大路を駆け上がったのだ。

通りに面していた栄屋も、店先は半分抉り取られ、奥が丸見えになっていた。散乱している干物を、手代がかき集めている。

「あのう、おかみさんは？」

恐る恐る訊いた。眼を上げた手代は無表情で答える。

「旦那様を探しに行かれました」

「どこに」

手代は呆けたように、右手で海岸の方を示した。

栄屋の半町先からは、若宮大路が影も形もなくなり、形をとどめている家はひとつもない。津波は、栄屋の少し手前で止まっていたのだ。ここでも人の救出が先になっていた。しかし死骸を取り出すのが容易でない。首が胴体からちぎれそうになっている死骸を見て、見助は思わず眼をそむける。

おかみはこんな瓦礫の山をどうやって越え、海の方に行ったのだろう。見助にはもうそれ以上進む気力は失せていた。

栄屋まで引き返すと、手代はまだ店先の片付けをしている。水に浸った干物でも、洗ってまた干せば食べられるのだろう。

「旦那様は、波が引いたと聞いて見に行かれたのです。旦那様だけでなく、他にも大勢、海の方に行っていました。そのあとしばらくして大波が襲って来ました」

手代がぽつりぽつりと言う。「波に呑まれたのだと思います」

見助は返事のしようがない。地震のあと、急に波が引いたら、なるべく海岸から離れろとは、貫爺さんから聞いたことがあった。津波が襲って来る前兆だった。

栄屋の亭主はそれを知らなかったのだろうか。

「お邪魔しました」

見助は立ち上がる。もうこれ以上、町中を歩く気力が萎えていた。若宮大路の先まで行ってみる元気は、もうない。津波の惨状を目撃したあとでは、家の傾きや倒壊などどうでもよくなっていた。

栄屋のおかみが草庵を訪れたのは、十日ほど経ってからだ。小肥りだったのに、げっそり痩せ、やつれが目立った。

「もう、あの人は帰って来ないでしょう」

日蓮様の前で、おかみは泣き崩れた。「あのとき、行くなと引き留めておけばよかったのです。前の金物屋の主人も行ってみようと駆け出したので、俺も行くと一緒に海に向かったのです。大波が引くなど、一度は見ておかないと損すると思ったのでしょう。ああ見えて、何につけ興味を持つ人でしたから」

おかみはさめざめと泣く。

「本当につらいのう。おそらく柴作殿はもう帰っては来られまい。しかし、人はひとつの個でありながら、宇宙でもある。柴作殿は今、この宇宙になっておられる。宇宙であれば、いつもたえ殿を包んでおられる。何の心配もいらない」

日蓮様が切々と説く。おかみのすすり泣きが止んだ。

「店が残ったのも、柴作殿の願いでしょう。たえ殿が法華経を信じ、柴作殿の願いが重なっての幸いでした」

「水に浸った干物は、よく洗って干し、焼いて近所の人々に振舞いました。たいそう喜ばれました」

「この難事なのに、よくぞそこまでの施しをされましたな。柴作殿も喜ばれているでしょう。これからは、柴作殿が喜ばれる行いをすれば、間違いはありません。柴作殿の宇宙は、たえ殿を包んでいるのですから」

日蓮様に諭されて、おかみがさめざめと泣く。しかし先刻と泣き方は違っていた。

どこかでほっとしているような泣き方だった。

そのおかみの背中に、日蓮様はそっと右手を添えた。

第三章

松葉谷（まつばがやつ）

一、災禍

その後も鎌倉では災禍が続いた。前年の地震と大津波のあと、建長八年（一二五六）八月になったとたん雨が降りはじめ、止む気配もなく、五日には暴風雨になった。

その頃、草庵には浄顕房も帰っていて、義城房と一緒に、日蓮様の執筆の手伝いをしていた。

雨の日、日蓮様は辻説法には出かけず、終日庵室にこもって、文机に向かう。その脇で、浄顕房は日蓮様の書いたものを整理し、義城房は経典を書写していた。

そんな光景を眼にすると、見助は安心する。この草庵が、どんなに大きな寺よりも立派なものに思えるのだ。

大雨と大風にもかかわらず、草庵には雨漏りがなかった。隙間（すきま）風は却って夏の熱気を吹き払ってくれた。

そんな大雨の中、草庵を訪れたのは、栄屋のおかみだった。草履ばきなのに裾をからげ、背には荷を担ぎ、傘をさしている。傘は菅笠に長い柄をつけたもので、見助の眼には物珍しかった。

「見助さん、日蓮様に届け物を持って来た」

おかみが背の荷物をおろすのを手伝ってやる。

「生きのよい鯛が手にはいったので、今日のうちにと思って。どうぞ仏様に供えて下さい」

見助に言うなり退出しようとしたので、慌てて引き留める。

「少し待って下さい。日蓮様に知らせます」

見助は奥に行き、書きものをしている日蓮様に声をかけた。

「こんな雨中、栄屋のたえ殿が」

日蓮様は立ち上がり、入口に足を運ぶ。おかみの濡れている肩に手をやった。

「たえ殿、元気にしておられるか」

「はい」おかみが恐縮して腰をかがめる。

「ほんに、昨年の津波は災難だったのう。店はまた立派にされたと聞いたが」

「はい。隣の布屋が生業をやめたので、そこを買い取って間口も広げました」

「よくやられたのう。普通の者は、打ちひしがれたままで、天を恨むばかりなのに」

日蓮様が慰める。

「もう恨んではおりません。あの人が亡くなってからというもの、あの人を思う気持が強くなりました。もとはといえば、あの人をわたしに授けてくれたのは、天ですから」

腰をかがめたままで、おかみが答える。

「亡き柴作殿が、今のたえ殿の後ろ楯になっているのが、ようく分かります」

日蓮様がおかみを慈(いつく)しむように微笑(ほほえ)む。「今日はまた鯛をわざわざ届けられたとか、心より御礼を申し上げる。ちょっと待っていて下され」

日蓮様が奥の義城房に呼びかけ、丸めた紙を持って来させた。中味を見助は見たことがある。真中に書かれているのは〈南無妙法蓮華経〉で、見助は今では読める。しかしその周囲に書きちりばめられた字は、とても読めない。さまざまな仏の名だとは、義城房が教えてくれた。

「これを店の壁に張って下され。必ず法華経の加護があります」

雨に濡れるのを気遣って、義城房は丸めたものを油紙に包んだ。

「ありがとうございます」

おかみは日蓮様に手を合わせ、傘を手にして雨の中に退出した。

貰った鯛は二尺半以上はあった。片海にいた頃、鯛といえば、見助にとって釣り上げる魚だった。調理はあくまで厨房で行われるものだった。ところが最近は、魚の調理は見助の役目になっていた。教えてくれたのは、しま婆さんであり、日蓮様は菜食にこだわらないのが、ありがたかった。

包丁で鱗をとり、頭を切りおとす。二枚におろして、包丁を取り替える。一方は鯛汁、もう一方は塩をふって焼く準備をする。ようやくそこまで終わった頃、しま婆さんが雨の中を辿り着いた。

「何だい、これは鯛じゃないか」

婆さんが目を見張る。

「栄屋のおかみさんが、今しがた届けてくれました」

「あのたえ殿が、こんな大雨の中を」

婆さんは二度驚く。「あの人は、亭主をなくしたというのに、へこたれないね。たぶん亭主と一緒に働いているつもりだろう」

「日蓮様も言っておられました。亭主の柴作殿は、いつもそなたとともにあると」

「日蓮様のそのお言葉が、溺れかけたたえ殿を救ったのだろうね」

見助は、二年前に船の中で会った二人の様子を思い出す。あのときは、主人がおかみで、亭主はまるで丁稚か下男のように見えた。それが今は、夫婦一体になっている。死とは不思議なものだ。

もしかしたら、今の自分にも、貫爺さんが一体になってくれているような気もする。赤子のときから育ててくれ、何もかも教えてくれたのが貫爺さんだったから、当たり前なのかもしれない。貫爺さんがいなければ、今の自分はない。

ひょっとしたら、と見助は思う。死は永遠の別れなのではなく、死者が生きている者の中に溶け込む機会なのかもしれない。死によって、死者は生者と一体になるのだ。いつか日蓮様に訊いてみたかった。

「見助、ぼんやりしないで、これを焼きなさい。今日はごちそうだよ」

しま婆さんの声で我に返る。

かまどに火を起こして、ひとつには石鍋をかけ、もうひとつには鉄網をのせる。あとはしま婆さんまかせで、見助は火の番だった。

鯛の焼ける匂いをかぎながら、この草庵が大きな館のように思えてくる。屋根も壁も、雨風を凌（しの）ぐだけの粗末なもので、床も粗削（あらけず）りの板の上に莚しか敷いていない。

しかし信者たちが持ち寄ってくれる品々が切れる日はない。いつも食べものと着るものがある。

そして何よりも、ここは大きな寺院なみに、多くの経典や書物があり、日蓮様と義城房、浄顕房の三人がおられ、修学と読経、講話が絶えない。

鎌倉の中心部にある、いくつもの大きな寺院は、外からしか眺めたことがない。黒々とした瓦屋根がそり返り、壁は日の光をはね返すくらいに白かった。しかしここと比べれば、中はがらんどうなのかもしれない。

「外は雨だというのに、庵の中はまるで祭事だ」

並べられた料理を見て、日蓮様が言う。「しま殿も今日は帰らないで、一緒にいただきましょう」

「そうです、そうです」

浄顕房と義城房からも勧められ、遠慮深いしま婆さんも断れない。

五人揃って夕餉をとるのは久しぶりだった。

「見助、片海の鯛と比べてどうかな」

日蓮様が訊く。

「由比ヶ浜の鯛のほうが、上品です。片海の鯛は田舎者ですから」

見助が大真面目で答えると、四人が笑う。

た。


「海にも、都と鄙があるとは知らなかった」義城房が言う。

「見助、鯛を見ると海に出たくはならないか」浄顕房が訊いた。

「いえ、もういいです」

鎌倉まで来て、鯛釣りはしたくなかった。今は日蓮様の傍にいるだけで満足だった。


八月末になると、鎌倉中に赤斑瘡がはやり出し、将軍家の中にも次々と病人が出ているという話だった。幸い、草庵に集まって来る信者たちの間には、まだ病人はいなかった。あるいは、赤斑瘡にかかったら、草庵に来るのを控えているのかもしれない。

「将軍宗尊親王も、執権の時頼殿も、その娘も赤斑瘡にかかったらしい。あちこちの寺社から、僧や神官を招いて祈禱が始まっている」

九月半ば、辻説法から戻った日蓮様が言った。はやり病の間、辻説法は控えたらどうかと義城房が進言したが無駄だった。町中の人々が苦しんでいる今だからこそ、辻に立つべきだと日蓮様は二人をたしなめた。

「宿屋光則殿の話では、陰陽師も招かれて、大忙しのようだ。無駄なこと」

日蓮様は首を振った。

その予言どおり、赤斑瘡によって時頼殿の娘のみならず、他の武家やその子息までも病に臥したとの報がもたらされた。

十月上旬、建長八年が康元に改元されたかと思うと、重病だった時頼殿の娘や他の親族の娘が次々と死去した。これも宿屋光則様の報告だった。

「時頼様も、これは何か悪い予兆ではないかと懸念されています」

草庵に姿を見せた光則様が顔を曇らせる。

「予兆でなくて何でありましょう。これからも凶事が続くと、日蓮が言っていたと、機会があれば申し上げて下さい」

「それはちょっと」

光則様が躊躇する。「時頼様が立腹されて、捕縛を命じられる恐れが生じます」

「それは願ってもないこと。面と向かって、縷々その訳を言上致します」

あくまで日蓮様の顔は真剣だった。

「とにかく今はちょっと」

光則様が言葉を濁して、その場はおさまった。

赤斑瘡の流行は、十月の末になってようやく下火になった。しかし十一月、時頼殿が今度は赤痢病に罹患する。この病は二十日ほどで軽快したものの、気力は衰え、執権を長時殿に譲られた。

北条長時殿は、時頼の祖父にあたる泰時殿の弟、重時殿の子である。宿屋光則様によると、いずれ執権職は、時頼殿の子に譲るとの密約が交わされたらしかった。

執権職をはずれた時頼殿は出家し、法名を覚了房とした。これに続いて、幕府の重鎮たちも続々と出家する。結城家から三兄弟、三浦家も三兄弟、二階堂家からも兄弟が出家したため、幕府内はもぬけの殻の状態になったと、宿屋様は嘆かれた。

十一月下旬の未明、名越で大火があり、火は夜空を焦がした。幸い火の勢いは庵までは達しなかった。この火事で、北条家一族の重臣の館が焼け落ちたという。

十二月の十一日、深夜に再び大火があった。鎌倉幕府の祖、頼朝殿を祀る法華堂の前から出た火は、激しい北風のため、南にある勝長寿院、弥勒堂、五仏堂の塔が、ことごとく焼失した。

翌康元二年（一二五七）は、閏三月までは平穏に過ぎたものの、その後は天変地異が相次いだ。

五月中旬に大地震があり、草庵でも、祭壇が傾いた。続いて八月一日も大地の揺れが激しく、外に出ていた見助も、しま婆さんと一緒に地べたに四つん這いになった。

続く二十三日の暮れ方、これまでになく大地が揺れた。ちょうど日蓮様は灯火の下で書きものをしているときで、見助は藁布団に横になっていた。

裏山で地鳴りのような音がし、横たえた体が突き上げられた。そのあと体が転がりそうになるのを、見助はやっとこらえた。祭壇の方に眼をやると、日蓮様が灯明を吹き消して、身をかがめている。義城房と浄顕房は書棚を必死で支えていた。しかし二人とも転がり、書棚は音を立てて倒れた。

地鳴りは、その後も続いた。まるで裏山全体が、何かに向かって吠えているような音だ。いや、音は、もっと遠くでも起こっていた。何かが倒れたり、崩れ落ちる音だろう。

やがて揺れは少しずつ小さくなり、その間隔も間遠になる。

「見助、大丈夫か」

日蓮様の落ち着いた声がした。

「大丈夫です。怪我もしていません」

「そのまま休んでよい。私たちも寝る。片付けをするのは、明日、明るくなってからだ」

「はい」答えたものの、頭が冴えて寝つけない。まだ体が揺れているような気もする。鎌倉に来てからというもの、災難が途切れなくやってくるのが不思議だった。二年前の地震と津波、去年のはやり病に今年になっての地震と、あまりにも矢継早過ぎた。

片海にいた頃は、雨風や大波に悩まされても、地震や津波はなかった。これから先は、日蓮様がいつか言ったように、災禍が当たり前の世の中になるのかもしれなかった。

翌朝、外が明るいのに気がついて飛び起きる。日蓮様たちはもう起きていて後片付けをしていた。

「すみません」

「お早う。こっちはいいので、裏山がどうなっているか見て来てくれ」浄顕房が言う。

「井戸は大丈夫だった」

義城房がつけ加えた。「もうしま婆さんも来ている」

「えっ」慌てて外に出ると、しま婆さんが水汲みをしていた。

「ひどい地震だったね。二年前のよりも大きかった。あたしが生まれて以来、こんな地震は初めてだったよ」

「このあたりの家は大丈夫ですか」

「うちの家は少しずれただけで、ちゃんと立っている。二階屋や瓦屋根の立派な家ほど、ひしゃげている。死人も出ている。家の下敷きになった者もいるようだよ」

「しま婆さんはここにいていいのですか」

「亭主が行っているので、あたしは行かなくていい。この草庵がちゃんと立っていたので安心した」

平然としま婆さんが言う。「もう火を起こしてもよかろう。見助さん、頼みましたよ」

「その前に、ちょっとこのあたりを見て来ます。心配ですから」

見助は裏山の方に走り、二年前の地震で崩れた崖を確かめる。崖の上にようやく残っていた二本の松が、崖下に倒れ落ちていた。

崖の脇にある獣道を、力をふり絞って駆け上がる。その獣道までも途中で崩れて先に進めない。雑木林の中をかき分けて登り、町の方が望める高台に立った。

西の方を見やって、見助は息をのんだ。津波のときとは違う町の変わりようだった。あちこちにあった寺院がひしゃげている。空に向かって突き出していたいくつかの塔さえも見えない。火が出ていないのは、暗くなってからの地震だったからかもしれなかった。

息を切らして、来た道を引き返す。火は、もうしま婆さんが起こしていた。

「町が潰れています」

「そうだと思うよ」

しま婆さんは驚かない。「騒動が起こらないといいがね。火事場泥棒ならぬ地震泥棒が出ないとも限らない」

できがった朝餉を、二人で草庵の中に運んで行く。四人分を運び終わると、しま婆さんは急いで帰って行った。やはり、近所の被害を気にしていたのだ。

見助は、山の上から眺めた町の様子を口にした。

「そうだろうと思った」

日蓮様が頷く。「これからその災禍を三人で見に行く。見助はここに残ってくれないか。またこの機に乗じて狼藉者が来ないとも限らない」

「はい草庵の番をしておきます」

見助は威勢よく答える。念仏衆か、ならず者か分からないような連中が来たら、大声で近所に触れ回ればよいのだ。何人もが駆けつけてくれるはずだった。

三人を送り出したあと、入れ違いに宿屋光則様の衛士(えじ)がやって来た。

「日蓮様も草庵も変わりはないか」

急いで来たのだろう、息が弾んでいる。

「日蓮様とお供二人も無事です。草庵もこのとおり倒れていません」

「殿もそれを心配されていた」

「宿屋様の館は大丈夫でしょうか」

見助は腰をかがめて訊く。

「番人小屋がつぶれて、ひとり柱の下敷きになって死んだ。主屋のほうは倒れはしないが、瓦がほとんど落ちた。近くの御家人屋敷や寺院も、似たり寄ったりだ。塔は大半が倒れている。築地（ついじ）はことごとく倒れたり傾いたりしている。あちこちで地面が裂け、水が湧き出している所もある。これは実見していないが、中下馬橋（なかげば）あたりで、裂けた大地の底から青白い炎が噴き出しているらしい」

「地面の下で火が燃えているのですか」

見助は恐ろしさに身を縮める。

「裏の崖は大丈夫か」

「見に行きましたが、このあたり大きな山崩れはないようでした」

「それは幸い。宿屋様にはその旨を伝える。安心されるじゃろ」

衛士はまた小走りでくびすを返す。井戸の冷水をさし出すのを忘れたのに、見助は気がつく。動転していたのだ。

昼近くなっても、日蓮様たち三人は戻って来ない。草庵の内を掃き清めていたとき、何度か地面が揺れた。外を掃いていても、体がふらつく。自分が揺れているかと思ったがそうではなく、やっぱり地震だった。

昼過ぎになって、しま婆さんが姿を見せた。

「男たちの中には、これから忙しくなると喜んでいる者もいる。瓦造りに、運搬、土塀造りに、家の解体、道直しなど、仕事は山ほどあるからね。世の中、皮肉なもんだ。うちの亭主も腕が鳴っているようだよ」

「災禍を喜んでいるのですか」

「表向きは渋い顔をしているが、胸の内ではそうなんだろうね。なかには、来年もまた地震があるといいなんて、うそぶく者もいる。そんな輩、大地震で裂けた穴にはまり込むだろうよ」

「宿屋光則様の衛士の話では、裂けた地面の下で、青白い炎が燃えていたそうです」

「そうかい。まるで地獄の火だね。あたしはこれから、もっと大変なことが起こると思うよ。日頃日蓮様が言われているように、どこかが悪いのだよ」

ブツブツ言いながらも、しま婆さんは調理の手を休めない。こんな大地震の日でも、食い物があるのがありがたかった。

一汁二菜ができ上がる頃、日蓮様たちが帰って来る。汗だくの体を、井戸水で清めてもらう。

「見助、鎌倉はすっかり変わっていたぞ」義城房が言う。

「倒れた築地（ついじ）から、中の館の崩れ具合も見えた。誰もが右往左往だ」

浄顕房も言い添える。

「神社仏閣のどれひとつとして、まともに立ってはいない。潰れたり、傾いたり、屋根が落ちたり、哀れな姿だ。読経中に御堂がつぶれ、柱の下敷になった僧侶もいるらしい」

日蓮様が憐れむように言う。「最も悲惨だったのは大御堂の勝長寿院。三重の塔は倒れ、本堂はもちろん、弥勒堂も五仏堂も哀れな姿になっていた。それはもう見事なまでの無惨な光景だ。まるで、鬼神の巨大な手が七堂伽藍を払いのけ、足で踏み潰したような有様だ。私はその場に立ったとき、鬼神の声を聞いたような気がした」

日蓮様が言いさし、浄顕房と義城房がじっとその顔をうかがう。見助も耳を澄ます。

「お前たち、天下を統べる者たち、邪宗に肩入れをしているからこうなるのだ。信心の本道に戻れ。さもないと、再び災禍が生じる――」

日蓮様の眼が三人をかわるがわる見る。「正道に戻らない限り、これより二倍も三倍も大きい災難に見舞われる――。そういう声だった。今回は幸い、火の手が数ヵ所でしかあがらず、風もなかった。不幸中の幸いで、これも仏様が手心を加えられたのに違いない。悔い改めればよい、とな」

しばらく沈黙があり、浄顕房が見助に目配せをする。もう夕餉にしようという合図だった。

「見助、明日は義城房が草庵に残る。説法には私と浄顕房が行く」

「明日からもう説法ですか」

驚いて見助が訊く。

「瓦礫の中でこそ説法が生きる。瓦礫を片付ける人々には、祈りの言葉が必要だ。私と浄顕房が説法している間、そなたは、この鎌倉の惨禍をとくと見ておくがいい。誤った為政者をいただくと民草がいかに苦しむかを、眼の底に焼きつけておくとよい。人の世には、三種の苦がある。苦々（くく）と行苦（ぎょうく）、壊苦（えく）だ。苦々とは、病と怪我、別離だ。行苦とは、万物の変化で、順調に見えていても、いつか苦がやって来る。苦は人生につきものだ。壊苦とは地震や津波、火事と水没だ。三苦はいくらかでも減じられる。それでも、為政者が法華経にならって政をすれば、三苦はいやが上にも増す」法華経の道をはずれると、三苦はいやが上にも増す」

諭すように言ってから、日蓮様はようやく里芋と大豆の煮つけに箸をつけた。「災禍の中でも、こういう物を口にできるとは、ありがたい。それも見助、そしてしま殿、信徒のおかげだ。この草庵には確かに法華経の加護がある」

翌朝、朝餉のあと三人で草庵を出た。松葉谷から名越坂に抜けたところで、日蓮様が振り返った。

「見助、見ておくがよい」

裏山に登ったときは見えなかった場所で、山肌がむき出しになっていた。一ヵ所だけでなく、ざっと見ただけでも五ヵ所ある。そのうちのひとつは、土砂が村の一部を呑み込んでいる。逃げていなければ、圧死は免れない。日が沈んでからの地震なので、ひょっとしたら寝入りばなを襲われたとも考えられる。

道にも、名越を過ぎた所で地割れができていた。幅は一尺ほどもあり、割れ目の底は暗くて見えない。さすがに衛士が言った青い炎は燃えていなかった。

亀裂の先、北側は田畑になっていて、段差が奥の方まで延びている。南の方には人家が連なり、ことごとく傾くか、ひしゃげていた。亀裂は倒壊した家を貫いている。何人かが平べったくなった屋根に上がり、瓦をはがしていた。瓦礫の片付けが終わるまで、ひと月かふた月はかかるはずだ。

かと思えば、地べたにしゃがみ込んで動こうとしない人たちもいた。あまりの衝撃に、どこから手をつけていいのか分からないのだ。

その脇に、莫蓙が三、四枚広げられている。何だろうと思い、眼をこらした見助は、莫蓙からはみ出している手足に気がつく。下敷きになって死んだ人の亡骸(なきがら)だった。

道をさらに進むと、風景が一変していた。右側にあった観音堂が、ものの見事に横倒しになっている。その北側奥に見えていたいくつもの寺院や塔がなくなり、道に沿って建っていた館も、無傷なのはひとつもない。塀が右へ左へと倒れ込んで、道を塞いでいた。人々はここでも右往左往するだけだ。

南側にある小さな家々は、半分くらいが破損していた。見たところ、掘立小屋のような家屋のほうが被害が少ない。必死で片付けをしている者と、放心して動かない者がいる。子供の姿が見えないのは、どこかひとつの所に集められているのかもしれなかった。

滑川にかかる橋は真二つに折れて、渡れない。仕方なく見助は上流の方に向かい、夷堂橋を渡る。その木橋だけは無傷だった。橋を行き来する人の顔は、ことごとく蒼ざめ、ひきつっている。言葉を交わす余力さえ残っていないのか、誰もが口を一文字に結んでいた。

小町大路も、北側で土塀が倒れ、道が塞がれていた。若宮大路に向かう露地を通って、ようやく若宮大路に辿り着く。真先に確かめたかったのは、栄屋のおかみの安否だった。

さすがに大路そのものは、南北に見渡せて、往来はできる。しかし、八幡宮に続く大路の両側は様変わりしていた。行き来する馬も牛車もなく、人の姿もまばらだ。店舗や武家の館の奥に見えていた寺社の屋根や塔が消え、あるのは青い空のみだった。

かまびすしかった大路のどこにも音がない。声をあげれば、坂の先の八幡宮まで届きそうだった。

眼を転じて南の方をそっと眺める。かつてそこは、途中まで両側ともに大きな店が整然と軒を並べていた。その整然さが失われ、潰れた屋根、ひしゃげた家、傾いた家で雑然としている。

その先が、栄屋やその他の小ぶりの店がひしめく所だった。二年前の津波のときは、ひとつとして家屋が残っていなかったのに、小粒ながらも、家々は破損を免れている。

見助は小走りで大路を下った。栄屋は傾かずに立っていた。付近の安普請の家々も、見たところ無事だ。

店先におかみの姿が見えた。店頭にはいつものように干物が並べられている。

「おかみさん」

見助が呼びかけると、おかみは振り返りざま驚き、見助を抱きしめる。

「見助も、日蓮様も元気かい。草庵は潰れなかったかい」

たて続けに訊かれ、見助はみんな無事だと答える。

「このあたり、被害が少なかったのですね」

「まだ掘立小屋だったのが幸いしたよ。それはそれは揺れたさ。横にも縦にもね。潰れた家もあったようだけど、死人は出ていない。二年前に懲りて、揺れたときみんな家を飛び出して、大路を駆け上がった。それも幸いして、家の下敷きになった人はいない。今から、いつものように店を開けるよ。売り値は半額にする」

「高く値を吊り上げるのではなくて、下げるのですか」

二年前の津波の際、売り値を二倍にした米屋があるとは、義城房から聞いていた。

「値を吊り上げるなど、みんなが難儀しているときにできないよ。日蓮様が即是道場と言われているだろう。人が住む所がそのまま戒壇。あたしにとっては、この店が戒壇、教えを授かり、守る場所。そんな所で売り値を吊り上げるなど、もっての外。本来なら、ただにしてやりたいが、それでは店が立ち行かない」

「おかみさんは偉いです」

「これも、死んだ亭主が見ていて、喜んでくれるはずだよ」

おかみが笑う。

「目を細めておられると思います」

「あの人が喜ぶことしかしないと、あたしは決めている」

そう言うおかみを見助は羨まし気に眺める。自分の育ての親である貫爺さんを、いつも頭に浮かべるどころか、この頃は忘れつつあった。

「日蓮様は今どうしておられるかい」

「説法に出かけられました。名越あたりまで一緒に来ました」

「こんなときこそ、日蓮様の説法が必要だよ。人の世は苦に満ちている。しかし、この苦難続きは、どこかが間違っているからだよ。大きな声では言えないが、正道をお上が踏みはずしている証拠だよ。日頃から日蓮様が言われているだろう。本来、この国は釈迦仏の御領であるはずなのに、お上が謗法(ほうぼう)の道を歩いているから、こうなると。あたしはそのとおりだと思う」

おかみは怒りをぶつけるように言ったあと、店先の干物を擬宝珠(ぎぼし)の葉に包みはじめる。包んだあとを上手に藁で結んだ。

「今夜はこれを夕餉の足しにしておくれ。そして日蓮様に、あたしはあたしなりに、自分の戒壇で、めげずにやっていると伝えておくれ」

「はい伝えます」

見助は包みをありがたく押しいただく。そのままゆるい坂を駆け上がる。瓦礫を見て潰されそうになっていた胸に、新鮮な風が吹き入ったような気がした。

二、檀越(だんおつ)

大地震のあと、草庵での説法に武家の姿が目立つようになった。日蓮様の辻説法を聞いて興味を持った武家もあれば、宿屋光則様が連れて来た武家もいた。

そのうち最も日蓮様の教えに心酔したのは、四条頼基様で、まだ三十歳前の若侍だった。教えを説く日蓮様を仰ぐ目付は真剣そのもので、ひと言ひと言に相槌をうった。

「見助、そなたが羨ましい」

来がけや帰りがけに見助を見ると何かと、声をかけてくれた四条様が、ある日そう言った。

「どうしてでございますか」

「朝夕、日蓮様のそばにいられるからだ。私はそうはいかん。すべてを投げ打って、日蓮様の門下になることはかなわぬ。そこへいくと、そなたは、ずっと日蓮様にはべることができる」

この一言以来、見助は日々日蓮様のそばにいられる幸せを、改めて感じるようになった。宿屋様や四条様のように信仰心の篤い信徒を、日蓮様は檀越と呼んだ。

武家の檀越で日蓮様が最も信頼しているのは、言うまでもなく宿屋光則様で、この頃ではその館に招かれることも稀ではなくなっていた。光則様の家来が、衛士として相変わらず毎日草庵を訪れてくれている。まるで御用聞きのようだったが、効果はてきめんで念仏衆が押しかけることはとんとない。

もうひとりは四条頼基様で、宿屋様ほどには身分は高くないものの、左衛門尉の役を仰せつかっているという。どういうわけか見助は知らないが、日蓮様は四条頼基殿と呼ばずに、四条金吾殿と口にされていた。

不思議に思って見助が義城房に訊いて、ようやく理由がのみ込めた。もともとは宮城の門を守る役所が衛門府で、左衛門府と右衛門府の二つがあるという。その唐名が金吾であり、今では、門の出入りを監視するだけでなく、盗賊の捕縛も重要な任務らしい。その長が督で、佐、尉、志という官名が続く。

金吾様そのものは、そんないかめしい役職についているとは思えないくらい、気さくな武家だった。物腰が柔らかいのに、日蓮様の前では、主に仕える家来のように礼を尽くされる。日蓮様の命令であれば、火の中でも飛び込むという忠誠心が感じられた。

さらにもうひとりの武家の檀越は、波木井実長様で、金吾様よりは十歳ばかり年上に見えた。寡黙で少し気むずかしいところがあり、見助もいまだに声をかけてもらったことがない。眼光も鋭いので、みるからに威厳が備わっている。草庵に坐る際も、光則様や金吾様のように他の信者の中に紛れ込むのではなく、最前席に坐って、日蓮様の説法を聞く。

大地震のあとも、小さな地震はやまなかった。雨の日、日蓮様が草庵で説法をしている最中に揺れが来たとき、悲鳴を上げて信者たちが立ち上がる。それを制するのは、金吾様や波木井様だった。

地震があまりにも続発するので、お上のほうでは、天地災変祭を開き、陰陽師に占いをさせたらしかった。にもかかわらず、十月中旬には大雨が降り、耳をつんざく雷が二日続けておこり、加えて地震も発生した。

三日後にはようやく雨が上がったものの、その夜は月蝕になり、災禍の前触れではないかと、人々は噂しあった。

その予兆があたって、ひと月後、若宮大路で大火があり、火煙は名越からでも見分けられた。暗くなっても鎮火の気配はなく、夜空が赤く照らされる光景は、見るからに恐ろしかった。燃え尽くしたのは、主に若宮大路の東側にずらりと並ぶ御家人たちの館だった。翌朝そこを見に行った見助は、黒焦げになった柱や変色して崩れ落ちている瓦を呆然と眺めた。北風にあおられた火は、ようやく田楽辻子(でんがくずし)のあたりで鎮まっていた。

これ以上の惨状はご免蒙(こうむ)りたかった。二年前の津波が、若宮大路の南半分一帯を根こそぎ呑み込んだとすれば、今年の火災は北半分に建っている大きな館を次々と灰塵に帰していた。

二年前の被害が庶民の小さい家だったのに対して、今年の大火は、御家人たちの住む豪勢な館を灰にしていた。

ここには、眼に見えない何かの力が働いている――。見助はそう思わずにいられない。何か見えない力が神仏だとすれば、間違いなくその力は、人間を懲らしめているのだ。お前たちは罰当たりだと言っているのだ。

罰の原因が何なのかを考えたとき、思い浮かぶのは、日蓮様が常日頃口にしている言葉だった。

――政が邪宗に肩入れをすれば、国土ことごとく荒れる。為政者は仏の正法を守るべき。

ここ数年ひっきりなしに訪れる天変地異を鎮めるために、お上はさまざまな祈禱をしているという。陰陽師を呼び、高僧にも祈願を依頼し、八幡宮の神官には日々のお払いを頼んでいるらしい。しかし日蓮様によれば、その信仰そのものが道を踏みはずしているのだ。

見助は、若宮大路からそれて小町大路にはいる。日蓮様がいつも説法をしている場は、そう遠くない。草庵での説法には耳を傾けてはいたものの、久しく辻説法は聞いていなかった。

小町大路の西側は全焼の家もあれば、半焼の家もある。東側の家並にも、火の粉は飛んでいた。半焼の家がところどころに残されている。燃え移らなかった隣家があるのは、屋根に上がって火の粉を振り払ったからに違いない。まだあたり一面、焼け跡の鼻をつく臭いが残っていた。

大路の先に四、五十人の人垣ができている。半ば焼け落ちた館の真向いだ。近づくにつれて、日蓮様の声が次第に明瞭になる。

草庵での説法は、どちらかというと静かな声で、身振りも少ない。しかし辻説法の声は、多少離れていても聞き分けられるような大きさだった。

姿を見られないようにして、見助は後ろの方で耳を澄ます。

　この世には幾多の災難があることを、古来仏典は説いています。金光明経に書かれているのは十三種の災い、大集経には三種の災い。仁王経と薬師経には七難が記されています。

これらの苦難は、仏法があまねく国土に満ちていれば、芽吹く恐れはないのです。行われている仏法が、偽のものであったり、薄っぺらなものに変わると、苦難は頭をもたげます。

ひるがえって、この鎌倉を見渡せば、この地は、天変地夭飢饉疫癘に満ちています。いえ、鎌倉だけでなく、天下に災禍が満ちています。

これにおののいて、お上は薬師仏を念じて災難が消えるように祈り、陰陽道に頼り、はたまた真言密教や禅に傾倒し、人々は阿弥陀仏の名を称えています。その行いが正しいものであれば、災難は小さくなっていくでしょう。しかし今私たちの目の前に広がる光景は、災いが縮むどころか、大きくなっていることを示しています。

地震で倒壊した家屋を、やっとの思いで修復し、ひと息ついたのは束の間、今度は火の手が家屋を灰にしてしまっています。私には、この鎌倉の惨状を眼にした釈尊の嘆きが、耳に聞こえています。釈尊は泣いています。その忍び泣きが、はっきり耳に聞こえます。

お前たちはどうして悟ってくれぬのか。お前たちを救おうとして、私が手を伸ばすたび、お前たちは南無阿弥陀仏を口にして、私の手を払いのける。お前たちが南無妙法蓮華経と唱えてくれさえすれば、救いの手はいつでもさし伸べられる。

これが私の耳に響く釈尊の悲痛な声です。

もともとこの日本国こそは、釈迦仏の御領なのです。天竺で生まれた釈迦仏の教えは、中国で広まり、この日本国で花咲くはずでした。見たところ日本国には仏法僧の三宝が存在しています。それなのにどうしてかくも甚大な災いが起こるのでしょうか。

それはひとえに諸経、諸仏、菩薩などを捨てよと吹聴したかの法然に機を発しています。法然の南無阿弥陀仏を世の中が受け入れ、国の至るところで念仏の声が上がっています。

この声が、諸々の聖人をこの国から追い立て、善神から居場所を取り上げているのです。その結果、本来の仏法僧はこの国からいなくなっています。

今、念仏僧はこの鎌倉に満ちています。肉を食み、酒宴を事とし、女人と戯れるだけでなく、この災禍に乗じて、倒れた家屋から物品を盗み、火事で避難した家の中に押し入り、金品を掠奪しています。

この乱世を正すには、仏法の源、真髄に立ち戻る必要があります。仏法の真髄はこの法華経に宿っています。

ここで日蓮様が高々と右手を上げるのが見えた。手に握られているのは例の経典だ。

この法華経の教えにこそ、釈尊の魂が込められています。ここに説かれているのは、この世の苦と光です。この世はもともとさまざまな苦しみに満ちています。生まれて、病を得、老いて死ぬ——。これが人の一生です。

今、あなたがたも苦の真只中にいます。元来の生老病死に、外からの壊苦、つまり大地震、大火事、大津波が加わっています。

しかしこれも、謗法を禁じ、この法華経を重んじれば、大地も安定、天下も泰平に向かいます。そしてあなたがたは、南無妙法蓮華経の題目を唱え、この唱題(しょうだい)の声が鎌倉に満ち満ちれば、幾多の仏が立ち戻り、この地は光に溢れるでしょう。

みなさんの中には、この法華経の中味など、とんと分からないと思う向きがあるやもしれません。当然です。

この法華経の理解は、私、日蓮に任せればそれで充分です。私日蓮は、受肉の法華経です。天下広しといえども、法華経の経文を徹魂をもって読破し、精進した学僧は、この日蓮のみです。

みなさんは、それぞれが自分の日々の生業に立ち戻り、南無妙法蓮華経を唱え続ければ、必ず、仏の光が射し込んできます。くれぐれも、めげないように。釈尊は、唱題するあなたがたとともにあるのです。

見助が気がつくと、後方にも人だかりがしていた。総勢百人近くが、日蓮様の説法に耳を傾けている。

見助の前に集う人々の顔を見て、見助は表情が変わっているのを実感する。暗かった顔色に明るさが戻り、目にも光が宿っている。

見助の横にいる老婆は、日蓮様に向かって手を合わせ、南無妙法蓮華経を唱えていた。これが日蓮様の説法を聞く最初ではないのだろう。滑らかな南無妙法蓮華経だった。

ここにも檀越がいると、見助は老婆の祈りの姿を見て思った。

三、実相寺

明けて正嘉二年（一二五八）の正月三ヶ日が過ぎたとき、見助は日蓮様に呼ばれた。日蓮様の両脇に義城房と浄顕房がいて、前に坐るよう目配せをした。

「見助、私と一緒に駿河に赴いてくれぬか」

見助を見据えて日蓮様が訊かれた。

「かしこまりました」

異存があるはずはなく、駿河がどこなのか分からないまま答える。

「駿河までは、三日かかる。そこに実相寺という大寺院がある」

浄顕房が言い添える。

「実はそこに一切経という経典が納められている。実相寺開創の智印および弟子筋が、心血を注いで筆字したもので、私はまだその全部を読んでいない。京都に遊学しての帰途、その寺に一泊し、蔵の中に案内された折、目睹したのみだ。それを今回は精読する」

「はい」

一切経が何なのか、もちろん知らない。教えてもらったところで分かるはずもなかった。

「日蓮様はそこにひと月、滞在される。ひょっとするとふた月になるかもしれない。その間、この草庵は私と浄顕房殿で守っていく」義城房が言った。

「世話は、もちろんしま殿に頼んだ。檀越の方々がここに見えれば、この二人に説諭（せつゆ）をしてもらう。草庵を空の巣にはできない。警固（けいご）には、今までどおり宿屋殿が家来をさし向けられるそうだ。出発は明朝、朝まだきになる。そのつもりで荷を整えておくように」

日蓮様から言われ、退去した。

片海から担いで来た葛籠を四年ぶりに取り出す。浄顕房と安房の山道を歩き、船に乗ったときのことが、ずっと遠い昔のように思えた。

船の上で会い、その後何度も世話になった栄屋のおかみに、しばらくの不在を告げる余裕はない。義城房が伝えてくれるはずだった。

「見助、日蓮様と一緒に旅をして、西の方に行くんだってね。羨ましいよ」

夕餉の支度をしに来た、しま婆さんが言った。

「駿河という所らしいです。どこにあるのですか」

「あたしが知っているわけがない。自慢じゃないけど、この鎌倉から一歩も出たことがない。あたしの代わりに、どんなところか、たっぷり見て来ておくれ。それがあたしへの手土産さ」

「はい。どっさり持って帰ります」笑って答える。

「日蓮様がおっしゃったけど、富士の山がすぐそばに見えるらしいよ。鎌倉から見える富士の比ではないらしい」

「そうですか」

にわかに見助は嬉しくなる。なるほど、富士山は、名越の山腹から西を望むと、ほんのかすかに見える。あんな形の美しい山があるだろうか、もしかしたら幻ではないかと、最初見たときは、目をこすったほどだ。その富士を近くで見られるなら、こんな幸せはない。

その夜も、なかなか寝つけず、眠ったと思ったら、夢に富士の姿が出たところで目が覚めた。祭壇の方には、もう灯明(とうみょう)がついていて、日蓮様たちの低い読経の声がする。

朝餉は、夜が明けてから、しま婆さんがやって来て作る手はずになっていた。見助は焼米を詰めた麻袋を四つ用意している。途中で、それを日蓮様とかじればよい。あとは、いりこをかじり、竹筒の水を飲む。四年前、片海を浄顕房と一緒に出たときを思い出す。今度の旅は日蓮様のお供だ。まだ暗いなか、井戸水で顔を洗いながら、見助は胸をふくらませた。

義城房と浄顕房に見送られて草庵を出たとき、まだやっと道が見えるくらいの暗さだった。

日蓮様の葛籠は黒漆塗りの立派なものだったが、至る所で漆が剝げている。若い頃清澄寺を出て、さまざまな寺で修行した名残りなのだ。結局、見助の葛籠に入れたものは、自分の衣服と、二人の食糧だけだ。日蓮様は衣は自分の葛籠に入れた。

その葛籠をそっとかかえてみたとき見助は驚いた。自分のものと変わらぬくらいに重かったのだ。

「料紙をたっぷり入れてある。みんな富木常忍殿からのいただきもの。一切経を読み解きながら、日蓮様は要所要所を筆写される。もちろん硯と墨、筆も四本入れている。すべて富木殿の配慮による」

驚く見助に言ったのは浄顕房だった。富木様の名を久しぶりに聞き、見助は懐しさにかられる。確かに下総中山からの使いが数ヵ月に一回来ていて、そのたびに日蓮様は返事をしたためていた。

その重い葛籠を背に、日蓮様は見助より先に力強く歩く。足取りに弱々しさはなく、それどころか、後ろから見ても、日蓮様のふくらはぎは太く、足首も引き締まっていた。何よりも歩幅が広く、見助のほうが遅れまいとして必死だった。小町大路と交わる所に来たとき、日蓮様が足をとめた。

「見助、北の方を眺めるとよい。数ある寺院のうちどれひとつとして、元の姿で残ってはいない。神仏の怒りがここまでとは、私も思わなかった。見えない力が、この鎌倉の寺と神殿をことごとく払い潰（つぶ）した。私が一切経の読破を思いたったのは、そのためだ。神仏の怒りを解く鍵が一切経の中に隠されている」

日蓮様が右手を上げ、朝まだきの鎌倉を慈（いつく）しむように動かす。「ところが民を統（す）べる者たちは、神仏の怒りに気づいてはいない。今年にはいってすぐ、勝長寿院惣門（しょうちょうじゅいんそうもん）の棟上（むねあ）げをしている。着々とその後も再建を急ぐだろう。見助も覚えていようが、一昨年の十二月、法華堂の前あたりの大火で、勝長寿院も大方焼けている。仮普請をした矢先に、去年の大地震で、たまらず倒壊した。いわば二度にわたる神仏の怒りだ。にもかかわらず、その怒りがどこにあったのかを悟らず、勝長寿院の造営を決め、棟上げをした。形だけを整えても、無益だ。根本を変えなければ、何にもならない」

言い切って、日蓮様は向き直り歩き出す。

日蓮様の言う〈根本〉は、見助も分かっているつもりだ。南無阿弥陀仏ではなく、法華経を信奉して南無妙法蓮華経を唱えることだ。つまり日蓮様の教えに従うのが、最良の方策なのだ。

それには、何も神社仏閣を高々と再建する必要もない。宿屋光則様、四条頼基様、波木井実長様のように、草庵に赴き、他の信徒同様、莚の上に坐り、日蓮様の法話に耳を傾ければいいのだ。

そこまで考えたとき、見助は自分で自分の想念にはっとする。

檀越がこの勢いで増え続けたとき、今の草庵は、あのままではすまないはずだ。草庵とて、最初は掘立小屋そのものだった。それが少しずつ建て増されて今の草庵になっていた。

将来、それが大きな寺に生まれ変わらないとも限らない。勝長寿院や建長寺のような見上げるような寺院でなくてもいい。日蓮様がゆっくりと一日を過ごされる庵室があり、祭壇もあの五、六倍の大きさであればよい。

そして信徒が集まる御堂も、今のような手狭ではなく、膝が前に坐る人の腰にくっつかないような広さがあって欲しかった。

ひたひたと前を歩く、日蓮様の背中や腰、足を見ていると、そんな日が必ずやって来るような気がした。松葉谷の草庵は、その出発点なのだ。そしてこの旅は、草庵が寺に生まれ変わるための手始めに違いない。

そう思うと、見助も足が軽くなる。滑川にかかる仮橋を渡るとき、まだ暗さが残り、足元が不安定だった。それでも日蓮様のあとに続き、隙間ばかりの床板も気にならなかった。

「見助、ここから鎌倉を眺めておくとよい」

若宮大路で立ち止まった日蓮様が言った。大路は北も南も人影はなく、まだ町全体が眠っていた。どこからか鶏の高らかな鳴き声だけは届いた。

薄明かりの下、東の空がようやく明るみはじめている。南側の平らで低い民家が立ち並ぶ先に、海が静かに横たわっている。

そして北側一帯には、瓦屋根を持つ比較的大きな家の連なりが見渡せた。まだ傾いたままの屋根も見分けられる。しかし高い塔などは一切見られない。

「この一、二年のうちに、五重塔や三重塔、御堂が立ち並ぶようになるだろう」

日蓮様が低い声で言う。「しかし民を統べる者、民草が心を入れ替えない限り、また大伽藍も潰える。そのとばっちりで、罪なき住民たちの家にも災禍が及ぶ。そうでなくとも、疫病が満ち、飢饉に見舞われる。器ばかりを大きくして飾りたてても、底が抜けていれば、用を足さない」

日蓮様が歩き出す。後に従う前に、見助は大路の南に眼を向け、軽くお辞儀をした。栄屋のおかみに別れを告げたつもりだった。

そこから西に延びる道は、見助にとっては初めてで、左に海を眺めながら歩く。眼をやるごとに、海の色が明るくなっていく。もう水平線がくっきりと見え、東の山際も明瞭になる。今頃はしま婆さんも起き出し、草庵に向かう頃だろう。

「長谷観音だ」

日蓮様の言葉で、ここが名だけは聞いていた場所だと知った。

道は、そこから遮る山を避けるようにして北に延びている。道幅が次第に狭くなり、明るくなりかけていた周囲がまた暗がりになった。いかにも鎌倉を出たという思いがした。

「見助、登り坂が続く。これが大仏坂だ」

やはりそうかと見助は胸の内で頷く。比企谷のある坂が名越で、いうなればそこが鎌倉の東はずれで、西のはずれが大仏坂であると、浄顕房から聞いた覚えがあった。

前方に旅姿の三人が見えた。二人は若く、ひとりは年配で足取りが遅い。見助たちと同じように、暗いうちに鎌倉を出たのに違いなかった。

「ここが一番の難所です。ゆっくり歩いたほうが、その先くたびれません」

追い越すとき、日蓮様が三人に声をかける。僧形なので、年配の女は苦しい息ながらも深々と頭を下げた。女の手を引くのは息子だろうか、母親を励ましている。その後ろを、嫁が大きな荷を背負ってついて行く。

三人が短く交わした言葉は、このあたりの訛ではなかった。

「あれは、都あたりの人だろう」

追い越したあと、日蓮様が教えてくれる。「何か用があって鎌倉まで来て、帰って行くところに違いない。都は京都にあっても、日本国を統べている幕府は鎌倉にあるので、何かの裁可を仰ぐ場合は、往復する必要がある」

「都と鎌倉の往復ですか」

丈夫とは言えないあの足取りで、都まではたして戻れるのか、見助は心配になる。

「都まで、通常、十三日から十五日かかる」

見助の心配を見越して日蓮様が言う。その十三日か十五日が、長いか短いか見助には見当がつかない。二、三日なら歩き続けられる自信がある。しかし十日以上となると、溜息が出る。

「都と鎌倉の間の早馬なら、四日から七日で行く。最も緊急のときの早馬は、三日だと聞いている。危急の場合、日に夜を継ぎ、馬を乗り替えての早馬だ」

「それでも三日」

見助は嘆息する。薄明の中を疾走する馬の姿が頭に浮かんだ。

大仏坂の切通しは、やっと馬がすれ違えるくらいの幅しかなかった。左右に急峻（きゅうしゅん）な崖（がけ）がせり上がっている。仮に多くの軍勢が鎌倉に攻め入ってきても、切通しの上から岩を落とし、立往生したところに矢を射かければ、全滅させられる。巧妙な仕掛けだった。

切通しは、どこまでも続くくらい長かった。途中行き合ったのは、先を急ぐ飛脚だった。月影を頼りに夜通し走って来たのか、まだ寒さを感じる朝まだきなのに、体からは汗が噴き出していた。

切通しを抜けたとき、周囲が明るくなる。今こそが本物の夜明けだった。

「これから酒匂（さかわ）まで、およそ十里。藤沢（ふじさわ）を過ぎると懐島（ふところじま）に着く。藤沢で多少の腹ごしらえをするか」

見助を振り向いて日蓮様がにっこりする。その笑顔は、歩くのを苦にしていない証拠だった。実相寺にしまわれている経典を読むのを楽しみにされているのか、それとも、進むごとに変わる景色が懐しいのか、おそらくその両方なのだろう。

「今日は一日、富士が眺められるぞ」

日蓮様が指さす方角に、なるほど富士の山が小さく見えていた。山頂の雲がいち早く朝日を照り返している。これなら疲れたとき、水を飲むようにして富士を見やれば、十里の道も苦にならない。

藤沢は小ぢんまりとした宿場だった。茶屋の縁台に腰かけて、日蓮様は熱い茶のみを所望した。年配の亭主は、代金を取らなかった。見助は焼米のはいった袋を日蓮様に手渡す。十回も二十回も噛むと、その旨みが口の中に広がる。

「米は、じっくり噛むと、土の味、水の味、稲穂の味がにじみ出てくる。田の風景までも目に浮かんでくる」

日蓮様が茶をすすりながら言う。食べると稲田の風景までも頭に浮かぶなど、聞いたこともなかった。しかし言われてみると、確かに、緑の早苗田(さなえだ)や、刈り入れ前の黄金(こがね)色の穂波が目に浮かんでくる。米のありがた味が増す気がした。

道に人通りが増えていた。たいていは、旅をする人たちだ。昼前までに鎌倉に着くのか、あるいは見助たちと同じように西に旅する人々だ。

日蓮様は茶を飲み終わると立ち上がり、店の奥に向かって手を合わせ、何か口の中で呟く。金を取らなかった亭主を言祝ぐお経なのかもしれなかった。

宿場の端にある旅籠では、遊女らしき女が、武家姿の髭面の男を見送っていた。その脇では、蓑をまとった乞食が、くるまっていた莚を丸めている。軒下で夜を過ごしたのに違いなかった。

宿場の先はなだらかな坂になり、やがて海が見え出す。日が昇るにつれて朝の寒気がゆるんでいく。

海は、由比ヶ浜や七里ヶ浜に続く海だろう。いつもながら海の見える光景は、見助の胸をなごませてくれた。

「この相模川の両岸が懐島だ」

大きな川に出たとき、日蓮様が対岸を指さした。この時期、水量は少なかった。

橋が架けられていないのは、鎌倉の守りのためかもしれない。いやそもそも、こんな大河に橋を架けるのは無理で、架けたとしても大水が出れば流されてしまう。

川を渡る舟橋を見助は初めて眼にする。三十か四十艘の舟を横つなぎにし、その上に板がさし渡されていた。不安定なその橋を、日蓮様は大股で歩く。見助のほうは小走りに近かった。前からやって来る旅人も似たようなもので、悲鳴をあげている女もいた。

舟橋なら、大洪水の前に、舟を散らして岸に引き揚げられる。いつでも取壊し可能だ。

懐島という宿場が両岸に跨(また)がっているのも、大水の際、水の引くのを待つためなのかもしれない。

舟橋を渡り切って土手に上がったとき、右前方遠くに富士山が見えた。他の旅人も、土手の上から富士山を眺めやっていた。

「見助は富士が好きか」

「はい」

「それはよかった。実相寺に行けば、毎日富士が見上げられる」

どこか励ますように日蓮様が言った。

懐島を過ぎて間もなく、海沿いの道になる。左は海、右側には遠く富士が望めて、歩くのも苦にならない。途中で何度か竹筒の水を飲む。日蓮様の足取りは、相変わらず力強い。旅人を何組も追い越して行く。

国府津(こうづ)という宿場は、懐島よりも大きかった。宿屋が道の両側、路地の奥にひしめきあっている。物乞いの姿がないのは、鎌倉と同じように、その筋の取締りがあるのに違いない。

「酒匂は、あと二里」

日蓮様が、今度は自分にも言いきかせるように口にする。

見助は息が上がりそうになるたび、右前方の富士を眺める。山の形がどこか朝とは違うような気がする。それだけ移動した証拠だった。

酒匂の宿場も川の両岸に跨っていた。しかし渡河するのは舟橋ではなく、ちゃんとした木の橋だ。鎌倉から一日の距離であれば、橋を架けても大丈夫だと、お上が考えたのかもしれなかった。

もう日は傾きかけている。この酒匂に宿をとると思っていた見助の予想ははずれた。

「この酒匂川を上った先に寺がある。その宿坊に泊まる。暗くなる前に着かないと、道に迷う」

日蓮様の言葉で、見助は自分を奮い立たせる。川岸の道は、途中で本流から支流沿いになり、やがて道を左に曲がった。ゆるやかな坂道になっていた。

「あのあたりに補陀落山（ふだらくさん）という真言の寺がある」

森が、逆光で黒々とした塊（かたまり）になっている。まだ日は落ちていなかった。

坂道のせいか、近くに見えた森は案外遠かった。さすがに日蓮様の足取りもゆっくりだ。

森に近づくと、右手に山門が眼にはいる。堂々とした造りではなく、葺かれた檜皮も苔むしている。奥の御堂も瓦葺きではあっても、小ぶりだ。

山門をくぐる前に、日蓮様は立ち止まり、合掌する。まっすぐ御堂の前に進み、そこでも日蓮様は手を合わせる。まるで、「久しぶりにやって参りました。お世話になります」と念じているようだ。

右手の庫裏に日蓮様が向かったので、見助も続く。

「ここで少し待っていなさい」

言い置いて、日蓮様だけが中にはいっていく。

日が陰って、いつの間にか肌寒くなっていた。物音ひとつしないなかで、突然甲高い音がした。猿の鳴き声だった。

「どうぞ、おはいり下さい」

作男のように黒い衣を着た中年男が出て来て、丁重に見助に言った。土間にはいると、桶と雑巾が用意されていて、見助は草鞋を脱いで足を洗う。通されたのは座敷で、年取った僧侶が日蓮様と対峙していた。

「見助殿とやら、長い旅、ご苦労だった。日蓮殿も、従者を得てどれほど心強かったろう。拙僧からも礼を言う」

老僧から言われて、見助はかしこまるばかりだ。「どうぞ奥の部屋で、くつろがれるよう」

「ありがとうございます」

やっとの思いで答える。寺男（てらおとこ）について通された部屋は、狭いながらも、廊下の先に中庭があった。荷をおろして大の字になる。しかしそれでは行儀が悪いような気がして起き上がる。今度は廊下に坐って庭を眺める。落ちつかないのは空腹のせいだった。焼米を食べるのは不躾（ぶしつけ）のような気がした。

そのうちどこからか煮物の匂いがしてくる。腹の虫が鳴る。何でもいいから、焼米以外のものを口にしたかった。

こんな山深い寺だから、鎌倉の草庵のように海の幸は望めない。改めて鎌倉のよさを感じる。信徒が持参する山と海の幸は、切れたことはなく、むしろ食べおおせないほどだった。

寺まで来て、食い物にばかり想念が走る自分が情けなかった。目の前の庭が陰りはじめたとき、寺男が呼びに来た。ついて行くと、思いがけず、日蓮様と住職と一緒に膳が並べられていた。

「見助、歩き通しで腹が減ったろう。私も腹ぺこだ。いただこう」

「見助殿とやら。ほんに、よく来て下さった。このとおり、小さな寺ですので、たいしたものもありませんが」

年寄りなのに皺の少ない顔をほころばせて、住職が勧める。

「はい。ありがとうございます」

そう答えるのが精一杯だ。膳の上の大根の煮つけ、大根の酢のもの、そして大根の吸物と、見事に大根尽くしだった。飯の中に青菜がはいっているのも、大根葉だろうと目星をつける。

日蓮様が椀を手に取ったので、見助も箸を持つ。吸物に口をつけたあと、飯を食う。中にはいっている青菜は、大根葉ではなかった。しかし、何の葉か見当がつかない。日蓮様も飯椀を手にして、ひと口ふた口嚙んで首をかしげた。

「蓮飯ですか」

「はい」

住職が恐縮する。「蓮の巻いた若葉を塩茹でして、麦飯に混ぜただけのものです」

なるほど、蓮の葉の味とはこんなものなのかと、見助は嚙みしめる。腸に沁み入るようだ。

「見助殿、いくつになられる」

「二十歳です」

「日蓮殿が、初めてここに立ち寄られたのは、二十一のときでしたな」

「はい。あの折にお聞きした言葉が、その後の指針になりました」

日蓮様がかしこまって答える。

「私が見込んだとおりになられた。鎌倉での辻説法には人だかりがし、草庵の講筵(こうえん)は立錐(りっすい)の余地もないとか」

訊かれて、見助はここぞとばかり答える。

「辻説法には百人、百五十人と人が集まります。草庵には人がはいり切れず、外から壁に耳をつけて法話を聞く信徒もいます。その中には、熱心な御武家様もおられます。あまりの人気に、念仏衆から襲われないように、御武家様が衛士に見廻りをさせています」

「念仏衆が襲うのですか」

初めて聞いたというように、住職が日蓮様に確かめる。

「はい。一度ならず二度、三度と」

「念仏の徒がそこまで行き着きましたか」

「二十一のとき、この場で言われたとおりです」

日蓮様が答え、見助に顔を向けた。「その折、覚智房殿から教えられた二つのことがあった。ひとつは、四、五十年前に死んだ法然は間違っているという教え。法然が書いた選択集にはとんでもないことが書かれている。数ある経典の中から、無量寿経と観無量寿経、阿弥陀経の三典のみを選び出して、これを浄土三部経に仕立て上げている。そして無量寿経の中の一節、南無阿弥陀仏を唱えれば、必ずや願いが叶う、というのを取り出した。それのみならず、阿弥陀経の一節、念仏を唱えて浄土往生を遂げれば、先立った先祖と再会できる、というところをくっつけて、倶会一処と称している。我田引水の極みだと、覚智和尚は嘆かれた。

そしてもうひとつ、和尚から示されたのが曼荼羅だった。中心に大日如来を置き、その周囲に如来の化身としての諸仏、諸菩薩を配してある。そのどれもが大切で、宇宙を司っていることが、ひと眼で分かる。二十一のとき、覚智和尚から示されたこの二つが、その後、南都北嶺に上った折の道標になった」

「そして十年後、修学を終えての帰路にも、日蓮殿は、この小さな寺に寄って下さった。見違えるくらいの大きな僧侶になっておられた。十年間の血のにじむような修行があったはずだが、それをおくびにも出さず、ただ、法華経が重要である旨を淡々と語られた。

それから六年たった今日が、三度目の邂逅になる。たった今、日蓮殿は法華経の行者だと申された。鎌倉での研鑽で、二重にも三重にも日蓮殿が大きくなられたのが分かる。誠に法華経の行者にふさわしい僧になられたと、拙僧は感涙にむせんでいる。見助殿とやら、そなたは日本一の行者に従えて、幸せだのう」

赤く潤んだ目で老僧に言われて、見助は胸が詰まる。

「はい、幸せでございます」

そう答えるのが精一杯だった。

寺男に案内された部屋には、既に二つの夜具が敷かれていた。こういう寺では、当然日蓮様とは別の部屋で寝るものと思っていた見助は嬉しかった。鎌倉の草庵では、日蓮様は少し離れた奥に眠る。その手前に義城房と浄顕房が寝て、見助は壁際に寝た。

それが今は、ほんの一間先に日蓮様が寝ている。山の中にあるためか、夜の冷気を感じる。夜具がふっくらとして温みが残っているのは、寺男が昼間、干していてくれたのに違いない。麻布を通して、かすかに藁の匂いさえした。

疲れているはずなのに寝つけない。日蓮様は、もう寝息をたてていた。

日蓮様がこの寺に初めて立ち寄ったのが、自分と同じくらいの年齢だったという。もちろん日蓮様とは比較にならないが、これから十年後、さらに十五年後、自分はどうなっているのだろう。ずっと日蓮様に仕えているのだろうか。そうであれば、住職が言ったように、幸せだった。たぶんそうに違いないと思ったところで眠りに落ちた。

翌朝、住職に見送られて寺を出た。曇天で雲行きも怪しい。

「見助、今日は箱根越えだ。三島までおよそ八里半、登っては下り、下っては登る」

日蓮様が言う。昼までに四里、夕刻までに四里と思えば、昨日と大して変わらない。

そう思ったものの、頼みの富士山は、曇っているせいで見えない。往還に出ると、さすがに人の数が増えた。箱根から下って来る旅人よりも、箱根を目ざす人の数が断然多い。どの旅人も難所を覚悟してか、真剣な表情をしている。物見遊山の心境どころではないのだ。

降り出すに違いない雨を懸念して、日蓮様の足は速かった。刀を腰に着し、編笠をかぶった武家には、これも帯刀の家来が二人、それに女房と子供が三人ついていた。

子供の足取りが遅いために、女房が急き立てている。たまりかねた家来が、五歳くらいの子をおんぶし、もうひとり、七歳くらいの女の子の手を引く。十歳くらいの男の子は、けなげにも父親のあとに従っていた。

後方から掛け声がしたかと思うと、二台の駕籠が追い越して行く。見助たちも、尼の集団十人くらいを追い越す。前を行くのは、大きな荷を背負った男で、決して急がず、ひと足ひと足を踏み進めている。荷が重いのだろう、もう額に汗が噴き出ていた。

そのうち雨がぱらつき出す。誰も雨宿りする者などおらず、黙々と歩を進める。見助も濡れる覚悟を決める。心配なのは背に負う荷物だった。幸いだったのは、寺男が笠と蓑を与えてくれたことだ。雨を見越してか、古い蓑笠を二人分、見助に持たせた。そのうえ、干飯のはいった袋までもくれた。

寡黙で愛想の少ない寺男だったが、心根の優しさが、今ではよく分かる。

降り出す雨の中でも、笠と蓑があれば、いくらかはましだった。

もう道はぬかるみはじめている。前方から下って来る早馬は、足元のぬかるみも、路肩によける旅人も気にしていない。とばっちりが、見助の胸のあたりにべったりとつく。

馬の鼻先には泡が出、騎乗の武家も濡れねずみだった。山頂のほうが雨脚が強いのだ。

少し下り坂になったと思ったのは間違いで、坂がゆるやかになっているだけだった。登るほうの旅人が次第に減り、ぽつりぽつりと下って来る旅人が出はじめる。雲に閉ざされて日は見えない。日蓮様が休まないので、見助は歩きながら竹筒の水を飲む。道の両側に家並が増えていた。宿場には違いないが、ここが今日の宿りのはずはなかった。

「湯本(ゆもと)だから、まだ四分の一」

日蓮様の言葉、四分の一で見助は驚く。宿場らしいので道の半ばだと早合点した自分が情けなかった。朝方の早馬は、おそらくこの湯本の宿から出たのに違いない。

「少し休むか。先は長い」

見助の表情を見て日蓮様が言う。せめて少しの間だけでも、どこかで雨宿りしたかった。茶店で、熱い醴(こざけ)(甘酒)を飲む。

「こうやって日蓮様は、二十一のとき、都まで上られたのですね」

「私も若かった。十四日の道程(みちのり)も苦にならなかった」

同じ年齢の自分がたった二日目で音(ね)をあげている。みじめだった。

腰を上げるとき、見助は自分に活（かつ）を入れる。雨は止みそうもない。醴で温もった体も、雨で冷えきり、動いていなければ凍えそうだ。

峠近くで、右側に大きな湖が見えた。蘆（あし）の海だと日蓮様が言う。雨の中で対岸も見えず、本物の海に見える。

そこからはもう登り坂はなく、ゆるやかな下りになる。行き合う旅人の数も少しずつ増える。誰もが蓑と笠をつけていた。いくら何でも、もう今日の行程の半ばは越えているはずだった。行き合う旅人は今日のうちに、湯本、もしくは酒匂に宿をとるのだ。

下るにつれて雨脚が弱くなる。そのうち前方が少し明るくなる。今少し、今少しと見助は、一歩毎に鼓舞（こぶ）する。

「見助、富士の山が顔を出した」

日蓮様が立ち止まって指さす方向に、山の頂（いただき）がかすかに見えていた。まるで空に張りついているような美しい形だ。

「やっと見えました」

見助は笑う。頭から足先までずぶ濡れになっていても、もう大丈夫だった。

「ここからは、もう雑作（ぞうさ）ない」

日蓮様も晴れ晴れした顔になる。「北回りの足柄路もある。多少は楽だが長い。酒匂から関下を過ぎて駿河の国にはいり、藍沢、竹之下、黄瀬川の宿を通り、車返に出る。車返は伊豆国府の三島より少し先にある」

「いえ、帰りもこっちでいいです」

宿の数を聞いただけでも胸苦しくなる。もう箱根路を踏破した今、得体を知ったこっちで充分だった。とはいえ、雨の日だけは御免蒙りたい。

「その昔、源頼朝殿が鎌倉と京都を往復されたときは、足柄峠越えだったと聞いている。片道二十三日ばかりかかったそうだ」

通常十四日の道程を、二十三日もかけるのであれば多少は楽なはずだ。偉い人なら自分の足で歩かず、馬に歩かせればよい。

それにしても、前方に見える富士の美しさは格別で、見助は苦労して来た甲斐があったと思う。二人とも蓑と笠を脱いで丸め、背に担う。濡れた体を少しでも日に当てたかった。

国府だけあって三島の町は大きな家が立ち並び、往来も激しい。

「この国府には、宿は多くても寺が少ない」

道の両側を眺めやりながら日蓮様が呟く。「私が知っている龍沢寺は、補陀落山寺の住職に教えてもらった。小さくて寺というよりも、普通の平屋だった」

「雨風が凌げればいいです」

見助は答える。日が陰っていくにつれて体が冷えていく。囲炉裏の火に当たりたかった。

「寺が少ないのは、ここは三島の明神の町だからだ。伊予の国の三島大明神の神霊を分けて、遷し祭ってある。寄って行こう」

日蓮様が歩を速める。大鳥居をくぐると、中の島を配した池が姿を現す。参道は、まず反り橋を渡り、次に平橋へと続く。さらに奥に二の鳥居があり、その先は大きな楼門になっていた。

「さすが三嶋大社だ。参拝客が多い」

境内を見渡して日蓮様が言う。「今からおよそ八十年前の治承四年（一一八〇）、源頼朝殿が旗揚げしたのも、この三嶋社の祭礼の日だったと聞いている。以来、鎌倉幕府は、箱根神社とここに二所詣をしている。今をときめく北条氏も、ここ伊豆国が本拠地だから、三嶋大社とは縁が深い。見助もよく眺めておくとよい」

参拝客には髪の長い女人や、笠から深々と布を垂らした女の貴人、顔だけを出してあとは衣で体を覆った女人、さらには尼僧と、女人の姿が多い。二の鳥居の前では、地面に伏して拝んでいる武家がいた。一の鳥居の前でもそういう姿を見かけたので、これは武家の作法かもしれなかった。さすがにひれ伏している女人はいない。

楼門の左右から、白壁の回廊が内陣をぐるりと囲んでいる。そこに二つ目の楼門があった。

「この先が幣殿(へいでん)、そして本殿だ」

日蓮様が言う。幣殿はもう参拝客で一杯だった。あぶれた参拝人たちは、屋根のない玉砂利の上に坐って本殿に向かい、手を合わせている。

玉砂利を踏んで本殿の脇に出た日蓮様は、頭を下げ、柏手(かしわで)を打つ。見助もならった。

鎌倉にいた間、日蓮様が鶴岡八幡宮に足を踏み入れたという話を聞かない。その近くで何度も辻説法をしてもだ。明神と八幡では、日蓮様の考えが違うのだろうか。あるいは、法華経を信仰していたという源頼朝将軍に対する畏敬なのかもしれなかった。

「これでよし」

日蓮様は社を出るとき力強く言う。

入り組んだ道を、ひたすら日蓮様について行く。町はずれに、小さな森が見えた。

どうやらそこにあるのが目当ての寺のようだった。

木の標識に寺の名が書いてある。見助には読めず、道の先に進む。山門らしきものもない。萱葺きの平屋が暗がりの下に見えた。確かに寺らしくない。とはいえ、松葉谷の草庵よりは大きい。

今度は日蓮様と一緒に中にはいった。中は寒々として火の気がない。日蓮様が声を何度かあげて、奥から応答があった。

出て来たのは腰の曲がった寺男だった。

「鎌倉在の日蓮と申す。住持はおられるか」

「あのう。何年か前にも見えた方ではないでしょうか」

「いかにも。覚えておられるとは、ありがたい限り。雲海(うんかい)和尚に取り次いでもらいたい」

日蓮様が言うと、寺男ははらはらと涙を流した。

「亡くなられました」

「何、遷化(せんげ)されたと」

「ひと月前でございました。朝のお勤めの最中に倒れられ、手前が行って気がついたときは、もう冷たくなっておられました」

「それは遺憾な」

日蓮様が絶句する。「まだ若かったのに」

「四十八でございました」

寺男が声を震わせる。

「仏前に参ってよろしいかな」

「どうぞ、どうぞ。喜ばれると思います」

日蓮様から目配せされて、見助は足を洗う水を汲（く）みに行く。寺男から示された厨に行き、井戸に桶を垂らした。汲み上げた水を、別の桶に移して持って行く。

「日蓮様、足を洗わせて下さい」見助は桶を前に置く。

「洗ってくれるか。すまない」

いったん腰を下ろしてまた立つのが大儀なのか、日蓮様が答える。見助は自分の手拭で、日蓮様の両足を井戸水で拭き上げる。ずっと草庵で連れ添っていたのに、日蓮様の体に触れるのは初めてだった。

何という頑丈な足なのだろう。草鞋の緒（お）を挟みつける親指と二番目の指が共に太い。踵（かかと）も、たとえ草鞋がすり切れても、そのまま大地を踏めるくらいにぶ厚い。そしてふくらはぎは、くるぶしの二倍くらいの膨らみを持っていた。

「すまんな」

見助の頭の上で日蓮様の声がする。「先に行っておくぞ」

「はい。すぐ参ります」

見助も、同じ桶の水で足を洗う。日蓮様の足を洗った同じ水だから、濁りなど気にならない。手拭も絞って、自分の足を拭く。

いくら小さな寺とはいえ、祭壇は松葉谷のそれよりは立派だった。日蓮様が読経を始めていた。

祭壇の中央には木彫だろうか。真中に釈尊の坐像が彫られ、その周囲にも小ぶりな諸仏が刻まれていた。

「この寺は、空海、弘法大師にゆかりがあって、亡くなられた住持も、大師を慕っておられた。入滅されて四百年以上たつのに、まるで直に接したかのように語られた」

読経をやめた日蓮様が振り返って言う。「私が敬ってやまない最澄、伝教大師とは、同じ船で入唐された。もちろん伝教大師のほうが弘法大師よりも七歳年上で、身分も高かった。とはいえ、唐の言葉については、弘法大師のほうが長けていたので、伝教大師も一目置かれていた。伝教大師の直弟子である泰範という人が、高雄山寺の弘法大師の許で修行していたとき、伝教大師が書かれた手紙が残っている。『久しく清音を隔て、馳恋(ちれん)極まりなし』で始まる短い手紙だが、弘法大師にも読まれるのを覚悟しての文面だと分かる。そのくらいお互い、切磋琢磨(せっさたくま)しあう存在だった」

「その泰範というお弟子さんは、どうなられました」

見助は興味を覚えて訊く。

「結局、弘法大師の許に残り、比叡山には戻らなかったようだ。弘法大師のほうの教えに共鳴したのだろうね」

それもまた仕方ないという表情で、日蓮様が立ち上がる。

庫裏に戻ると囲炉裏に火がはいっていて、湯殿にも湯を沸かしているという。寺男の配慮がありがたかった。日蓮様が先に行き、戻って来たときは、乾いた着物を着ていた。先代住職の衣らしかった。見助にも似たような洗いたての衣が用意されていた。湯を体に何杯かかけると、生き返った思いがする。

日蓮様にならって、濡れた衣をゆすぎ、固く絞る。あとは囲炉裏の周囲に夜通しかけておけば、朝には乾いているはずだ。

「こんなものしか、ありませんが」

と言って寺男が大椀を持って来る。見助は朝、補陀落山寺の寺男がくれた干飯を取り出す。雨で湿ったせいか、膨んで柔らかくなっていた。

椀の中味は、あらめの醤汁だった。その中に干飯を入れると、粥のようになる。腹を満たすには充分だった。

囲炉裏から少し離れた場所に、寺男が藁布団を二つ敷いてくれる。何から何まで行き届いた応接だった。それでいて、用事をすますとすぐに裏に引っ込もうとする。それを呼びとめて、日蓮様が訊く。

「もう新しい住職は決まっているのですか」

「いえ、高野山からはまだ何の沙汰もありません」

「それまでは大変だのう」

「はい。もう慣れました」

「どうか、これを」

日蓮様が紙包みをさし出す。「沙汰があって新しい住持が見えるまでは、何かと不如意でしょう。何かの足しにしてもらえれば」

「ありがとうございます」

その日の生計にも困っていたのだろう、寺男は目を赤くして包みを受け取った。

外は充分に暗く、冷えるはずの夜も、囲炉裏の埋火で寒さは感じない。疲れにくつろぎが加わって、その夜は安眠だった。

翌朝、囲炉裏の脇に置いていた衣は、乾きが充分とはいえなかった。外を見ると雲ひとつない晴天だった。生乾きとはいえ、歩いているうちに衣は乾いてくれるはずだ。

朝餉に、寺男は蕪の味噌汁を用意してくれた。わずかに一汁のみで、見助は残っていた干飯を三人で分けて口にした。今日の夕刻には、目ざす実相寺に着くはずなので、干飯は食べ切っていいのだ。

寺の木立を出て、往還に続く道に立ったとき、見助は歓声を上げた。乾の方向に、富士が驚くほどの大きさで見える。まるでこの大地を総べているような壮厳さだ。

「今夜、実相寺に至ると思うと、重い足も軽くなる」

人の通りも少ないためか、日蓮様は見助と並んで歩く。「ひと月もあれば一切経を読み尽くせるだろう」

「そんなに大きな経典なのですか」

読破するのに、日蓮様がひと月もかかるのであれば、常人には二、三ヵ月、あるいは半年を要するに違いない。

「一切経は、読んで字の如く、すべての経典が集められている。五千巻は超す」

「五千巻ですか」

見助は腰を抜かしそうになる。

「比叡山にいたとき、一切経は読み切っていた。しかし今となっては、その読みが浅かったと悔いている」

「浅かったのですか」

日蓮様に、経典を読み解くのに浅い深いがあるのだろうかと、見助は驚く。

「あのときは、ただ一切経の中にのみ没頭し、外の世界、この日本国と対比して読み解くことを忘れていた。それでは、書を殺すのも同じ。今日は、一切経の光によって、日本国を読み解きたいと思っている」

日蓮様の口から日本国という言葉が発せられるたび、見助は背筋が伸びる思いがする。草庵でも、信徒に向かってその言葉をよく吐かれた。

見助には、日本国がどこからどこまでなのか、皆目分からない。しかし日蓮様にはそれがくっきりと見えているのだ。

伊豆の国府を過ぎてしばらく進むと、そこから先は渡船になった。船の上から眺める富士山の美しさは格別だった。気がつくと、乗っている旅人の全員が富士を見やっている。水手（かこ）までが、櫓を漕ぎながら山を眺めていた。

川を越えると左側は松原になる。波の音が往還まで届く。船内で足を休めたためか、足は軽い。富士山が隠れたとき、見助は、松林の間に見え隠れする海に眼をやる。

わずか三日しか歩いていないのに、色とりどりの風景を味わうことができた。京の都までは、あと十日は歩かねばならないのだ。

日本国は、京で終わりではなかろう。その西にも、同じくらいの道程で国は横たわっているのに違いない。考えてみただけで気が遠くなりそうだった。

日が上がるにつれて旅人の数が増えた。三嶋大社に向かうのか、女人の数が多い。

「このあたりからが田子の浦だ。これほど美しい浜は、日本国広しといえども数えるくらいしかない」

松林と白い浜、そして海を見やって日蓮様が目を細める。確かに鎌倉の由比ヶ浜と比べても、見渡す限りの長浜だった。

海は青く、空の青さと大して見分けがつかない。浜近くに小舟が二艘、蘆を刈っている。舟が動くたび、周囲から鳥が飛び立つ。

海の向こうにも帆をかけた舟が五、六艘浮かんでいる。魚釣り舟だろう。手前左の浜に連なる小屋は塩屋に違いなく、煙が出ていた。

日蓮様が足をとめたのは、ほぼ真北の方角に富士が眺められたからだ。まるでこの姿を見てくれとばかり、頂を空に突き上げ、両袖を左右に広げていた。溜息が出るほどの美しさだ。

頭巾をかぶったように、頂は雲に覆われ、その下に薄絹をかけたように、淡い雲がなびいている。

見助はここまで来てよかったと心底思う。日蓮様に感謝したかった。

「もう思い残すことはありません」

見助が言うと、日蓮様が笑い声をたてた。

「まだ二十歳になったばかりの見助が――」

笑顔を見助に向ける。「富士の嶺、これから先、何度か見られるはずだ。そのときは、こうやって、私と眺めたときのことを思い出してくれ」

そんな言葉に、今度は見助がびっくりする番だった。「私は二十一のとき、比叡山にいた。何となく、あと五十年は生きられる気がしていた。それくらい七十歳、八十歳の高僧が、あそこには綺羅星の如くおられた」

日蓮様が目を細める。「しかし、今は違う。あと五年生きられるかどうか」

「そんなことなどありません」

見助は激しく首を振る。

「見助、少なくとも私は、一瞬一生の心づもりでいる」

「一瞬一生ですか」

初めて聞く言葉だった。

「この一瞬、例えば、この一歩一歩に己の一生を懸けるということだ。そうすれば、無駄な時がなくなる」

見助の顔を見て言い切ったあと、日蓮様が微笑む。見助もほほえみ返したものの、心中は穏やかではなかった。

日蓮様が、見助を含めて他の諸人と異なるのは、そこなのかもしれなかった。だからこそ、日蓮様の一時は、通常の人間の一日、それどころか十日にも相当するのだ。その日蓮様の一時一時に付き添っている自分は、何という幸せ者なのか。

何か思念するように黙って歩を進める日蓮様のあとを、見助は息を詰めるようにしてついて行く。

あと五年生きられるかどうか――。日蓮様が今しがた口にした言葉が甦る。この健脚にして、どうしてそんなことを言われたのか、改めて見助の心は千々に乱れる。

しばらくしてその理由に見助は思い至る。松葉谷の草庵が念仏衆に襲われたとき、日蓮様がぽつりと呟かれた〈法難〉という言葉を思い起こす。その後も信徒に向かってこの言葉を時折口にされた。

法華経の教えに従って正しい道を歩んでいけば、必ずや障碍が待ち受けている。それを乗り越えなければならない――。

日蓮様はそう言われた。しかしあと五年生きられるかどうかと弱音を吐かれたのは、その法難で命を落とすこともありうると、思われているからだろう。

そんなことがあっていいはずがない。日蓮様が、そんな法難によって若死にするなど、あってはならないことだった。

自分のようなものは、いつ死んでも構わない。しかし日蓮様には、せめてあと三十年、四十年生きて欲しい。

仮に今、日蓮様に法難が襲いかかれば、自分は身を挺して日蓮様を守るだろう。日蓮様が助かれば、自分の身など滅びていい。何の悔いがあろうか。

右側に富士山が見えていた。腹巻きのようになびいていた雲も消え、今は山頂から麓まで、惜し気もなくその美しい姿を見せつけていた。見助は見上げながら歩を進めた。

日が傾きはじめた頃、往還からそれて脇道にはいった。

「この本道を真直ぐ進めば、じきに田子の宿に出、富士川を渡ると、蒲原に行き着く。実相寺は、その富士川の少し上流にある。山深い寺だ」

日蓮様が言うとおり、道の先は山になっている。日が暮れかかる頃、岩本(いわもと)という所を過ぎ、山道を急いだ。両側はうっそうとした森で、細い道は小暗い。道が急坂になったとき、少し前方が開けて、寺院の屋根が見えた。

「あれが実相寺ですね」

ほっとして見助が訊く。思ったよりも小さい寺だった。

「そう」

嬉しそうに日蓮様が頷く。しかし小さな寺と思ったのは間違いで、実際に山門の前に立ったとき、その大きさと、門の奥に広がる境内の広さに圧倒された。

日蓮様は勝手知ったように、境内を進む。その足取りはどこか弾んでいる。見助もあとに続く。宿坊の外で見助は待たされた。しばらくして日蓮様が呼び入れる。

「ずっと付き添ってくれた見助です。私の滞在中は、下働きをします」

目の前に立っている僧侶はまだ若く、日蓮様と同じくらいだ。

「見助と申します。一生懸命働きます」

「この方が学頭の代智房(だいちぼう)殿だ。指示には是非なく従うように」

日蓮様が言った。

「日蓮殿の滞在中、お世話をしていただけるとはありがたい。厨に厠、湯沸かし、薪切り、板敷の雑巾掛け、庭の掃除と、忙しいのは忙しい。無理をする必要などない。帰途はまた日蓮殿のお供をして、鎌倉まで帰ってもらわなければならない」

学頭が言った。鋭い目付なので、どこか近寄り難い人だと見助は直感する。

「見助、滞在はひと月と考えている。その間そなたと会うのは、朝と夕のみだ。いいな」

日蓮様が念を押す。

「朝餉と夕餉は、そなたに運んでもらう。今から日蓮殿には湯浴みをしていただく。明日からさっそく経蔵(きようぞう)にはいられるそうだ」

学頭の代智房が手を叩くと、奥から体格の良い髭面の男が出て来た。

「寺男頭の辰(たつ)だ。あとの指示はすべて辰に従うように」

「見助です。一所懸命勤めさせていただきます」

頭を下げた見助を、辰は上から下まで見定める。余計者が来たという眼付きだった。

「見助をよしなに」

日蓮様が言い添えても、辰は返事さえしなかった。

日蓮様と代智房が奥座敷の方に引込むと、辰がこっちだと言うように頭を傾けた。

土間を二つ曲がった所に厨房があった。煮炊きの匂いはここから発していたのだ。

「みんな、今日から新参者が加わる。下働きから始めてもらう」

「見助です」

頭を下げたあと、十人ほどを見回す。年恰好も着ている物も違う。剃髪しているのは、いずれは僧になる寺男なのかもしれなかった。見助よりも若いと思われる男もいた。

「まずは、その汗臭い衣を脱いで、体を清めるといい。働いてもらうのは明朝からだ」

辰が言い、外井戸に連れて行く。「ここで着替えをすませたら、厨に来い。寝所に案内してやる」

辰が言い置いて姿を消した。

暗くなる前に井戸水を使いたかった。井戸が釣瓶になっているのがありがたい。まずは水を腹一杯飲んで空腹を満たす。すぐに夕餉にはありつけるだろうが、がつがつ食べるのを見られたくなかった。水は松葉谷の井戸水よりうまい気がする。深井戸なのかもしれなかった。

下帯ひとつになると、さすがに寒い。そのまま水をかぶり、手拭で拭き上げる。下帯も上衣も新しいものに着替える。

これから先、日蓮様や他の僧の衣も洗わなければならない。どこに干すのか、さっそくいろいろなことを同僚に訊く必要がある。

厨房に戻ると、もう配膳が始まっていた。

「葛籠はこちらに置いておけ」

辰の後について廊下を渡り、広い板敷に出た。ここが寝所に違いない。藁布団が十組ほど、壁際に寄せられている。

「葛籠はこの棚に上げろ。お前の寝具はこれだ」

辰が指さしたのは、丸められた藁布団で、他のものと比べても古さは明らかだった。「そして厠はこっちだ」

板敷から廊下が突き出て、そこが厠になっていた。おそらく厠の掃除は自分がやることになるはずだ。覚悟はもうできている。

「さ、厨に戻り、夕餉を運んでくれ。案内する」

棚の上に葛籠を上げて厨に戻った。高坏膳（たかつきぜん）の上に夕餉がのっていた。驚いたのは、肉の塊が皿に盛られていた。

膳を持って辰のあとに続く。暗い廊下をいくつか曲がった先で、辰は足をとめた。

「ここから先が経蔵だ。あとは頼んだよ」

言い置いて辰が退出する。また元の厨に戻れるのか、見助は心配になる。

「日蓮様、夕餉を持って参りました」

経蔵の脇にある小部屋に向かって、見助は呼びかける。戸が開いて、通常の僧衣に着替えた日蓮様が姿を見せた。

「ご苦労。少し中にはいれ」

中は全くの小部屋で、人が三人も横になれば残りの余地はないくらいだ。夜具が隅に積まれ、葛籠も置かれている。明かりとりの障子小窓がひとつついているだけで、灯明すらもない。普段は道具置場に使われているのかもしれない。

「どうぞ」

見助が膳を置くと、日蓮様がじっと皿の上を眺める。

「ここでは、まだ鹿を食しておるのか。私は四つ足の肉は食べない。見助が食べてくれ」

膳は一汁二菜で、鹿肉を食べないと、たらの芽の和え物と、ふきのとうの吸い物、そして飯だけになってしまう。飯は白飯ではなく、色からして稗が入れられていた。

「いいから。見助のほうが腹が減っているはずだ。それにおそらく、見助の膳には、鹿肉はひとかけらしかはいっていまい」

日蓮様が添えられた箸をさし出す。「戸を締めて食えば、誰にも見られない」

日蓮様の箸を使うなど、何という不躾か。まごついていると、日蓮様が箸を握らせる。ここまで勧められて拒めなかったし、腹の虫までが鳴った。

「申し訳ありません」

焼いた鹿肉に味噌をつけたものを口に入れて嚙むうちに、涙が出てくる。

「清澄寺には鹿がいたけど、あそこでも鹿肉は供されなかった。東条郷の地頭、東条景信がたびたび、清澄寺の寺領に侵入して、鹿を射止めて、盗んで行った。そのせいもあって、鹿は特に口にしないと決めている。とはいえ見助は別だ。食べたら、戻っていい。膳は外に出して置く。今日は暗くなり次第、寝る。明朝から経蔵にはいって、閲蔵する」

日蓮様の言葉を耳にしながら、見助は早々に鹿肉をたいらげる。自分が使った箸をどうしたらいいものか迷った。

「箸はそのままでよい。見助とはこれで箸を分け合った仲になる」

日蓮様から笑って言われ、見助は早々に退出する。身が縮む思いだったが、腹はいくらか満たされていた。

厨房に戻ると、十数人が板敷に坐り、夕餉に手をつけていた。

「お前はあそこだ」

指さされた一番隅の膳の前に坐る。小さな膳の上は、見事に一汁一菜一飯だった。隣の膳には、もう一皿あり、鹿肉がまだのっている。何片あったかは分からない。皿の数が少ないので、誰かが見助の鹿肉を横取りしたのではなかった。たぶん新参者だからなのだ。仕方なかった。

食べ終わると、すぐに箸洗いを命じられた。僧侶の食堂は別にあるのに違いなく、何人かがそれを取りに行き、戻って来る。たちまち、皿の山ができ上がった。それを四、五人で洗う。見助も少量の皿なら戸惑いはなかったが、何百枚という皿など、見るのも初めてだった。

「お前の手つきだと、一時（とき）たっても終わらない。拭き上げるほうに回れ」

大男の寺男が言い、手拭を渡される。洗い上げた皿を手早く拭くが、隣の寺男の三分の一の速さもない。

「急がなくていい。割られると元も子もない」

脇の寺男が小声で注意する。「最初は誰だって慣れない」

「すみません」

自分が情けなかった。多少は何でもできると思っていたのは大間違いで、皿洗いと皿拭きさえも一人前でなかった。

三百枚ほどある皿を棚に並べる際にも、並べ方を注意された。位置をずらすのにも気を遣う。終わると高坏を拭き上げ、これも積み上げた。

「いったい、この寺院には何人の僧がおられるのですか」

気になっていた疑問を、仕事が一段落したときに訊いた。

「学僧も入れて僧侶が七十一人、俺たち寺男が十四人。今夜、お前たち二人が増えたので、七十二人と十五人になった」

「そうすると全部で八十七人ですか」

見助は度胆（どぎも）を抜かれる。ここに来るまでに世話になった寺とは、規模が違う。それだからこそ、日蓮様が必要とする経典があるのだろう。

「大瓶（おおがめ）に水を入れておけ。朝は早いので、今夜のうちに一杯にしておかないと、間に合わない。今夜の仕事はそれで終わりだ」

言われて手桶を渡される。外は真暗に近く、足元に気を配りながら井戸端まで行く。釣瓶（つるべ）で汲み上げた水を厨房まで運ぶ。みんな引き上げて、見助だけが残っていた。どうやら、寺男は一斉に仕事を終えるのではなく、主立った者から先に引き上げるようになっているようだ。

三つの大瓶を一杯にするのに、見助は十数回、井戸と厨房を往復した。

やっと終わったと思ったところで、ひとつ忘れていたのに気がつく。日蓮様の膳を引くのを全く失念していた。

暗い廊下を辿って経蔵横の小部屋に行く。膳はそこに置かれたままになっていた。経蔵の扉の隙間から明かりが漏れている。灯明の下で、まだ日蓮様は仏典を読まれているのだ。

音をたてないように高坏膳を持って、厨房に戻る。椀や皿、箸はすでに洗われていた。日蓮様がどこかの井戸まで行き、洗って拭き上げたのに違いなかった。

すべてを終えて、寺男たちの寝所(しんじょ)に行く。奥の方に明かりが小さく灯されて、五、六人が起きていた。あとの者は横になって眠っている。見助も一番隅に藁布団を広げて、体を横たえる。起きている連中が何をやっているのか気になった。低い声しか届かない。

その声から、ようやく双六(すごろく)だと分かる。片海の富木様の館でも家人たちが興じていたのを見た覚えがある。しかしここは寺だった。寺でも双六をしていいものか、思案しているうちに眠りに落ちた。

翌朝起こされたとき、自分がどこにいるのか分からなかった。周囲を見回すと、みんな藁布団を片付け出している。そうかここは実相寺だと分かって飛び起きる。遅れないように夜具を丸めたあと、厨房に行く。かまどに火をつけるように命じられた。火をつけるのは別の寺男で、見助は薪を運ぶ役だった。かまどは三つあり、それぞれに大鍋がかかっている。大きなまな板が三枚もあり、それぞれ二人がつき、野菜を切っている。かと思えば、米と麦を研(と)いでいる者もいた。

誰も無駄口をきかない。薪を運んだあと、何を手伝っていいか分からない。突っ立っていると、寺男頭の辰から、棚の皿を下ろすように言われた。

背を伸ばして、用心しながら皿を手に取る。こんなところでへまをすれば、役立たず、帰れと言われるのは必至だ。

そのあとの仕事は高坏を板敷に並べることで、終わると箸を一膳一膳置く。そのうちに粥の匂い、味噌汁の匂いが満ちはじめる。鍋に入れられているのは、大量のわらびだった。茹でて和(あ)え物にするのだろう。朝は一汁一菜一飯のようだった。

朝餉ができ上がる頃、外がようやく明るくなる。寺男たちの動きが速くなる。高坏膳を左右の手にひとつずつ持って、庫裏の奥にある食堂(じきどう)まで運ぶ。慣れない見助は、二つ持つと足元がおぼつかなくなる。一膳だけ持ってみんなの後に続く。我ながら情けなかった。

僧たちはもう食堂に大半が集まり正座していた。驚いたことに、まだ十歳をわずかに超えたくらいの学僧も三、四人いた。

日蓮様のところに膳を運ぶのは見助の役目だった。経蔵脇の部屋の前で名前を呼ぶ。返事があったのは経蔵の方だった。日蓮様が出て来て、脇部屋に坐った。

「どうか、少しは寺の暮らしが見えたか」

日蓮様が訊く。

「お坊さんも多いし、寺男も多いのにはびっくりしました」

「清澄寺の三倍くらいの規模だろう」

言ってから日蓮様が声を低める。「しかし寺の造りが大きいからといって、中味も大きいとは限らぬ。ま、不如意(ふにょい)なことも多かろうが、ひと月の間、辛抱してくれ。ここでの苦労はいつか役に立つ」

「いえ苦労とは思いません」

見助は正直に答える。日蓮様が近くにおられる限り、ここでのことなど苦労のうちにははいらなかった。

僧侶たちの朝餉がすんだあと、それを片付けてから、寺男たちの朝餉になる。粥の中に粟が入れられていた。汁を吸い、わらびの和え物を口にし終っても、腹八分どころか五分にも至らない。この先が思いやられた。

朝餉の片付けのあとは、寺の内外の清掃だった。本堂など主だった建物内の清掃は、若い僧侶たちの役目らしく、寺男たちは渡り廊下や、庭、竹林などの掃除を受け持っていた。

見助は鋸（のこぎり）を手にした寺男に連れられて、杉林にはいった。男が伐った雑木を運び出して、ひと所に積み上げる。ひととおり終えると、地面に落ちた杉の枯枝と枯葉を集めて、厨房脇の薪置場の一角に入れ込んだ。

杉林はどこまでも続いていて、数年がかりでも奥には届かないほどの広大さだ。朝は多少寒さを感じていたのが、日が高くなる頃には、もう汗がにじみ出していた。

昼の小一時の休みがあり、杉林の南にある菜園での作業になった。野菜作りは、松葉谷でも多少の経験があった。とはいえ、ここの菜園は広く、植えられている種類も多い。ある者は畦（あぜ）作りをし、ある者は雑草を抜く。草取りを終えた玉ねぎの畦に、肥（こえ）をかける段になって見助の名が呼ばれた。肥担ぎの相棒は、杉林で一緒に働いた寺男だった。話しかけても、ろくに返事も返ってこなかった理由が分かった。畑の隅にある肥溜めから、肥を汲む際、したことがあるか、手真似で訊かれたからだ。

肥汲みなら、松葉谷でもしていた。ただこの寺では、わざわざ畑の隅に肥溜めを作っていた。そのほうが肥がこなれて、畑には撒きやすい。

柄の長い柄杓を使い、肥溜めを混ぜてから、なるべく下に澱んでいる肥を掬う。こぼさないように桶に入れた。その手つきが相棒を安心させたようだった。

悪臭が気になるのは、初めだけだとも見助は分かっている。慣れると平気になる。これが作物の滋養になると思えば、ありがたく感じるのだ。

相棒が天秤の前を担ぐ。歩くのも年季がはいっていて、桶が揺れない。畑には寺男がひとり残っている。どうやらその小柄な男が、畑の管理を任されているようだった。

「松、いい相棒ができてよかったな」

小男が言うと、口がきけない相棒がにっこり頷く。これで名前が松だと分かった。

まだ植付けの終わっていない畦に、薄く下肥をかけていく。桶が空になったらまた肥溜めに引き返し、桶を肥で満たす。戻ると畑の周辺には誰も残っていなかった。肥の臭いを避けて早速に退散したのだ。

十回ばかり行き来した頃には、下肥の臭いなど気にならない。ひととおり畑を見渡してから、松が草むらの中の小道を指さした。二人でまた天秤を担いで小道を下って行くと、清流に出た。幅一間くらいの川だが、水量は多い。松が流れの中にはいり、水草をちぎって束ね、桶を洗い始める。見助も真似て柄杓を洗う。天秤棒も洗い終えたところで、松がにっこりし、清流の水を手で掬って飲む。見助に向かって、うまいぞという仕草をした。両手をしっかり洗って、見助も水を掬って口に入れる。確かに井戸水と何ら変わらない清らかな水だった。

日照りのときは、おそらくこの小川から水を汲んで畑まで運ぶのに違いない。松に確かめたかったが、どう手真似していいか分からない。桶は松が手に持ち、見助が天秤と柄杓を担いで、黙々と坂を登る。この松が相棒になってくれるなら、どんな作業もこなせると思った。

十日ばかり経った頃、日蓮様の夕餉の膳を下げに行ったとき、小さな学僧から呼びとめられた。年の頃は十三、四歳で、それでも頭を丸め、僧衣を着ている。いつも食堂の末席に坐っているので、見助も見知っていた。

「日蓮様のお供をされて鎌倉より見えているお方ですね」

子供の僧でありながら、大人びた丁寧な口調だった。

「はい。見助と申します」

腰を折って見助が答える。

「鎌倉でも、ずっと日蓮様とご一緒ですか」

「はい。日蓮様の御用を務めさせていただいています」

「鎌倉では、小さな草庵を営まれていると聞いております。そこで説法もされるのですね」

「草庵での説法は、雨の日か夜です。晴れた日は、鎌倉の町中で辻説法をされます」

「聞きに来る鎌倉人は多いでしょう？」

「それはもう。辻説法には百人から二百人、草庵での説法も同じくらいの信者が集まります。草庵にはいり切れない信者は、外に立って漏れ出る声に耳を傾けています」

「見助殿も、説法を聞かれるのですね」

「はい」

子供の学僧が、自分の名前を一度で覚えてくれたのに見助は驚く。

「本当に羨ましいです」

どうして羨ましいのか分からず、見助が怪訝な顔をしたのを見て、「私は伯耆房と言います」とつけ加えた。

学僧の後ろ姿を追いながら、これなら名前を覚えられると見助は思う。どんな字を書くかは知らないものの、庭を掃く箒と同じだった。

それ以来、伯耆房からたびたび話しかけられた。伯耆房が回廊の雑巾がけをし、見助が庭を掃いているときなど、さっと降りて来て、二言三言言葉を交わすのだ。見助のほうから伯耆房がどこで生まれ、どうしてここにいるのか訊くこともある。

どうやら伯耆房は、ここ実相寺の北の方にある甲斐国に生まれたらしい。四、五歳で父を失い、母が再婚したため、親戚筋の武家に引き取られ、七歳になって、実相寺の西、富士川の向こうにある四十九院に送られたという。そこで学を修めたあと、今度は四十九院の老僧の勧めで、別の武家の館に送られ、漢学や歌道、書道を学んだらしい。そのあと、一年半前に実相寺での修学を決めたという。天台と真言を学ぶためだ。

そんな来歴を聞きながら、幼くして修学の道にはいったのは、日蓮様と瓜二つだと思った。日蓮様が片海に生まれ、清澄寺にはいったのも十二歳のときだったと聞いている。

実相寺に来て二十日ばかり経った頃、松と一緒に畑から戻るとき、伯耆房から呼び止められた。二人が水やりを終えるのを待っていたのだ。

松がにこにこしながら伯耆房に頭を下げ、伯耆房も笑顔を返す。

「松殿はいつも働き詰めで、本当に感心します。見助殿に話したいことがあるので、少し待って下さい」

伯耆房が見助に顔を向ける。真顔だった。

「このたび日蓮様に入門することに決めました。日蓮様も許して下さいました」

「そうですか。よかったです」

見助は驚きながらも答える。こんなに若い学僧が弟子になってくれれば、日蓮様もどんなにか心強いだろう。

「日蓮様について鎌倉に行きたいと申し上げたら、それは早過ぎるととめられました。ここでの修行を終えてからでも遅くはないと、言われました」

「なるほど。そうかもしれません」

見助は頷く。伯耆房のようなまだ小さい学僧が松葉谷に来ても、戸惑うばかりだ。

「私もそう思いました。ここで学ぶことはまだ残っています」

そこまで言って伯耆房が声を潜(ひそ)めた。「この寺は半分腐りかけています」

答えようがないものの、確かにそれには見助も気がついていた。本堂やその他の御堂、回廊にしても、傷んだままで、修理の手がはいっていない。日蓮様が籠っている経蔵も、扉と柱の間に隙間ができ、壊れた床の一部から地面が見えた。

「腐りかけているのは建物だけではありません」

伯耆房は松を一瞥する。松には詳細は理解できないと見て、伯耆房は続ける。

「仏事があるたびに酒宴が張られます。あるときなど、遊女が数人呼ばれ、寺泊まりしたのです」

「遊女が」

見助は呆気にとられる。

「鹿や猪、雉の肉もたびたび供されます」

それは見助も知っている。日蓮様に膳を運んだとき、四つ足の肉はいつも代わりに見助が食べている。たぶん伯耆房も隣の学僧にやっているのに違いない。

「実相寺の実相というのは、生滅変化する万物の真実の姿を意味します。ところが、ここには、その真実を追求する姿勢がありません。ひとり経蔵にはいり、一切経を閲蔵される日蓮様だけが、実相を具現しておられます」

そう言う伯耆房の頬が紅潮する。見助も胸が熱くなる。伯耆房が鎌倉に来るのは三年後か、あるいは五年後か。いずれにしても日蓮様にとっては、頼りになる右腕になるのは間違いない。

「私は、日蓮様と一緒におられる見助殿が心底羨ましい」

再度そう言い置き、微笑を松にも送り、伯耆房が背中を向けた。

数日後、日蓮様に夕餉を運んだとき、伯耆房の話をした。

「あの学僧、私の若い頃を思い出しても、あそこまでの修行はできていなかった。まさに後生畏るべしだ」

日蓮様が目を細めた。「漢籍にも通じているだけでなく、書にも長けているし、歌も詠める。将来が嘱望される」

この実相寺が半ば腐りかけているとの伯耆房の言葉は、とても口にはできなかった。

「見助殿はいつも日蓮様のお傍にいられて、羨ましいと、伯耆房が言っていました」

「ほう、そうか。で、見助自身はどう思っている？」

「傍にいられて幸せです。これからもずっと傍にいたいです」

「ははは」

笑った日蓮様の目の奥に、一瞬光が宿ったのを見助は見逃さなかった。

ひと月後の早朝、見助は日蓮様とともに実相寺を出た。まだ薄暗いうちで、見送ってくれたのは伯耆房と学頭の二人だけだった。

「いずれここでの修学を終えたら、鎌倉に参ります」

伯耆房が目を赤くして日蓮様に言う。

「私も直に門下に入れさせていただきます」

もう四十歳に近い学頭も、じっと日蓮を見つめて口にする。

「いずれ共に、法華経の行者になる日を楽しみにしております」

日蓮様が答える。

境内を出かかったとき、大木の陰から飛び出して来た男がいた。松だった。

「松さん、お世話になりました」

見助は頭を下げ、松のごつごつした手を握る。松は何も答えないが、泣き笑いの顔になった。そして懐から取り出した物を、見助に持たせる。真新しい手拭だ。別れの土産のつもりだろう。

「ありがとう」

見助は手拭を押しいただく。見助のほうからは、与えるものなど何もなかった。

前日、厠の掃除を一緒にしていたとき、明日は出発すると告げてはいた。しかし松がそれを理解したかどうか、確かめようがなかった。分かってくれていたのだ。出発となると、早朝だから、暗いうちから境内の様子をうかがっていたのに違いない。

松が仕事をするときかぶっていたのは、古手拭で、縁はもう破れかかっていた。見助にくれた手拭は、年に何度か寺から支給される手拭を使わずにとっていたのだろう。

振り返ると、松はまだ手を振っていた。考えてみると、松が受け持つ仕事は、薪作りに厠の掃除、肥汲み、水汲みと、最も骨の折れる仕事ばかりだった。見助はその相棒にさせられたにもかかわらず、辛いと感じたことはない。ひとえに松のおかげだった。松が嘆いていれば、見助も嘆き、難儀な作業と思ったかもしれない。しかし松は不平も言わず、それどころか、そんな下働きをするのを楽しんでいるように見えたのだ。

寝る時間になって、みんなが灯明の下で賭け事に興じているときも、我関せずで横になっていた。このひと月、苦労を苦労と思わずにすんだのは松のおかげだ。

「父が死んだ」

外門の石段を下ったとき、不意に日蓮様が言った。

「富木殿がまず飛脚を鎌倉に走らせ、義城房殿と浄顕房殿が別の飛脚を雇って、実相寺まで送ってくれた。一昨日のことだ。父が亡くなってもう十日にはなる。致し方ないこと。私は無生忍の回向のため、ひたすら題目を上げるのみだった。傍に行けない不孝も、父は分かってくれるはずだ」

見助は頷くしかない。父母との別れは知らないが、貫爺さんとの別れは悲しい思い出だった。

「しかし親不孝とひき替えに、一切経すべてを閲蔵できた。読み進めている間、この経典を書写された智印殿と、その弟子末代殿への学恩を感じた。智印殿は、もともと比叡山の横川におられた方で、およそ百年前、鳥羽上皇の勅願で、あの岩本実相寺を建立された。末代殿はその直弟子だ。この二人の命懸けの尽力がなければ、私の勉学はなかった」

日蓮様はそこで言いやみ、しばらく歩いたあと言葉を継ぐ。「見助、人というものは、百年後、二百年後、いや千年後まで残る仕事をしなくてはいけない。これからも、実相寺の一切経は、心ある者にとって永遠の宝になる」

聞きながら見助は、五千巻以上はある一切経の書写がどんなに大事業であったか想像する。またそれをひと月で閲読した日蓮様の刻苦勉励にも思い到る。

「閲蔵で得た結論は二つある。大集経に三種の災い、仁王経と薬師経に七難、金光明経に十三種の災いが確かに記されていた。記された人々の難儀はもうすべて生じている。残りの二つは、他国侵逼（しんぴつ）の難と、自界叛逆（ほんぎゃく）の難であるのは、もはや疑いようがない」

言われても見助には理解し難い。その当惑顔を見て、日蓮様は続けた。

「自界叛逆の難は、今の鎌倉における武家政治が崩壊するということ。他国侵逼の難は、この日本国に他の国が攻め入って来るということ。どちらが先になるかは、私にも分からない。というより、前者の自界叛逆の難は、既に起こりかけているといってよい。日本国が半ばほころびかけたところに、他国の軍が攻め込み、ついにはこの国も滅びると考えたがよい」

「この国が壊れかかっているのですか」

見助は思わず訊き返す。寺男たちがしていたさいころ賭博（とばく）や、日々の肉食、そして伯耆房から聞いた話が頭を掠（かす）めた。

「おそらく」

日蓮様が頷く。「そして他国の侵入はもうさし迫っている」

「他の国の軍勢は、どこから攻め入って来るのですか」

日本国がどういう形をし、どこに他国があるのか、見助にはもちろん想像外だった。

「西の方から」

日蓮様が断言する。「そこにあるのは高麗と中国だ。この二国が船団を組んで攻め入る。最初に餌食になるのは、高麗と日本の間にある二つの島、対馬と壱岐だろう。そこに警固の役人がいたとしても、相手は大軍、ひとたまりもない。敵は大戦前の景気づけだと言って、住人は皆殺しになる」

島人たちが逃げ惑う光景が見えるかのように、日蓮様は多少は明るくなりかけた曇天を見上げた。

そのまま二人は無言で歩いた。

「実相寺の寺男たちは、博奕をしていました」

見助がぽつりと言う。日蓮様が言った自界叛逆のひとつかも知れなかった。

「博奕は、僧侶の間でもはやっているそうだ」

日蓮様が静かに答える。

「そうですか。伯耆房の話では、酒宴を張って、遊女を招くのも、稀ではないそうです」

「私も伯耆房殿から聞いた。実相寺開創の智印、その弟子末代という優れた二人の僧がいたにもかかわらず、百年後がこの体たらくとは情けない。経蔵が宝の持腐れになってしまっている。おそらく日本国中の大寺院が、今は似たり寄ったりなのかもしれない」

日蓮様は眉をひそめ、まだ日の上がらない空の先を見やった。

四、松葉谷法難

松葉谷に帰りついたあとの日蓮様は、晴れた日の辻説法は朝のうちだけに限られた。昼少し前に帰ってからは、文机に坐って書きものに専念された。日が傾く頃、草庵には信者たちが集まって来る。法話は一時(いっとき)ばかり続き、信徒が散会したのち、夕餉を食べ、あとは夜半まで灯明の下で書字に打ち込まれた。

もちろん早朝はまだ暗いうちに起きて、灯明の下で文机に向かわれた。

この時期、日蓮様を頻繁に訪ねて来たのは、宿屋光則様だった。時には夜遅くまで話し込まれた。

弥生(やよい)の初め、日蓮様は新しい僧衣に着替え、迎えに来た宿屋光則様と衛士二人とともに草庵を出られた。

義城房によると、いよいよ北条時頼殿に会われるのだという。北条時頼殿は、前の執権得宗で、今は出家して最明寺入道と称していた。

「この国を救うため、日蓮様は意を決せられた」

浄顕房が言い添える。「現在の執権は、時頼殿の義弟である長時殿だが、その長時殿を御しているのは、やはり時頼殿だ。出家は、いわば名ばかり、まだ三十代半ばの若さだから、勢いはまだまだこの先も続く」

「日蓮様が今は三十九歳、少しばかり年長なので時頼殿も、むげにはあしらえまい」

義城房が言い、浄顕房と顔を見合わせる。二人とも首尾よくいけばよいという表情だった。

日蓮様がひとりで帰って来たのは、昼過ぎだった。

「いかがでしたか」義城房が訊く。

「案の定、私との会見は、ほんの須臾の間だった。入道の館は陳情人や訴人で満ちている。ひとりひとりに長話はできないのは、宿屋光則殿から聞いていた。二人相対して言葉を交わせただけでも僥倖だった」

「思いのたけは述べられましたか」義城房が問う。

「今のままで行けば、現在の体制は瓦解し、必ずや他国の侵入がある。それを防ぐ手立てはひとつ、幕府の開祖、源頼朝様が信奉された法華経に立ち戻るしかない。そう申し上げた」

「時頼殿の立腹はありませんでしたか」今度は浄顕房が尋ねる。

「不届きなことをいう坊主だという顔はされた。源の家は三代で終わった。今は北条家の世、北条家が信ずるのは、もはや法華経ではない。臨済禅こそ、北条氏が帰依する教えで、そのため、蘭渓道隆様を招いて建長寺を建立している。何の懸念もない。そう言われた。それで私は、宿屋殿を通じて、所感の書を奉上しますと告げて、会見は終わった」

日蓮様は答え、静かな口調で続けた。「宿屋殿に礼を言い、館を出て、小町大路で辻説法をして来た。私には、建長寺のような大伽藍はないが、多くの信者と檀越がいる」

その日から、日蓮様は以前にも増して真剣な面持ちで文机に向かわれた。それこそが時頼殿に宛てた書状に違いないと、見助にも察しがついた。

鎌倉にいくつも鎮座する大寺院について、細々と説明してくれたのは浄顕房だった。

建長寺が、中国の宋からの渡来僧、蘭渓道隆を開祖として建てられたのに対して、源頼朝の正室である北条政子の発願で建てられたのが寿福寺だという。こちらは栄西が開山だ。

この蘭渓という渡来僧は、日本に禅宗を布教しようとして三十四歳のとき、商船で博多にまず着いた。鎌倉に行き寿福寺にいたとき、時頼殿に請われ、建長寺の開山となっていた。現在四十代の後半らしい。

しかし鎌倉には、建長寺だけでなく、その他の大伽藍がいくつもある。それらと建長寺の関連についても浄顕房が説明した。

もともと僧侶には二種あって、ひとつは官僧、もうひとつは遁世僧である。官僧は天皇によって僧位や僧官が授与され、天皇の玉体安穏と鎮護国家の祈禱を行う。

これに対して遁世僧は、いわば日蓮様と同じで、官の束縛はなく、自由に信教と布教ができる。

鎌倉幕府は一応の体裁を整えるべく、延暦寺や園城寺、東寺から官僧を招いて、勝長寿院、永福寺などの諸寺に配した。

ところがこの官僧たちは、幕府に仕えるとともに、天皇の配下にもある。これが北条氏には面白くない。そこで天皇を中心とした京都の公家の制約のかからない遁世僧を重用しはじめる。その手始めが建長寺であり、蘭渓道隆だった。

幕府を称える祈禱仏教として重用されたのが、蘭渓道隆が持ち込んだ宋朝禅である。北条政子発願で、寿福寺の開山となった栄西の臨済禅とは異なる。また道元の曹洞禅とも違う。専ら坐禅を重視する点で純粋禅とも言え、坐禅の行によって悟りの境地に至る成仏が得られると信じている。

この禅僧とともに、幕府が重用しているのが律僧たちで、本拠地は鎌倉の西のはずれにある極楽寺だ。この律宗は、釈尊が決められた戒律をひたすら護持することが成仏につながると考えている。

「このいずれの立場も、日蓮様は謗法であると否定しておられる。こうした禅や律の加持祈禱を重んじるから、幾多の災難が日本国を襲い、将来もより大きな災禍に翻弄され、外つ国の襲来も間近だと憂えておられる」

浄顕房は眉をひそめた。そのあと義城房が言葉を継いだ。

「しかし今、日蓮様が時頼殿に上奏されようとしている立正安国の論の中では、この禅と律には直接言及してはおられない。時頼殿にその悪を説くのは、怒りを招くだけだと自重しておられる。日蓮様が厳しく排斥しておられるのは、法然の専修念仏だ」

ここで見助は納得する。このところ日蓮様が文机に向かわれて書かれているのは、立正安国という論なのだ。そこにこそ、あの実相寺で閲蔵された一切経の教えが、凝縮されて述べられているのに違いなかった。

日蓮様が憂えられたとおり、災難は次々と起こった。

三月の下旬の早朝、またもや大きな地震が襲い、あちこちの寺院、御家人の館、民家に被害が出た。

四月の末には、どこから火が上がったのか、若宮大路の西側、小町大路の南側あたりは大火で焼き尽くされた。幸い東に位置する松葉谷に影響はなかった。

そして六月一日、前夜から降りはじめた豪雨は、文字どおりの篠突く雨で夜通し降り続け、おまけに大風も伴っていた。滑川が氾濫して、小町大路東側一帯から下流にかけて、家屋はすべて流された。鶴岡八幡宮の背後の山、建長寺の奥の山、寿福寺の西、そして比企谷あたりで、十を超える山崩れが発生、圧死者は二十人を超えた。

暴風雨が去って七月になると、急に暑くなった。そんな折、朝餉を終えた頃、汗を拭いながら草庵を訪れたのは宿屋光則様だった。かねてより決めていた如く、日蓮様は巻物にした書簡を二巻、宿屋様に手渡された。

「こちらは最明寺入道時頼殿に差し上げる分で、封をしています。こちらのほうは、手控えとして宿屋殿に」

「これは願ってもないこと。末代まで子々孫々に伝えます」

押しいただいてから、宿屋様は一方の巻を広げた。「立正安国論とは、実に言い得て妙でございます。『旅客来たりて嘆きて曰く、近年より近日に至るまで、天変地夭、飢饉疫癘、あまねく天下に満ち、広く地上に迸る。牛馬巷に斃れ、骸骨路に充てり。死を招くの輩すでに大半を超え、これを悲しまざる族あえて一人もなし――』。誠にこのとおりでございます」

「一字一句に、私の魂を込めたつもりだ」

「その気迫が行間ににじみ出ております」

宿屋様が低頭し、顔を上げる。「必ずや入道様を摂受に導くものと確信します。先般、日蓮様との面晤ののち、『あの坊主、ただ者ではない』と言われておりました」

「人事を尽くしたので、あとは天命を待つしかありません」

どこかふっ切れたように、日蓮様は微笑した。

やりとりを聞きながら、自分には読めないこの一巻の書には、日蓮様が片海に生を得て、今日に至るまでの血と汗、修行の成果が凝縮しているのだと、見助は思う。いわばこの世の真実が刻まれた書だ。たとえ入道時頼殿が鼻であしらったとしても、書だけは、いつか日蓮様が言ったように、百年五百年千年後にも、真実の光を放っているに違いない。

「それでは参りましょうか。私も小町大路で辻説法をしますので」

日蓮様が立ち上がり、義城房と浄顕房を促した。

その後、宿屋様から書簡は最明寺入道殿に手交したとの連絡はあったものの、時頼殿の所感がどうだったかは不明だった。

しかし義城房によると、数日前に幕府から出された鎌倉での狼藉を禁じる布令は、このところ容赦なく実行に移されているらしい。これこそ日蓮様の書を読んだ時頼殿の焦慮の現れだという。これ以上の災禍が広まるのを恐れた幕府が、せめて鎌倉の市中だけは安寧に保つために禁令を出したのだ。

あるいは、日蓮様の辻説法に集う人々の数が増える一方であるのを、幕府が憂慮したのかもしれなかった。八月にはいって、日蓮様の主要な檀越のひとり、四条頼基様が、深沢あたりで辻説法をしていた律僧に、問答を申し入れたとの報がはいった。義城房の話では、その律僧は四条頼基様との論争に負け、次回からは見張りを置いて頼基様を近づけないようにしているそうだ。

律僧たちの巣窟になっているのは、鎌倉の西はずれにある極楽寺であり、その勧進者は北条重時、現在の執権長時の父親だという。自らも極楽寺重時と称して律僧たちの強力な後ろ楯になっていると、浄顕房も眉をひそめた。

そうなれば、日蓮様が最明寺入道時頼殿に上奏した立正安国の論は、まず執権の長時殿、さらには父親の重時の耳にはいっているとも思われる——。義城房と浄顕房が暗い顔でそう言うのを聞いて、見助は不吉な予感にかられた。いつかのように念仏僧の襲撃が起こらないとも限らない。あのときは近所の人たちが駆けつけて事なきを得てはいた。幸いその後は、宿屋光則様が家来をひとり草庵まで巡回させてくれている。何の防御策もない草庵で、日々姿を見せてくれる衛士の存在は心強かった。

とはいえ、衛士が不在のときに暴徒に襲われれば、この草庵はひとたまりもない。防戦したところで、袋叩きにあうのは目に見えていた。

見助は、井戸汲みや菜園に出るたび、裏山にはいり込み、いざというときの逃げ道を探した。道はいくつかあった。ひとつは断崖の上に出て、鎌倉が一望できる所に至る細道だ。しかしこれは少し上がった頂上で行き止まりになっていた。二つ目の道は、真直ぐ急坂を登り、途中で左に折れていて、その先はどうやら名越坂の鎌倉寄りに出るようだった。

三つ目の道は、さして急坂ではないものの、だらだらと曲がりくねる獣道(けものみち)で、人ひとり通るのがやっとだ。

ある日、見助はこの道を最後まで走り抜け、名越の切り通しの東側に出ることをつきとめた。その道であれば、たとえ追手が迫ったとしても、大勢では追って来れない。脇にはいって、熊笹や雑木の陰に身を潜めることもできた。

気がかりなのは、草庵に積まれている経典や、日蓮様の著作の類だった。こればかりは持って逃げられない。おそらく暴徒はそれらをひきちぎり、最後には火をつけるかもしれなかった。

鎌倉市内での暴動や放火については、禁令が出されている。しかし失火だと、言い逃れはできる。襲撃についても、幕府の重鎮の差し金であれば、咎めがあるはずはなかった。

こんな見助の懸念をよそに、日蓮様は昼の辻説法、夕刻の草庵における講話を続けられた。辻説法には、さすがに義城房と浄顕房を供につけられた。

三人が留守の間、見助はしま婆さんと一緒に草庵の片付けをし、水を汲み、洗いものをし、畑にも出た。

「日蓮様にいつまでもこんな所に住まわせて、本当に申し訳ないと、近所の信者たちは言っている」

衣を干しながら、しま婆さんが嘆く。「といっても、あたしたちには寺院を勧進する力もない」

「今は仕方ないです」見助は応じる。

「あたしは、しかし思うのだよ。この谷は狭いので大寺院には不向きだけど、この近くにいずれ、大きな寺が建つ日が来るに違いない。それもひとつではなく、二つ、三つかもしれない。それが、あたしの寿命が尽きる前だといいんだがね。ま、この目でそれを見るまで長生きしたいと思っている」

そんな夢を描いているしま婆さんに、草庵から逃げ出す話なんか、とうていできなかった。

恐れていた事態は、八月末の亥の刻（午後十時）に起きた。夕刻の講話と夕餉のあと、日蓮様が書き物を終えて灯明を消し、床に就いて眠りについた頃だ。

襲撃に一番先に気がつき、起きたのは義城房だった。浄顕房も起きて草庵の入口に向かった。暴徒のざわめきが聞こえた。五十人だろうか、百人だろうか、それは分からない。

「見助、日蓮様を頼む」

義城房の声で、見助は枕元の麻袋を摑んだ。中には、日蓮様から預っている金子と干飯がはいっている。

「日蓮様、こっちです」

もう草履も草鞋もはく暇はなかった。二人とも裸足で裏木戸から外に出る。裏木戸は閉めた。小脇に抱えているのは麻袋のみだ。すぐ後ろを日蓮様がついて来る。

裏道が三本に分かれる所で、草庵の方を見た。先刻以上に騒がしい。草庵に続く路地にも人が溢れている。夜目だからはっきりしないものの、百人いや二百人は超えている。三百人はいるかもしれない。草庵を叩き壊す音が届いた。

近在の人たちが目を覚ましても、暴徒がこの人数なら、もはや抗えない。傍観するか、狸寝入りするしかなかろう。義城房と浄顕房が袋叩きにあっていないか気になる。

「日蓮様、足元に気をつけて下さい。獣道を抜けます」

見助は言って、熊笹をかきわける。足元には笹や落葉が踏みしだかれている。しかし追手が来たとしても、獣道には気づかれまい。

足裏が枯枝を踏みつけ、どこか傷つけたようだった。日蓮様も黙ってついて来る。息が上がっている様子はない。地面を踏みつける足音もしっかりしている。

見助は日蓮様のふくらはぎが太かったのを思い出す。辻説法で歩き慣れた足なら、裸足でも大丈夫のはずだ。

三日月が細く、雲間から時々顔を出す。星も少ない。かすかに雲がかかっていて、星月夜ほどには明るくなかった。

峠まで来たとき、後方を振り返る。草庵のある場所が明るくなっていた。暴徒が火をかけたのだ。

「日蓮様、草庵が燃えています」

押し殺した声で見助が言う。日蓮様も振り返り、合掌した。

「二人が無事だといいが」

日蓮様が呟く。

「この暗闇だから逃げられたはずです」

返事とは裏腹に、見助の脳裡には、暴徒たちに棒で殴られる二人の姿が浮かんだ。その光景を打ち消すように走り出す。あとは下り坂だった。追手が迫る気配はない。

立ち止まって耳をすまし、地面にも耳朶をつける。音はしない。

やがて往還に出た。暗さの中で、ようやく方向が見分けられる程度だった。

「日蓮様、こっちが名越坂の方向です。反対側はどこに出るかは知りません」

「名越坂から離れるに限る。右は沼間に続くが、途中、左に折れれば六浦道に出る。明け方には六浦に着く。そこから船で木更津に渡ろう」

即座に日蓮様が決める。

「清澄寺に戻るのですか」

「いや、下総中山の富木常忍殿の館に身を寄せる」

暗がりの中で、日蓮様の声が力強く届く。「木更津には、今日のうちに着く。そこからは、烏田(からすだ)、根形(ねがた)、惣社(そうじゃ)、古市場(ふるいちば)を通り、千葉に一泊すれば、次の日は中山に行き着く」

聞きながら、見助は二日後には富木様に会えるのだと思った。別れてから、もう六年が経っていた。

五、下総中山

六浦道に出る頃には、あたりは明るくなっていた。ちらほら人の姿もある。

「これでは、まるで乞食坊主とその従者だ」

日蓮様が笑う。「これでまた裸一貫になった。この恰好で丁度よい」

「どこかで草鞋を手に入れましょうか。銭はあります」

「いや構わない。見助だけでもつけたらどうか」

「滅相もないです」

見助は答える。背には葛籠も何もない。手にしているのは、金子と干飯のはいった麻袋だけだ。

「何もかも灰にして、口惜しいです。日蓮様が集めたたくさんの経典、そして日蓮様が書かれた文書、それに紙と筆と墨に硯、全部失いました」

「嘆くな見助。経典はみんなこの頭にはいっている。これまで書きつけたものは、多くの檀越にさし上げた。そして料紙と筆は、これからも手にはいる。正しいことを貫いていると、必ずや邪魔がはいる。法難は、おそらく私の命が尽きるときまで続く」

「そんな」

見助は驚いて日蓮様の顔を仰ぐ。「それはあんまりです」

「むしろ法難がないのを嘆かなくてはならない。それは正しいことをしていない証拠にもなる」

日蓮様は平然とした表情だ。

空腹は感じず、歩き続ける。六浦道は、浄顕房と一緒に歩いた衣笠道よりは開けていて、人の往来も多かった。裸足の僧とその従者の姿は、人目をひくのか、じろじろ見られた。途中、湧水の出る水飲み場があって、腹一杯水を飲んだ。

やっと干飯を口にしたのは六浦で船を待っている間だった。そこで笠と草鞋、水筒代わりの竹筒を買った。

海を渡る船も、六年前に湊から乗った船よりは新しく大きい。しかしあのときは背に荷物があった。今は全くの手ぶらに等しい。ふと浄顕房のことが思い出された。

「あの二人、逃げおおせてくれればいいが」

思いは同じだったらしく日蓮様が、ぽつりと言う。

いえ、だめでしょうと言う代わりに見助は言葉を濁す。どう考えてもあの多勢に無勢のなかで命永らえるのは無理だ。見助は唇を噛むしかなかった。

木更津で下船したとき日は傾いていた。日蓮様は勝手知ったように海沿いの道を歩き、山手の方に折れた。小さな寺があり、そこの若い僧に迎えられた。やっとありついた夕餉は臓腑に沁みた。気疲れもあってか、宿坊の隅に身を横たえると眠りに襲われた。日蓮様は若い僧、そして途中で帰って来た老僧と、夜更けまで話し込んでいた。

翌日は生憎の小雨模様だった。もう一日滞在されてはどうかと老僧が勧めるのを、日蓮様は固辞した。しかし雨避けにと貰った蓑は役に立った。背にかかる雨をいくらかでもしのげた。

ひたすら歩き続け、日が暮れる前に千葉という所にある寺院に着く。かなり大きな寺で、住職は日蓮様の顔見知りのようで、手厚いもてなしを受けた。見助も湯をかぶって体を洗い、古いながらも洗いたての衣に袖を通した。濡れた衣は洗い、かまどの前で乾かしてもらう。日蓮様も、さっぱりした僧衣に着替えた。その夜も日蓮様は夜遅くまで僧侶たちと話をしていた。この下総にある寺々は、どこも日蓮様に好意をもっているように思えた。

翌日は空も晴れ、かすかに筋雲がなびいていた。冷風に秋の気配が感じられる。

「見助、乞食坊主から少しはまともな姿になったな」

日蓮様が笑う。全くそのとおりだ。あの着のみ着のままの恰好で、富木様に再会しないですむのがありがたかった。

富木様に会えると思うと胸が高鳴る。背丈は伸びたものの、頭の中味は片海にいたときのままだった。仮名や数の他、漢字もいくらかは読んで書けるようにはなっている。しかしこれとて、あの実相寺で会った伯耆房に比べれば赤子同然だった。

これから自分はどうなっていくのか。このまま日蓮様に随行していても、僧侶でもない自分は足手まといになるだけだ。かといって片海に戻っても、以前のように鯛釣りの一生を送れる気はしない。

道の左側に、遠く海が望めた。鎌倉がこの西の方にあるのは間違いない。今となっては、あんな遠方でよくぞ六年も暮らせたと思う。海を眺めていると、なぜかもうあそこでは暮らせないような気がしてくる。

「見助、あとひとふんばりだぞ」

日蓮様が振り向いて励ます。ぼんやりしていて、いつの間にか歩幅が狭くなっていた。

途切れ途切れに海が見えた。見えない対岸に、六浦道や衣笠道のある相模国があるとすれば、南は遥か大海原が開けているはずだ。片海にも、その方角に進めば辿り着ける。逆にこの海の北の方角は、どうなっているのだろうか。どこまでも続く海なのか、それとも行き止まりの海なのか、全く見当がつかない。

橋のかかる川をいくつか渡った。海はいつも左に開けていた。遠浅が多く、片海の浜とは様子が違う。潮の香までも異なり、どこか乾いた匂いだ。

日が傾きかける頃、人家の多い町にはいった。

「ここあたり、この上総と下総を統べる千葉殿の本拠地だ」

日蓮様が言う。「千葉氏というのは、鎌倉に幕府をひらいた源頼朝殿の古くからの功臣で、名家だ。北条氏にもそのまま重用されて、建長元年と六年の二度、京都大番役を務められた。というのも、建長元年に焼失した閑院内裏と蓮華王院の修造が急がれたからだ。だから領地は上総とこの下総だけでなく、京都、そしてはるか西の肥前国にもある」

「肥前国ですか」

聞いたことのない地名であり、どこに位置するのか見当もつかない。

「正確に言えば、肥前国の小城という所らしい。京の都からもっと西に位置する九州の国だ」

私も詳しくは知らないという顔で、日蓮様が微笑む。「ともかく千葉氏は、幕府の傘下にある守護のうちでも有力な一族で、日本各地に配置されている守護ともつながりがある。見助は守護は知っているか」

「いえ」

「知らないか。無理もない。しかし知っていて損はしない。源頼朝殿が、朝廷の許可を得て、各地に配置した役人だ。本来の役目はその国の悪事取締りだった。これが、もともと古くから各国に配されていた国司や地頭と対立するようになった。今でもそのいざこざは続いている。

例えば、私を念仏衆の敵だとして命を狙っている東条景信、あれは地頭だ」

「清澄寺の鹿を狩猟した男ですね」

「そう。よく覚えていてくれた。あのあたりの東条郷は、昔から地頭の東条一族がまだ勢力を誇っている。千葉殿の被官である富木殿を片海に配しているのも、にらみをきかすためだ。かといって、富木殿の館を攻めるわけにはいかない。そうなれば、千葉殿が東条一族を潰す口実を与える。そうした地頭に各国の守護は頭を悩ませている」

日蓮様の説明で政（まつりごと）の一端が分かったような気がした。

中山の富木様の館は、片海とは比べものにならないくらい大きかった。十倍くらいは広いのではないか。正門もどっしりしていて、衛士も二人左右に配されている。衛士のひとりは日蓮様の顔を見るなり、すぐに二人を奥に案内してくれた。

ほどなく玄関に姿を見せたのは、富木常忍様だった。二人を見て、富木様が目を丸くする。どこか予期していた姿と違ったからだろう。

「日蓮様、これはこれはようおいで下さった。どうぞどうぞ。そして見助も。それにしてもお前、背丈が伸びたのう」

目が合って、見助は思わず涙ぐむ。こうやって富木様に無事な姿を見せられるのが、神仏の加護のような気がした。

「この見助には命を助けられました」

日蓮様が言う。

「命を。そうでございましたか」

大方を察したように富木様が頷く。「ともあれ、どうぞ上がって下さい」

富木様が奥に呼びかけて、水を張った桶を持って来させる。日蓮様が使った水で見助も足を洗う。拭くのも日蓮様が使ったあとの手拭だ。水も手拭も、我が身に余る光栄だった。

座敷に日蓮様と一緒に通された。日蓮様が手短に、草庵襲撃の様子を説明する。

「そうでしたか。日蓮様の書簡で、念仏衆の不穏な動きについてはうかがっておりましたが」

富木様が眉をひそめる。

「前執権の時頼殿の被官である宿屋殿が、日々衛士を見廻りによこして下さっていたのですが、暴徒たちは寝静まった夜半を選んだようです。全くもって、命を救われたのは、この見助の機転です。ただ、義城房と浄顕房は残りました。二人が暴徒に立ち向かっている隙に、私と見助が裏口から逃げました」

「見助、よくやってくれた」

富木様からのねぎらいに見助はかぶりを振る。

「義城房と浄顕房が、命と引替えで日蓮様を守られたのです」

言ってしまったあとで、涙が溢れ出す。涙はとまらず嗚咽に変わった。

「見助、そなたは疲れたのだ。もう下がって休め。湯でもかかり、好きなだけ夕餉を食べるとよい。詳しい話は明日聞こう」

富木様が言い、姿を見せた使用人について座敷から下がった。

言われるままに、湯殿で体を拭き、与えられた衣に袖を通した。通された小部屋には、もう藁布団が敷かれていた。ほどなく、今度は年増の女使用人が膳を運んで来た。

ひとり残されると、にわかに空腹を覚えた。むかご飯にとろろ汁が添えられ、ぼらの煮つけと蟹の塩辛までがある。しかも飯椀と汁椀が通常の二倍くらいに大きい。見助はひと口ひと口噛みしめながら味わう。ようやく助かったと思う反面、義城房と浄顕房の消息が案じられた。やはり、あの襲撃から逃れるのは無理だ。言いようのない悲しさが胸にこみ上げる。空腹が萎み、何とかすべてを食して膳を部屋の片隅に置き、藁布団に身を横たえる。壁の上と下に小窓があり、戸口を引くと暗い外が見えた。日はとっぷり暮れていた。

ふた月ほど静養したあとのある日、朝餉を食べたあと、昼近くなって座敷に呼ばれた。富木様と日蓮様が待ち受けていた。

「見助、折り入って頼みがある」

日蓮様がじっとこちらを見た。日蓮様からの頼み事など初めてのような気がした。

「対馬まで行ってくれぬか」

「つしま」

島だとは分かるが、どの島なのかさっぱり分からない。

「対馬というのは、西国の端にある。朝鮮に最も近い島だ」

富木様が言う。

「三ヵ月前、私が立正安国論を時頼殿に差し上げたのは、見助も知っているだろう。その中で、近々、他国が日本国に攻めて来ると私は書きつけている。これは法華経の行者としての私の確信だ」

日蓮様が言い添えた。

「他国が来襲するとき、敵が最先に攻めるのが対馬だ」富木様が頷く。

「そこに見助に行ってもらい、敵の様子を探ってもらいたい。敵の襲来を言明した以上、私には責任がある。敵の動きを、いち早く知っておく必要がある。その任を見助に負ってもらいたいのだ」

日蓮様の眼が見助を見据えて動かない。富木様がまた言い継ぐ。

「対馬の守護は少弐(しょうに)氏だ。守護は鎌倉幕府の指揮下にある。動かせるのは幕府しかない。幕府は今のところ何の用心もしていない。少弐氏に警戒を怠るなという指令を出すなど、頭にない。ましてや、偵察など思いもよらない。日蓮様はそうではなく、自らの目と耳の代わりになる人間をそこに赴かせ、偵察、警戒を任せたいと考えられている」

「見助、どうか中山に滞在中によう考え、返事を聞かせてくれ」

日蓮様の眼は見助から離れない。

「日蓮様、分かりました。その対馬に行かせていただきます」

その返事は即座に見助の口をついて出た。数日考えたところで、結論が変わるはずはなかった。ずっと一緒に暮らした浄顕房と義城房がこの世にいなくなった今、自分だけがのうのうと日蓮様の傍についているわけにはいかない。

「行ってくれるか」

日蓮様の目が潤んだ。

「はい、行って見届けて来ます」

「見届けるだけでなく、帰って日蓮様に報告しなければいけない」

富木様が念を押す。「幸いお前は、字が書ける。手紙を書くこともできる。その手紙をしかじかの者に託して日蓮様に届けてもよい」

「書けるのは仮名だけです」

「仮名で充分」

日蓮様が顎を引く。

「見助が行ってくれるとなれば、現在の当主千葉頼胤(よりたね)様にも必要な手立てをとっていただく。千葉様の領地は西国九州の肥前国、小城にある。そこの御家人に書状を書いて、便宜をはかってもらう。さらに対馬の守護少弐殿にも、小城から書簡を送り、何かと庇護を仰いでもらうことも可能だ」

富木様が言った。

「もちろん、対馬までどうやって行くか、そのあたりの概略は、私が地図にしたためておく」

日蓮様の厳しい表情から、これがいかに大役なのかが読み取れた。

「対馬までどのくらいの日数がかかるものでしょうか」

心固めをするためにも確かめておきたかった。

「この地から鎌倉までが二日、鎌倉から京都までが十四日、京都から先は私も行ったことがないので、詳らかにしないが、対馬に近い筑前国の博多まで二十日はかかるのではないか。博多から対馬までは二日だろう」

「しめて三十八日ですか」

長く見積ってもひと月半だ。胸の内で溜息が出た。

「この中山から肥前の小城までは、順調に事が運べばおよそひと月と聞いている」

富木様が補足する。「小城から博多までは二日か三日だ。京都から先の日数は、海路をとるのか陸路をとるかで、違ってくる。良い日和が続けば、もちろん海路のほうが早い」

海路と陸路があると聞いて、見助は途方にくれる。即諾はしたものの、容易ならざる旅に思えた。

「京都までは私が辿った道でよかろう。寺の名と道筋は書いておく。もちろん寺に泊まらなくてもよい。宿場が街道筋には用意されている。ともかく旅の要領は、見助と一緒に実相寺まで往復したときと同じだ」

なるほどと内心で見助は納得する。あのときは往復で六日の旅だった。その六倍か七倍の長さで対馬まで行き着くのであれば、のけぞるような難事でもない。

「そうと決まれば、さっそく千葉様に申し上げる。沙汰を待っているように」

富木様が言った。

半月ほど経ったある日、見助は使用人から案内されて、富木様の館から少し離れた大きな館にはいった。門の中で引き継いだ侍が、そのまま見助を庭の方に連れて行く。刈り込まれた植木の陰に咲いている、つわぶきの花が美しい。木々の間を歩くと き目にはいったのは、その黄色だけで、あとは、緊張のあまり、必死に足を運ぶ。

草鞋を脱いで、ほの暗い廊下に上がる。廊下を曲がるたびに幅が広くなる。

ようやく庭に面した廊下に出たとき、板敷に坐るように命じられた。目の前にあるのは御簾（みす）だった。部屋の中は見えない。

「見助、来たか」

中から富木様の声がして、御簾が上がる。広い板敷の部屋が見助の視野にはいった。真向い奥にひとり、右側に富木様ともう二人の武家、そして左側に日蓮様の姿があった。

「見助でございます」

即座に頭を下げながら言った。

「頭は上げてよい。こちらにおられるのが千葉頼胤様だ。そして私の右が被官の大田乗明殿、左が同じく被官の曾谷教信殿だ。頼胤様が直々にそなたに会いたいと申されるので、来てもらった」

厳しかった富木様の顔が、言うにつれて緩み、最後はいつもの笑顔になった。見助はようやく、夢見心地の緊張から多少なりとも解放された。

千葉頼胤様は体格がよく、年の頃は二十五歳くらいだろうか、初めから見助を品定めするように正視していた。

「見助とやら、鎌倉での事の次第は、日蓮殿からうかがった。いうなれば、そなたは日蓮殿の命の恩人だ。そなたの機転がなければ、日蓮殿も無事で下総には戻って来られなかったろう」

「命の恩人など、滅相もございません」

かぶりを激しく振りながら、見助はまた頭を下げる。むしろ、日蓮様の命を救ったのは、身を犠牲にして暴徒に立ち向かった義城房と浄顕房だった。

「そして今回はまた、日蓮殿の手と足、目と耳になって、対馬に赴いてくれるという。そなたの志、私も心打たれた。ついては、そなたを日蓮殿の分身と思って、できうる限りの支援を惜しまないつもりだ」

「かたじけなく存じます」

こういう場合、どういう言い回しをするのか迷いながら答える。

「支援といっても、下総と対馬は遠い。おいそれと駆けつけることは、かなわない。しかし幸い、千葉の分家が、肥前の小城という地に領地を持っている」

頼胤様は三人の被官と頷き合って、さらに続ける。「その小城荘は、もとはといえば、三浦氏の所領だった。不運にも三浦殿は、北条氏に滅ぼされて、所領は没収された。その結果、三浦泰村殿の所領が千葉氏に譲渡された。もうひとつ、九州の南端、大隅国（おおすみのくに）にも千葉氏の所領がある」

見助はひと言も聞き漏らすまいと思い、全身を耳にした。とくに、小城、大隅の地名は耳の底に刻みつけた。

「そなたが赴く対馬は、残念ながら私の所領ではない。その地は以前より、少弐氏の管轄になっている。当主の少弐経資（つねすけ）殿とは懇意にしている。従って、経資殿には書簡を送り、そなたの身柄について何かと便宜をはかってもらうようにする」

「ありがとうございます」

思いがけない庇護だった。いくら日蓮様の手と足になるといっても、何の後ろ楯もなければ、乞食同然になってしまう。

「何かここで、そなたから訊いておくことはないか」

頼胤様から言われ、見助は思案を巡らす。質問など、ありそうもない。行ってみなければ事は始まらないのだ。

「ありません。命に替えてでも、任務を全うします」

低頭しながら答えると、頼胤様の声が響いた。

「それはならぬ。命を捨ててはならぬ。そなたは、日蓮殿の手と足、目と耳だ。そなたの命が失われるのは、日蓮殿の手足と耳目がなくなるに等しい。日蓮殿は、とかげではない。日本国になくてはならないお方だ。そなたは何があっても、生き延びなければならない」

「はい」

答えると目が潤み、涙が出て来た。自分でも何の涙か分からない。涙のむこうに、頼胤様の姿があり、右側に富木様たち三人の顔、そして左側では、日蓮様が口を一文字にしてこっちを見ていた。

「見助、もう下がってよい。出発は明日か明後日になる。寒気が迫る前に対馬に着いたがよかろう」

言ったのは富木様だった。

立ち上がり、元の廊下に出る。そこに使用人が待っていた。

その日の昼下がり、富木様の館で再び呼ばれてうかがったのは日蓮様の部屋で、富木様も同席していた。

「見助、これが対馬までの大よその道程（みちのり）だ」

日蓮様が巻紙を広げる。「私が知っているのは京都までで、それから先は、小城まで行ったことのある千葉様の被官に聞いて、概略をまとめている。誤りがあるやもしれない。誤りは見助自身が直してくれればいい。見助にも読めるように、地名には仮名もつけている」

図面には、街道筋に沿って宿駅や寺の名が記されている。京都から西は、陸路と海路に分かれて、やはり宿駅、あるいは港の名が書かれていた。しかし寺の名はない。

「京都以西の寺は私も詳（つまび）らかにしない。しかし天台の寺があれば、この書状を見せると、一宿一飯くらいの厚意は受けられるかもしれない」

日蓮様が、油紙に包んだ書状を手渡す。

「そしてこれは、頼胤様の書状だ」

脇から富木様も別の書状を差し出した。「見助が千葉氏の使用人であり、万が一のときは援助を頼む旨が書かれている。これも大切にしまっておくとよい。今、見助が持って行く笈を用意している。その中には料紙と墨、硯と筆も入れている。そしてこれは、手控え帳だ」

富木様が懐から取り出したのは、ぶ厚い紙綴じだった。反故になった紙を漉き直したものに違いなく、灰色になっている。

「これは私が日頃から使っている物で、見助も使うとよい。日々の出来事を細字で書いておけば、あとになって役に立つ。仮名を学んでいて、見助よかったな」

富木様が笑顔になる。手控え帳を手に取ってみて、見助は胸がふくらむ。片海で富木様から習った仮名が、これから役に立つなど思いがけなかった。

日蓮様も、あの草庵で朝な夕なに文机に向かって書きものをしていた。その万分の一くらい、自分も紙に字を記すことができるのだ。

「これで、見助も文字どおり、日蓮様の手になる」

富木様が日蓮様と顔を見合わせる。

「見助には、誠に難儀な役目を言いつけてしまった。嫌なら、今からでもやめてよい」

「とんでもないです。私以外に、この役目を果たす者はいません」

言い切ったとき、にわかに息が荒くなった。「ただ、日蓮様の傍にいられないのが寂しいです」

「これを私だと思って、笈の底に入れておくとよい」

日蓮様が紙を広げる。何が書いてあるか、見助には読めない。しかし鎌倉の草庵で日蓮様がよく書いては、希望する檀越に渡していた書付だった。

「真ん中には、南無妙法蓮華経と書いてある。四隅に四天王、その他にも如来や菩薩、明王などの名を書き込んでいる。これらの諸仏が見助を守ってくれるはずだ」

「ありがとうございます」

見助はじっと書付に見入る。南無妙法蓮華経の下にあるのが日蓮様の署名であるのは、いつか浄顕房から教えてもらった。諸仏よりも、この日蓮様の署名のほうが、自分にとって守り神になってくれるような気がした。

「肥前の小城と、ここ下総中山の間では三、四ヵ月に一度、早馬が行き来する。対馬にいるそなたにも、何とか手を尽くして連絡する。見助も、他国侵逼難(しんぴつなん)が迫っていないか、日蓮様に報告するのだ。頼胤様がいみじくも言われたように、そなたは日蓮様の手足であり、耳目だ。決して命を無駄にするなよ」

「はい」

見助はきっぱり答える。

「対馬と肥前小城の間も、たぶん使者が行き来する。そなたの手紙はその者に託すとよい。必要とあれば早馬で、見助の書状はここに届く」

富木様が言う。「それでは、明朝の出立は早い。居室に下がってゆっくり休め」

頭を下げて後ずさりし立ち上がった見助に、日蓮様と富木様が頼んだぞというように顎を引いた。

翌朝、まだ暗いうちに笈を背負って、館の門に立つ。見送ってくれたのは日蓮様と富木様だった。

「いいか、ここを下ってぶつかる往還を右にとれば、すぐに国府台だ。利根川を渡り、さらに荒川を過ぎると葛西に至る。あとは隅田、浅草、江戸になる。おそらく次の丸子宿で、今夜は泊まることになるだろう。翌日は、権現山、弘明寺、最戸、大船と行き過ぎ、鎌倉にはいる。早ければあさっての夜に鎌倉に着くことができる。峠越えはない。ただ、川の増水があれば、舟待ちしなければならない。いずれにしても、往還は鎌倉街道だから、道に迷うことはない。達者でな。命だけは惜しめよ」

富木様がこんこんと言いきかせる。脇に立つ日蓮様は無言だった。万感胸に迫っているのは、赤く潤んだ日蓮様の目で分かった。

「日蓮様、富木様、行って参ります」

一礼して見助は足早に歩き出す。もう後ろは振り返らなかった。

第四章　旅路

一、再びの鎌倉

鎌倉までの旅は、富木様が言ったのとは裏腹に、順調には進まなかった。昼前国府台に着いたとき、利根川の増水を知らされ、船待ちになった。自分にふさわしい粗末な宿にはいり、水が引くのを待った。ところが夕刻から激しい雨になり、一晩中降り止まない。翌日も雨天で、川の水位は益々高くなった。ようやく雨が止み、水量が減って渡船が可能になったのは三日後だ。改めて旅の辛さを思い知らされた。さらに二本の川を渡って、丸子で一泊し、翌日日がな歩きとおして、権現山で夜を過ごした。

次の日は雨で道はぬかるみ、歩くのに難渋して、大船泊まりを余儀なくされた。さらに次の日は小雨の中、蓑笠をつけて鎌倉を目ざした。雨は降り止まず、そのうえ上り坂が続いた。にもかかわらず、旅人の数は増えるばかりで、鎌倉が近いことが分かる。この坂が巨福呂坂だとは、前から来た親子連れに訊いて分かった。

鶴岡八幡宮の乾の方角に三つの坂があることは知っていた。化粧坂と亀谷坂、そして巨福呂坂だ。

やがて下り坂になり、霧雨の先、真向いに鶴岡八幡宮、左前方に建長寺の伽藍が視野にはいる。改めて眼にする鎌倉の光景だった。さらに行くと、八幡宮の先に、北条氏の館、その南隣に将軍邸である御所が見えた。

坂を下るにつれて人通りが増える。その中には念仏僧もいて、大手を振って歩いていた。まさか自分を見知っている念仏僧などいるはずがないと思いながらも、周囲に眼を配りつつ、八幡宮の赤橋の前に出た。そこが横大路で、十文字に交叉する若宮大路が真っ直ぐ南に延びていた。十五間ほどの幅で、中の下馬橋まで続く大路は壮観だ。大路の両側には、一間半の幅、深さ一間弱の堀が設けられている。大路の東側は半間ほど高くなっているのが分かる。この段差が、いざというときに西側からの襲撃に対して、幕府と御所を守るための工夫だとは、かつて義城房から聞いたことがあった。

大路の西側にある商家は、堀を跨ぐ木橋あるいは石橋で大路と結ばれている。堀と家々の間にも狭い通路があって、南北の行き来ができた。

これに対して、大路の東側、堀の先は高い土塀が続き、出入り口などない。それも西からの襲撃に備えての造りに違いない。

松葉谷で暮らし、時折鎌倉の中心部に足を運んでいたときには気にもとめなかった町の構造が、いったん鎌倉を追われた身になって、ようやく理解できた。

横大路を東に進むと、南側に幕府の館の高い塀が長々と続き、北土門に行きつく。門の外に衛士が立っていた。見助が知らない衛士で、さり気なく通り過ぎるしかない。笈の中には、宿屋光則様に宛てた日蓮様の書簡がはいっていた。好機があれば手交してくれと頼まれたものだ。見助は反対側の正門である南側に回ってみることに決める。

左側に政所を見ながら先に行くと、小町大路にぶつかる。そこを南に折れた小町大路は、若宮大路とは比べようのないほど、人の往来が激しかった。これもいつものとおりで、日蓮様が小町大路を辻説法の場に選んだのも、それが理由だ。

右側には北条幕府の土塀が眼を遮っている。人の出入りがあるのは、左側の御家人の館や商家のみだった。

土塀が切れた所で右に折れると、幕府の南門があった。衛士が二人立っていて、見助はそれとなく様子をうかがう。右側に立つ背の高い衛士は、宿屋様の家来で、松葉谷の草庵にも時折、巡回に来てくれていた。

見助は腰をかがめながら、その衛士に近づく。身構えて、怪訝な顔で見助を見た衛士の表情が一瞬緩んだ。

「あのう、松葉谷にいた見助でございます」

「おう」

衛士がのけぞる。「お前、達者でいたのか、宿屋様が大そう心配されていた」

「実は書簡を預って参りました。あのお方からです」

日蓮様の名を出すのがはばかられて、見助は遠回しに言う。

「そうか、ちょっとここで待っていろ」

衛士は相棒に目配せして中にはいった。身を縮めながら見助は待った。小町大路と若宮大路をつなぐこの横路は、さすがに人通りが少ない。とはいえ、念仏衆が十人ほど連れ立って、南無阿弥陀仏を唱えながら行き過ぎた。

衛士はなかなか戻って来ず、門の前にじっと立っているわけにもいかず、小町大路との角まで移動して、門の方をさり気なく見守った。

すると門から宿屋様が急ぎ足で出て来て、左右に眼をやった。遅れて衛士が出て来る。見助が駈けよろうとして、宿屋様が手でおしとどめた。

「見助、無事だったか」

それが宿屋様の第一声だった。「日蓮様も無事か」

「日蓮様は無事で、今、下総の千葉頼胤様の屋敷におられます」

「手傷など負っておられないか」

「いいえ、お元気です」

「実に申し訳ないことをした。常々、狼藉が起こらぬよう心しておったが」

宿屋様が残念がる。「ここでの立ち話はまずい。かといって得宗屋敷の中でも怪しまれる。人通りの多い所に出よう」

宿屋様が歩き出し、見助も脇に従う。

「実は、日蓮様からの書状を預って参りました」

「おう、そうか。わざわざ」

見助が手渡した書簡を、宿屋様は立ち止まって封を切る。そのまま路肩に寄って眼を通す。

「見助、助かったのは、そなたの機転だったと書いてある。そうか、日蓮様は捲土重来(けんどちょうらい)を期して、再び鎌倉へ向かわれるそうだ」

宿屋様が言い、顔を曇らせた。「ここ鎌倉は、日蓮様にとって危険な場所になっている」

また日蓮様が鎌倉に来られる——。初めて知らされて、見助は胸の動悸を覚える。

奇しくも、今立っている所は、日蓮様が辻説法に立っていた小町大路の一角だった。再び日蓮様はここに立つのだろうか。身辺を護る人はいるのだろうか。

「そして見助、そなたはこれから対馬に向かうのか」

「はい」

答えると、宿屋様は天を仰いだ。

「日蓮様は、立正安国論に書いた他国侵逼の難に責任を持たれる覚悟だ。口で言うだけでなく御自身で確かめたいのだ。そうか、見助は斥候になったのだ」

「斥候ですか」

初めて聞く言葉だった。

「敵の情勢を知るために、現地に送られる兵士のことだ。そうだったのか」

宿屋様の眼が光り、見助の顔を凝視する。「たったひとりでの斥候とは見上げたこと。見助、そなたは日蓮様の斥候だけではない。この日本国の斥候だ」

日本という言葉を聞いて、見助は背筋を伸ばす。日蓮様が辻説法や草庵での法話で、幾度も口にした言葉だった。

「これからどこに行く」

「はい、立ち寄る場所があり、今夜はそこに泊まり、明朝早く発つつもりです」

「路銀はあるのか」

「はい、千葉様よりいただいております」

「これを足しにせよ。余って困ることはない」

懐から出した袋を見助の両手に握らせる。「また鎌倉に立ち戻るときは、いつでも寄ってくれ。衛士たちには、そなたの名を告げておく。いいな、斥候は途中で命を落としてはならない。生きて報告するのが、斥候の役目だ」

「はい」

一ヵ所に立ち止まって、長話をするのもはばかられた。見助は深々と頭を下げ、歩き出す。しばらく小町大路も見納めだと思い、振り返ると、かつての辻説法の場所に宿屋様がまだ立っていた。もう一度頭を下げ、足早に横大路にそれた。

若宮大路を急ぎ足で下って行く。いかに往来が多くても、この道幅の広さの上ではまばらに見える。年寄りにとっては、大路を横切るのさえも大儀のはずだ。

栄屋の前に立ち、干物の匂いをかいだとき、言いようのない懐しさを感じた。見助の知らない若い娘が、店内で客をさばいていた。客が途切れたとき、娘が旅姿の見助に怪訝な眼を向けた。

「何か」

「いえ、おかみさんに少しだけ会いたいのです。松葉谷にいた見助です」

娘は不審顔のまま、奥に消えた。見助は店先に立ち、あたりの賑わいぶりを眺める。これから赴く対馬がどういうところかは知らないが、ここまでの賑わい、人の往来はないはずだ。ことによると、これが町の活況ぶりの見納めかもしれなかった。

「見助さんじゃないの」

後ろから呼びかけられて振り向く。いつもと変わらぬ恰幅のよいおかみの姿があった。目を真ん丸くしている。

「あんた生きていたのね」

見助の頭からつま先まで眺める。「よかった。日蓮様も生きておられるんだね」

「はい。今は下総におられ、元気です」

「よかった。あの二人のお坊さんは可哀相なことをした」

おかみの声が湿り気を帯びる。やはりそうかと見助は歯をくいしばる。

「わたしが松葉谷に行ったのは、翌々日だった。草庵は変わり果てた姿になっていた。そこで近所の人から事の次第を聞いたよ。胸が塞がれてねえ。日蓮様と見助の姿がないので、逃げられたのか、あるいは暴漢たちに拉致（らち）されたのか、近所の人は判断しかねていた。しかし、よかった。よかった」

おかみが改めて笑顔になる。「そしてこれからどこへ。鎌倉に立ち戻ったのかい」

「いえ、対馬に行きます」

「何だね、それは」

「西国の島です。日蓮様の言いつけです」

「何をしに？」

「他の国が攻めて来ないか、探るためです」

「お前さんひとりで？」

「ひとりです」

おかみが初めて気がついたように、見助の旅姿と背中の笈を見る。

「ちょっと寄っていかないかい」

「いえ、あと一ヵ所行く所があります。おかみさんにひとこと別れを言いたくて立ち寄りました」

思わず目が潤む。片海を出て鎌倉に向かうとき、偶然船の上で会ったおかみだった。そのおかみのおかげで、鎌倉がぐっと身近になったのだ。

「また帰って来るのだろう」

「さあ。いえ、戻って来ると思います」

それは日蓮様次第だった。日蓮様がいる所に戻らなくてはならないのだ。

「達者で戻って来ておくれよ」

おかみが急に涙ぐむ。「そうだ。これを持って行きな」

店先の干物を竹皮に包んで見助に手渡す。「日持ちがするから、そのまま食べてもいいし、あぶって食べてもいい。ちょっと待っておくれ」

また奥に引っ込み、布袋を持って来て差し出す。「ほんの少し餞別だよ。中に子安貝も入れている」

「子安貝って何ですか」

「娘がそれを持って嫁に行けば、すぐに子宝に恵まれ、お産のときも貝を握っていると安産になる。わたしは縁づいた娘にはいつも贈っている」

「男が持っていてもいいのですか」

「馬鹿だね。お前さんも、いつまでも独り身じゃないだろう。嫁にやればいいのさ。うちの嫁もそのおかげで身妊っている」

先刻の娘が、おかみの後ろに出て来て笑っている。息子が結婚していたのだ。

店を出るとき、二人が見送ってくれた。

日が傾き、鎌倉のどこかに宿をとるにしても、急がねばならなかった。滑川にかかる橋を渡り、名越坂に向かう頃には、人通りも少なくなる。自分の長い影を踏みつけながら歩を速めた。

何度も行き来した小道にそれ、松葉谷にはいる。そこから草庵のあった場所に向かう。しま婆さんたちが住む貧相な家々の間を抜けて、見助は立ちつくす。草庵の姿はなく、空地だけが残っていた。井戸の形跡だけはあり、近寄ってのぞき込む。石ころや黒焦げの材木、焦げた経典などが投げ込まれている。

井戸の先、竹藪(たけやぶ)の根に土盛りが二つ並んでいた。上に頭ほどの大きさの石が置かれている。墓であるのは間違いない。おそらく、近所の住人たちが、義城房と浄顕房を葬(ほうむ)ったのだろう。石には何も書かれていない。しかし土にさした竹筒には野菊が活けてある。

見助はおのおのの土盛りの前でかがみ、手を合わせて南無妙法蓮華経を唱えた。日蓮様と自分が助かったのは二人のおかげだった。感謝を込めて祈る。立ち上がり、草庵をあとにしかけたとき、前から来るしま婆さんと行き合わせる。駆け寄って互いに手を取り合った。

「誰かが来ていると聞いて出て来たけど、やっぱり見助さん」

しま婆さんは、目にたまった涙を袖先でぬぐう。「日蓮様も元気なんだねえ?」

「はい、今、下総におられます」

「よかった。裏山から逃げおおせたとは思っていたけど、そうかい」

「義城房と浄顕房を葬ってもらってありがとうございます。たった今、お参りしてきました」

「あんな墓しか作れなくて情けないし、二人のお坊さんに申し訳ない」

しま婆さんが泣き顔になる。「しかし立派な最期だったよ。義城房様は、草庵の前で頭から血を流して倒れていた。暴徒を押しとどめようとして、殴られたのだろうね。浄顕房様は焼け跡から見つかった。経典をかばうようにして、うつ伏せになっておられた。真っ黒な体になられて」

しま婆さんが目に袖を当てる。

「墓石には名がないので、私が書いておきます。墨をするので、ちょっと水がいります」

「そうかい、お安い御用。ちょっと待っていなさい」

しま婆さんが水を持って来る間に、見助は笈から硯と墨、筆を出す。

「あたしたちは字が書けないからね。石を置くだけしかできなかった」

椀に水を入れて来たしま婆さんが言う。墓の前まで行き、墨をする。義城房と浄顕房の字だけは、何度も練習して書けるようになっていた。

「右が浄顕房様、左が義城房様」

言われるとおり、丸石にそのまま書きつける。いかにも稚拙な字だが、せめてもの弔いだった。

しま婆さんと並んで手を合わせる。口から出たのは二人とも、南無妙法蓮華経だった。

「見助さん、これからどこに行きなさる？」

立ち上がったとき、しま婆さんが訊く。

「西国の方です」

「都かい」

「そのずっと西です」

対馬と答えたところで、しま婆さんに分かるはずはなかった。

「そんな遠くに何をしに」

「日蓮様の使いです」

他国侵逼を探るためと答えても、しま婆さんが解するはずもない。

「それはまあ、御苦労さん。それで今夜はどこに泊まるのだい」

「まだ決めていません」

「それなら、うちのあばら屋でも泊まったらどうだね」

渡りに舟には違いなかった。礼を言い、しま婆さんについて、家まで行く。貧相な家が密集していて、中には傾きかけ、互いに支えあっている小屋同然の家もある。それでも煮炊きする匂いは漂っていた。

ほんの目と鼻の先に六年もいながら、しま婆さんの家にはいるのは初めてだった。拾い仕事から帰ったのか、何回か見かけたことのある亭主が道具箱を片付けていた。見助は栄屋のおかみから貰った干物を差し出す。しま婆さんがさっそく夕餉の仕度に取りかかる。

「草庵の跡を見るにつけ、胸が潰れる思いがする」

問わず語りに亭主が言った。「考えてみれば、あそこに日蓮様はじめとして、お前さんがたがいた頃が夢のように思える。この近在の者もみんなそう言い合っている。もう日蓮様は、ここには戻って来られないだろうね」

「いえ、いつかは立ち戻りたいという願いはあるようです」

見助は正直に答える。宿屋様への書簡にはそう書かれていたはずだ。

「それでも、この松葉谷はこりごりと思っておられるだろうね」

「さあ」

「もしまたここに来られるのなら、みんな集まって、前の草庵よりもっと大きなものを建てようと言い合っている。日蓮様に会うことがあれば、そう言ってくれないか」

「ありがとうございます」

見助は礼だけを述べる。これぱかりは日蓮様の胸三寸で決まる事柄だった。

夕餉は、蓮を米に混ぜて炊いた玉井飯だった。補陀落山寺では食べたことはあっても、鎌倉では食したことはない。しま婆さんの心づくしに違いなかった。あおさ汁と干物を腹におさめながら、しま婆さんと食事を用意した日々を思い出した。

「このあたりの住人は、日蓮様の法話が聞けなくなったと嘆いている」

亭主が言う。

「また日蓮様に戻って来て欲しいと、みんな言い合っているんだよ」

しま婆さんがつけ加える。

「今度戻って来られたときは、みんなで力を合わせて、前の草庵より頑丈な家を造る覚悟をしている。なあに、力を合わせればできないことはない。金に余裕がある者は金を出し、物が余っている者は物を出し、金も物もない者は力を出す。そう言っている。わしなど何もないが、大工の腕だけはあるので、性根入れて働かせてもらう」

「そのときは、ならず者たちが容易にはいって来れないように、塀を造る話も出ているよ」

しま婆さんが言う。「日蓮様は戻って来られるかね」

「必ず、この鎌倉に立ち戻られるはずです」

見助は言い切った。

「やはりそうかい」

しま婆さんの顔が輝く。

「そのときは、二度とあんな狼藉はさせない」

亭主も目を輝かせて言った。

その夜、粗末ではあるがよく日に当てた藁布団にくるまりながら、見助は容易に寝つけなかった。

日蓮様が鎌倉に戻って来るとすれば、自分も対馬からここに戻らなければならない。それはいつになるのだろうか。来年は無理だろう。さ来年かもしれない。そのとき、日蓮様はこの鎌倉で無事に説法を広げているだろうか。それとも、再び災難が降りかかっているだろうか。

正しい教えを説けば、必ずや法難がやって来る。法難がなければ、その教えが正しくない証拠だ。いつか日蓮様の口からそう聞いたことがあった。

とすれば、鎌倉に立ち戻った日蓮様に、法難が立ちはだかるのは当然だ。ふた月半前の松葉谷の法難では、かろうじて命は助かったが、次の法難ではどうなるのか。

そして万が一、日蓮様の身の上にもしものことが起きたとき、その手足と耳目（じもく）の代わりになって対馬にいる自分は、一体どうなるのか。手足と耳目だけが生きていけるはずはない。暗闇の中で見助の頭は冴（さ）える一方だった。

二、再びの実相寺

翌朝暗いうちに、しま婆さんと亭主に見送られて松葉谷を出た。余裕はないはずなのに、しま婆さんは炒米（いりごめ）を持たせてくれた。

滑川にかかる橋まで来て、薄明かりになり、海の輪郭が見えた。極楽坂を抜けた頃に夜が明ける。寒風の向かい風に難渋しながら歩き、藤沢、懐島（ふところじま）、大磯（おおいそ）に至った。日蓮様とこの道を往復したのが思い出された。大磯を過ぎる頃には日が傾きかけ、先を急ぐ。酒匂に至ったときも、まだ薄暮で、見助は足柄路に向かう。

日蓮様が書いてくれた図面は、もう頭に入れていた。寺に泊まらず、安宿に寝ぐらを求めるつもりにしていた。日が暮れたのは、関下の宿だった。安宿の板敷の上には一面に藁が敷きつめられ、薄い藁布団さえも配布されなかった。同宿は十五人ほどいて、男女の区別もない。横に寝たのは年増女で、寝入ろうとするたびに身を寄せてくる。笈に手をかけられるのを懸念して、笈を抱くようにして寝た。明け方、厠に立つときも笈をわざわざ背負った。

翌日は凍えるような寒さで、路肩には霜柱が立った。歩いても歩いても体は温もらない。小休止でもしようものなら、たちまち体は冷えた。明るくなり、行き交う人々の数も増える。誰もが体を縮め、口もきかない。

道は険しく、足柄路を選んだことを悔やんだ。日が暮れたのは黄瀬川の宿で、前夜同様の安宿を探し当てて夜を明かした。足柄路がこの宿でほぼ終わりと聞いて安堵したものの、夜中に蚤に襲われ、安眠からはほど遠かった。

翌日は穏やかな日和で、早朝から富士の姿が拝めた。昼前に車返の宿、昼過ぎに原中宿を過ぎ、宿をとったのは田子だった。そこから目ざす実相寺は近いはずで、次の日にはあの伯耆房や松とも会える。そう思うと、夜の寒さも気にならなかった。

翌日も晴れで、宿を出たのは明るくなってからだ。道を覚えているか心配したのは杞憂だった。ともかく富士に向かって進めばいいのだ。

昼過ぎに実相寺の門の前に立った。境内を進むにつれて読経の声が大きくなる。破戒僧が多いと伯耆房が言っていたが、そうでない僧もいる証拠だ。左手奥の畑に足を向ける。寒さの中でも大根や菜類が青々とした葉を見せていた。手入れが行き届いているのが一目瞭然だ。しかし松の姿はない。

厨の方に戻りかけたとき、川から上がって来る男が松だった。声が聞こえるはずもないので、見助は頭の上で両手を振る。松が立ち止まり、両手の水桶をおろした。ようやく分かったようだ。そのまま駆け寄って来る。

一体どうしたのだという顔で、盛んに手真似をする。

「旅の途中で、寄りました。一泊させて下さい」

指を立てたのが分かったようだった。見助は一緒に水桶のところに戻り、どのあたりに水やりをするのか訊く。大根が植わっている所らしかった。松は柄杓、見助は手で水をかけ終わる。

見助が背負っていた笈を、松が代わりに担ってくれる。厨の中では、もう六、七人が夕餉の仕度をしていた。

「見助ではないか。やっぱり戻って来たか。鎌倉よりはここがいいだろう」

寺男頭の辰が言う。

「旅の途中です。一夜の宿を借りに来ました」

見助が頭を下げ、傍にいた松も辰に向かって揉み手をする。

「たった一夜か。遠慮せずに何夜でもいいぞ」

辰が笑う。「よし、今夜は客人だ。何もしなくていい」

「いえ手伝います」

「いや必要ない。それよりも、あの日蓮というお方は達者か」

「はい、今は下総におられます」

下総と言っても、辰に分かるはずはなかった。

「あの方は、ちょっと違っていた。伯耆房がぞっこん惚れ込んでいたのも分かる」

辰が真顔になる。「おい松、伯耆房も見助に会いたがっているだろう。見助を連れて行け」

辰が松に言う。片手を上げただけで、松は理解したようだ。見助に来いといい、外に連れ出す。中庭をいくつか折れ、細い廊下の前に出た。どうやら松は、どの僧がどの時刻にどこにいるのか分かっているようだった。

廊下をこぶしで叩いたあと、見助に声をかけろと促す。

「伯耆房様、見助です」

二度呼ぶと、戸が開く。さすがに驚いた顔だ。見助は頭を下げる。

「旅の途中、寄らせていただきました」

「見助殿、お元気でしたか。日蓮様は？」

「故(ゆえ)あって鎌倉から下総に移られました」

「下総へ？」

「はい、そこで静養されています」

鎌倉で何かあったのを、伯耆房は察したようだった。

伯耆坊が廊下の中程を指さす。気がつくともう松の姿はなかった。草鞋を脱いで階段を上がり、廊下づたいに伯耆房の部屋にはいる。そこが伯耆房のために用意された小部屋のようであり、文机と五、六冊の経典のみが置いてあった。

問われるままに、見助は松葉谷の出来事を語ってきかせる。話すにつれて、当時の有様が想起されて胸が塞がった。

「百五十人もの念仏衆が襲うのは、尋常なことではありません。このあたりならいざしらず、鎌倉で起こったのです。やはり強力な後ろ楯がないとできません」

まだあどけなさの残る伯耆房が、思慮深い表情になる。

「その前に、日蓮様は立正安国論を、前の執権の北条時頼殿に差し出されています。それが遠因だと、日蓮様も踏んでいます」

「立正安国論の内容については、日蓮様がここで閲蔵されていたときに、聞いたことがあります。その論が完成したのですね」

「完成した一巻を、檀越の宿屋様を通じて、時頼殿に呈上(ていじょう)されたのです」

「となれば、もう間違いありません。念仏衆を煽動(せんどう)したのは、幕府そのものでしょう」

伯耆房が顔を曇らせる。「で、日蓮様は下総に今後も留まるのですか」

「いいえ、再び鎌倉に戻られるはずです」

「決死の覚悟でおられるのですね」

伯耆房が頷く。「第二、第三の法難も、日蓮様は当然と思っておられる。そこで命を断たれるなら、それも釈尊の、そして法華経の意志の表われだと考えておられるのでしょう」

伯耆房が口を一文字に結び沈黙する。見助も継ぐ言葉がなかった。

「して見助殿は、これからどこに行かれるのですか」

我に返ったように伯耆房が訊いた。

「対馬に向かいます」

「対馬？　あの朝鮮に一番近い島に？」

十五歳とは思えない伯耆房の知識に、見助は圧倒される。

「はい。日蓮様の代わりとして赴きます」

まさか日蓮様の手と足、目と耳の代わりになるとは言えなかった。

「自らの立正安国論を検証するためですか」

「はい。その中で日蓮様は他国侵逼の難を強調されており、それをいち早く確かめるのが目的です」

「いかにも、自ら吐いた言葉に責任を持つ日蓮様らしい。あの方の言葉は、あの方の体の中を流れる血と同じで嘘偽りがない。とはいえ、対馬まで行くことも、そこに留まることも、大変な難事です」

改めて伯耆房の口から言われると、前に立ちはだかる山が途方もなく高く見える。いかに高くても、引き返せないことは分かっている。

「しかし見助殿ならやれると、日蓮様は見込まれたのでしょう。これは日本国にとっても大切な任務です」

伯耆房が澄んだ眼を見助に向ける。

日本国という言葉は、日蓮様もたびたび使った。おそらく伯耆房も、ここ実相寺で日蓮様と接するうちに学び取った言葉に違いない。

「明日は早いのでしょう。明朝必ず見送ります」

伯耆房から言われて退室する。

その夜は、寺男たちと夕餉を取り、松の横で寝た。寺男頭の辰の他四、五人は、夜が更けるまで博打をし、隠し持った酒を飲んでいるようだった。

翌朝、まだ暗いうちから寺男たちは起き出す。前夜遅くまで博打に興じていた者たちも、目をこすりながら、朝餉の仕度にとりかかる。旅仕度を整えた見助は、辰の所に挨拶に行った。一夜の宿と夕餉を食わせてもらったのは、寺男頭の厚意だった。

「これを持って行け。干飯だ」

辰が袋を差し出す。何日分もありそうな量だ。見助はありがたくいただく。

「食いはぐれそうになったら、いつでも戻って来い。見助なら置いてやる」

辰が笑う。

松と一緒に厨房を出て、門に向かう。門の下で伯耆房が待っていた。白い封書を差し出す。

「これは、見助殿をよろしく頼むという書付です。天台のお寺であれば、これを見せれば、宿と食はなんとか用意してくれるはずです。私には、こんなことくらいしかできません」

「ありがとうございます」

見助は頭を下げる。これで書付は、日蓮様と千葉頼胤様、そして伯耆房のものが加わる。何かのときには鬼に金棒だ。

暗い中、二人は見助が角を曲がるまで見送ってくれた。

三、京都まで

京都までは、あと十日と思い定める。正月元旦には都に辿り着けるかもしれなかった。

日蓮様が書いてくれた図面には、主な宿と近くの寺の名が記されていた。しかし寺に泊まるのは気が引けた。僧侶でも修験者でもない旅人に、いくら書状があるとはいえ、二つ返事で軒下を貸してくれるとは思えない。それよりも安宿のほうが気を遣わなくてすむ。蚤がたかってくるのは仕方がない。もうあちこちに掻き傷ができていた。

夜が明ける頃になると、風が向かい風に変わった。往来する旅人も、先を行く者は腰をかがめ、向こうから来る者は背を伸ばしている。ふと右に眼をやると、富士がくっきりと姿を現していた。ありがたかった。急に足が前に進む。途中で寺男頭の辰がくれた干飯を嚙み、竹筒の水を飲んだ。

辰は、ここに来れば一生食いっぱぐれはないと言ってくれた。しかし食うためであれば、寺男でなくても生きていける。ひとつの寺にあと十年、二十年と留まるのは、とても今の自分にはできそうもない。

伯耆房とて同じだろう。目下修行の身だから留まっているものの、いずれ日蓮様の許で身を修めるに違いなかった。

そして日蓮様自身も、ひとつの場所に留まる人ではない。鎌倉はあくまでも足がかりの場と考えておられるはずだ。

片海で生まれた日蓮様が、清澄寺を起点として、鎌倉そして京へと上られ、また下る生活を何年も続けておられる。きっと、流浪は当然と思い定めておられるはずだ。となれば、日蓮様の手足と耳目になった我が身も、日々の流浪が、我が人生になるのは当然だった。

そう、この一歩一歩が我が人生なのだ。鎌倉から対馬まで動くのが人生であり、そこから日蓮様の元に帰って行くのが人生だった。

対馬には何年留まるのか。敵が対馬に上陸するまでだ。上陸を見届けるのが任務なのだ。そしてこの眼で見た一部始終を、いち早く日蓮様に報告するのが仕事だった。

伯耆房が口にした言葉も耳に残っている。この任務は、日本国を護るためでもあるという。まさかそんな任務が、この両肩にのしかかっているとは思えない。

下総の千葉様も富木様も言っていたとおり、対馬には守護がいるはずだ。守護は鎌倉幕府の、いわば手足耳目のようなものだろう。敵の侵入を日々見張るのが任務ではある。日本国を護るのは、むしろ守護だろう。

向かい風が弱まり、見助は腰を伸ばす。右手を眺めると、雪を厚くいただく富士山が鮮やかな山容を露(あらわ)にしていた。行き交う旅人の数が増えている。前を行くのは駕籠で、そんなに豪華ではない。老夫婦と若夫婦が付き添っている。追い越しながら駕籠の中に眼をやると、中に坐っているのは幼児二人だった。その前を行くのは、首に大きな袋を巻きつけた中年の夫婦で、その脇を頭陀袋を下げた老尼僧が行く。

追い着いた見助をさらに追い越して行ったのは、文箱を前と後ろに担いだ飛脚で、荒い息が見助にも聞こえた。

対馬の守護の少弐氏は、大宰府にある鎌倉幕府の重要な役所の次官も兼ねていると、千葉様は言っていた。大宰府が九州のどこにあるかは知らない。しかし大宰府の次官が対馬の守護でもあるのは、幕府が対馬という島を大切にしている証拠だろう。

ところがと、見助は松葉谷の法難を思い出す。あれは日蓮様が幕府に対して立正安国論を提出したのが遠因だった。その論の中で、日蓮様が強調したのが他国侵逼の難だった。

にもかかわらず、幕府はその日蓮様の警告に耳を傾けるどころか、問答無用とばかりに襲撃を後押しした。そんな幕府であれば、九州の重鎮である少弐氏にも、注意など促しているはずがない――。

考えれば考えるほど、伯耆房が漏らした言葉が重みをもってくる。今、背中に笠を負っている。しかし負っているのは笠だけでなく、なるほど日本国なのかもしれなかった。

右手にそびえる富士山をもう一度仰ぐ。この先、いつの日かここに立ち帰るだろう。そのとき日蓮様に新しい情報をもたらしているはずだ。

道行く人々の数がまた増えている。老若男女、貴人もいれば乞食さながらの旅人もいる。荒い息を吐きながら追い越して行く飛脚もいれば、さらに風を切ってそれを追い越す早馬もいる。

とはいえ、日本国を背負い、他国侵逼の情報を把(つか)む任務を担う旅人は、おそらく、いや間違いなく自分ひとりだろう。

あとひと月の旅を終えて、行き着く対馬とはどんな所だろう。島だから、周囲を海に囲まれている。そこここに港があり、漁民もいよう。そうなると、育った片海と大して違わないのではないか。いわば、海と陸の境目での生活がそこに待ち受けているのだ。

鎌倉では、海が近いとはいえ、海辺に出たのは数えるくらいしかなく、まして舟で沖に出る機会もなかった。対馬では、片海と同様、舟が身近になるはずだ。知らない土地ではあっても、片海に戻って行くのだと思えば、随分と気が楽になる。

蒲原(かんばら)の宿まで来ると、もう富士山は振り返らなければ見えなくなった。日が暮れるまではまだ間があり、宿をとったのは興津(おきつ)だった。海が近く、路地をはいった家々の前には小魚が干してある。塩を焼く匂いも漂ってきて、見助は片海を思い出しながら、夕餉の貝汁を吸い、焼いた小魚を腹がくちくなるまで食べた。海辺で暮らす限り、どんな難事があろうと暮らしていける気がした。

安宿でくるまったのは藁布団ではなく、茅を細かく編んだだけのものだった。蚤にも食われず、波の音を聞きながら眠りに落ちた。

波の音で目が覚め、外を見ると小雨だった。雨が上がるのを待つわけにはいかず、草鞋を新しくし、笠と蓑で身を覆って暗い中を外に出る。焼米を噛みながら歩くと、小雨も苦にならない。時折、顔を天に向けて雨を口の中に入れた。富士山は見えず、この先数ヵ月あるいは数年、お別れだった。

街道の海側にある松林が黒々としていた。時折、獣の吠えるような波音が届く。ようやく清見まで来て明るくなり、雨がやむ。早くも海に舟が出ていた。道の両側には、松林がどこまでも延びている。宇渡浜まで来ても、海はなかった。

そこから先は野辺の道になる。北に高い峰が望め、山頂から半ばまで雪をかぶっている。

昼過ぎに手越の宿を通った。幸い宿場には仮名の看板もそこここにあって、人に訊かなくても分かった。おそらく女、子供のためなのだろう。そこから先は山道になった。両側は深い木立ばかりで、それが切れると峠に行き着く。修行僧が二人、道端で小休止しているのは、太縄で編んだ竹だった。休んだあとは畳んで持ち運びができる。旅慣れた僧であるのが分かる。

ようやく下り坂になり、今度は前から登って来る連中が、頭を下に向けて歩いて来る。顔を上げるのは休むときで、恨めし気に峠の方を見やった。

藤枝の宿で平坦な道になり、日が暮れる頃、前島に着いた。まだ薄暮に至ってはいないものの、この先を急ぐには疲れ過ぎていた。夕餉をとり、店の主人が勧めた安宿で一夜を明かした。

翌朝目を覚ましたとき、周囲は明るくなっていた。朝餉は前夜の飯屋でとって、冷風の中を歩き出す。四方の眺めがよく、左はどこまでも続く田畑、右にはなだらかな丘とその先の山々が見える。島田宿を通ったのが昼少し前で、すぐに大井川に出た。水かさが少ないのは、冬枯れのおかげかもしれない。川筋はいくつにも分かれて、中の島を縫うようにして、浅瀬の渡りができていた。せいぜい深くても太股くらいまでしかない。渡れない子供は、大人が背負っていた。川の水はさすがに冷たく、中の島に上がるたびにほっとする。すべて渡り終えるのに半時を要した。

これが水量の多い時期であれば、中の島も隠れてしまい、もはや渡るすべはない。船橋を掛けるには川幅が広すぎ、舟を出そうものなら激流に流され、対岸には行き着けまい。水かさが減るまで、何日も待つしかなかろう。

それを思えば、川水の冷たさなど気にならない。対岸の小さな宿は播豆蔵(はつくら)で、次の菊川(きくがわ)の宿との間はさほどの道程(みちのり)はなかった。しかしそこから先が再び峠越えの道になる。小さな峠を越すとその先にも峠があり、見助は何度か竹筒の水を飲む。深い木立に遮られて、風がないのが幸いだった。やがて左側の林が切れて、枯野が見渡せた。右側の深山(みやま)からは時々鹿の声が響く。深い谷を抜けて、ようやく左右の眺望が開け、枯すすきの波の間をひたすら歩く。日が傾いたのは掛川(かけがわ)の宿で、前方に平坦な道が続く。これなら日暮れまで歩けそうだった。

　袋井(ふくろい)の宿まで来ても、まだ暗くはなっておらず、四方が見渡せた。海が近いのか、湖か潮海(しおうみ)か分からない湖沼(こしょう)があちこちにある。ようやく暗くなって、今之浦(いまのうら)に宿をとった。あばら屋であっても、風除けの垣根はしっかりしており、終夜の風音にもかかわらず隙間風には悩まされなかった。

　この宿の先にあるのが天竜川(てんりゅう)らしく、朝の仕度をしていると、旅芸人風の一団が、そこでの難事を話しているのが聞こえた。川を渡る際、筏(いかだ)に乗せた人数が多過ぎて傾き、老女ひとりが流されたらしい。その女が助かったかどうか、たぶん衣がからまって手足が自由にならず溺れたろうと、男が言う。飛び込んで助けようとした者がいなかったのも奇妙だと、別な男が言い、それならあんたが飛び込めばよかったのにと、連れの女が言い添える。

おれが飛び込もうとしたのを、袖を引いてとめたのはお前ではなかったかと男は言い返す。いずれにしても命はなかろうと言い合って、座はしんみりとなった。

ようやく薄明になって川岸に辿り着く。なるほど水量も多く、川幅は優に三町はあり、流れも速い。歩いて渡った大井川とは大違いだった。岸に並ぶのは舟二艘に筏が一枚だった。もう十数人の旅人が待っていて、渡り賃は筏渡しのほうが舟の半分だという。十人ほどが筏に乗り、見助は他の六人とともに舟を選んだ。しばらく待たされ、九人になったところで漕ぎ出す。

途中で川床に棹が届かなくなり、水夫は櫓に持ち替えた。櫓といっても、櫓杭にはめ込まれたものではなく、単に厚板に柄をつけただけの代物だった。それを舟尾脇でかいて操る。流れが速いので、横がきするだけで舟は進み、筏を追い越した。筏の乗客は、前日ひとりが流されたとは聞かされていないのだろう。誰もが物見遊山の顔だった。

下船した先にも平らな道が延びている。ところどころに脇道があり、何人かがその小路の方にそれた。訊くと、道の奥に御堂があり、旅の無事を祈るため、たいていの旅客はそこを訪れるのだという。遠くはないはずだと聞いて、見助もついて行く。

小ぶりな御堂の中は、木像の観音様だった。参る人も多いのか、新しい野菊や芒(すすき)が竹筒にさしてある。御簾(みす)の端に、こよりにした紙が二十以上結びつけられている。旅の無事を祈る願掛けに違いない。隣の妻女が合掌して、南無阿弥陀仏と唱えるのを聞き、見助は南無妙法蓮華経と口にする。

道の先は再び往還に合流していた。周囲はどこまでも続く野原であり、南には白い浜が何里にもわたって広がっている。松の間を潮風が吹き抜けてくる。木々の間には点々と小屋が立ち並ぶ。海が見え、波音が届くと見助は安堵する。いくら歩いても疲れを感じないのだ。すっかり日が上がり、水辺に立つ樹木と、水面(みなも)に映るその影までが眼にはいる。

樹木と水面、そして白砂の配置が、これ以上はない美しさで広がっていた。富士が山の華であれば、ここは水辺の華だった。

見助は歩を緩める。急ぐ必要はない。旅でなければ味わえない風景だ。頭上をかもめが飛ぶ。目をこらすと、かもめは水面にも岩の上にもいた。

不意に死んだ貫爺さんが思い出された。貫爺さんはかもめを集める名人だった。干飯でも焼米でも、口の中で嚙んで柔らかくする。吐き出して丸めたものを、宙に高く投げ上げる。すると周囲を飛んでいたかもめが、目にもとまらない速さで突っ込み、丸めた米をひと飲みする。それは煮豆でもよかった。岩の上に坐り、これみよがしに食べていると、かもめが集まり、十数羽が頭の上を旋回しはじめる。

豆をひとつ思い切り投げ上げると、数羽が一斉に飛びかかる。かもめ同士の喧嘩はない。運良く口に入れた者が勝ちで、取り損なった者は、そ知らぬ顔で行き過ぎ、次を狙うのだ。

貫爺さんが生きていて、この景色を見れば何と言うだろうか。いや、貫爺さんはやはり片海が一番美しいと言うに決まっている。

中洲の先に黒々と群れているのは鵜だった。かもめと違って、やたらと無駄には飛ばない。半分くらいは眠りこけ、残りの半分は日なたぼっこを決め込んでいる。

昼近く、池田の宿を過ぎても、街道からは白い砂浜とどこまでも続く松林が見渡せた。海風が松の枝を鳴らし、白波が幾重にも重なる海が眺められる。そんな中にも筵帆を立てた舟が何艘も出ていて、漁をしていた。

北側は湖水で、岸に人家が連なっている。突き出た岬で家は途切れ、次の入江の岸に別の集落がひとかたまりになっていた。湖水にかかる橋の上で、明らかに遊女らしき五、六人が、南と北を交互に見てははしゃいでいた。今日はこの宿、明日は別の宿というように、このあたりの宿を行ったり来たりしているのだろう。

人の心を和ませるこうした地にある宿なら、旅人も遊女を取りやすくなるのは当然だ。終日松風と潮騒を耳にしながら、遊女と枕を共にするのだろうか。

とはいえ、自分は遊女とは無縁の身だった。これまでも、心を通わせた女人はいない。この先も同じだろう。日蓮様も同じく、枕を共にした女人はいないはずだ。

その日蓮様の手足耳目になっている自分が、これから先、遊女はおろか女人を知ることもあるはずはなかった。

夕暮れどきに橋本の宿に着き、ここを一夜の宿と決めた。飯屋で出された青のりの吸い物と、芽かぶの醤酢あえと粟飯に久しぶりに舌鼓を打った。

夜はさすがに寒気が増すものの、雨の気配はなく、茅を厚く束ねただけの壁から吹き込む隙間風に悩まされた。松風と波の音も耳に届く。夜音に目を覚ますと、風の音とは異なる人の声も、茅壁の向こうから途切れ途切れに聞こえた。壁の向こうは小部屋になっているらしく、か細くも強い女の声と男の声が混じり合う。安宿を稼ぎの場にする遊女の声は、耳を閉じるわけにもいかず、なるべく松風だけを聞くように努めているうちに、女の声がしなくなる。どうやら事は終わったようだった。

翌日も朝まだきに宿をあとにする。誰よりも早い出立で、街道筋に人影は少ない。

有明（ありあけ）の月を頼りに急ぐ。松風と波の音は相変わらず競い合っている。ようやく薄明になる頃、道は登り坂になった。後ろを振り返ると、日が昇る前の明るさの中で、入り組む湖沼と海辺の白浜、点在する松が、さながら一幅の絵のようだった。あちこちの家から白煙が上がっている。それでも海にはまだ舟の姿はない。波音も松風の音も響かず、無音の中で景色も動かない。見助はしばらく足をとめ、東の空が明るみを増すのを眺めた。後ろから登って来た夫婦連れと見える若い男女も、見助にならって一瞬後ろを振り返る。

どうやらこの先、道は海から離れるばかりのような気がした。海の見納めだった。

先を行く若夫婦には峠近くで追いつき、ここが高師山（たかしやま）で、三河（みかわ）と遠江（とおとうみ）の境だと知らされた。日蓮様の図面には、いくつもの国の名が書き記してはあったものの、覚えきれずそのままにしていた。

山裾は竹林になっていて、その縁に萱屋（かやや）が一軒ぽつんと見える。まだ白煙は立っていない。どういう住人がどうやって生業（なりわい）を立てているのか、見助は心配になる。

峠を越えてから雲行きが怪しくなる。にわか雨が待ち受けているのは確かで、見助は背中の笠と蓑を身につける。

道は谷にさしかかる。崖から白糸のような水が垂れて、所々で水しぶきをあげている。そこに驟雨が降り出して雨と水しぶきが重なり、行く手を阻んだ。

昼頃通り過ぎたのが渡津の宿だった。茶店で小休止し、朝餉代わりに、とちの実のだんごを口にした。隣に坐った年配の商人から、この宿が新しいことを知らされた。以前の旧道は北回りで、そこに豊川の宿があったらしい。今はさびれて見る影もないと、その旅客は言った。知り合いがいるので、三河から遠江に行くたび往路はこの渡津、帰りはその豊川路を通るという。

仮にまた帰るときがあるなら、豊川まわりの方をしてみたいと見助は思った。

街道筋に柳が植えられ、雨風が柳の枝を鞭のように揺らしている。これが夏であれば、木陰で憩う所にもなろうが、今は急げ急げと鞭打たれているようだ。

柳が切れると、行けども行けども道は野原から抜けられない。枯野が雨に叩かれて一面に揺れていた。笹の原の中には、幾筋もの小路ができている。獣道ではなく、どこかに向かう道のはずなのに、行く手には人家も見えなかった。

昼過ぎて豊川の岸に着く。雨のためか、川の流れは豊かで、舟が通えるか心配された。しかしそれでも小舟が両岸の間を行き交っているのを見て、渡し場に降りて行く。十人ほどが乗る舟で、水手は櫓を使った。老人なのに漕ぐ腰つきもよく、見助が櫓捌きに見とれているうちに対岸に着いた。

川の先にも野原が広がり、人家はまばらだった。雨が止んだのは赤坂(あかさか)の宿を過ぎてからで、行く手はゆるやかな登り坂になっていた。ぬかるむ道の登りは難渋する。草鞋が半ばすり切れ、裸足も同然だった。峠にさしかかる手前で緒が切れ、そこから先は潔く裸足になった。泥道はむしろそのほうが歩き易い。

下りの途中に山中という小さな宿があり、そこで足を洗い、新しい草鞋に替えた。茶屋で飲んだ甘露水(かんろすい)が臓腑に沁み入った。次の宿までは難路ではないと聞き、よしと声をかけて腰を上げた。

この先、対馬までの道程が思いやられた。まだ三分の一も来ていないはずだ。それなのに、音(ね)を上げる自分がいて情けない。日暮れどきに矢作(やはぎ)の宿に着いて、ここで一夜を明かすことに決める。宿の井戸端では、既に何人かが濡れた体と汚れた足を洗っていた。中には下帯だけの女もいて、豊かな胸が露(あらわ)だった。

それに背を向けて、見助は大桶から小桶で水を汲み、全身を洗う。冷え切った体に、井戸水は却って温く感じた。脇の方では薪が燃やされていて、下帯だけの男女が冷えた体を暖めていた。お互いどこから来て、どこに向かうのかを聞き合っている。訛(なまり)が違って細部は聞き取れなくても大よそは理解できる。

たいていの者の行く先は、都だったり東国だったりで、九州まで行く旅人など、ひとりとしていなかった。

この宿で久しぶりに板床の上に寝た。隙間風もなく、蚤も寄ってこない。宿とひと続きになっている飯屋で口にしたのは、松茸、平茸、舞茸だった。焼いた三種が笊に山盛りになっていて、味噌か醬、あるいは塩をつけて食べる。もう今年の食べ納めだという。

添えられていたのは、これも焼いた猪の干肉で、鮒の塩辛をつけて食べた。添えられたしじみ汁も旨かった。

翌朝は、前日とはうって変わって晴天になった。炉の前で乾かした衣と下帯を笈の中にしまい、星月夜の下、宿を出た。稲を刈り取られたあとの田が左右に広がっている。沼にはもう早起きの白鷺が出ていて、餌をついばんでいた。

湖沼の中にいくつもの中洲があり、二つの木橋がかけられていた。ここが八橋の宿とは名づけて妙だった。旧い橋はそのまま朽ち果てるにまかせるのか、橋板はなくなり、橋脚だけが七、八本残っている。八橋と言うのは新旧の橋がいくつもあるからで、実際の用をなしているのは二橋だけなのだ。いわば橋の墓だった。百年も前の橋は、おそらく橋脚さえも残っていないはずだった。

そこから先は一面の野原で、ゆるく吹く寒風に背を押されながらひたすら歩く。風の中では立ち止まる旅人さえなく、話し声さえしない。夜が完全に明ける頃、山道にさしかかり、左側に海が眺望できた。雲ひとつ浮かばない空と海が、今はひと続きになっている。山道を下った先は広々とした潟(かた)で、千羽いや万羽の鳥たちが群れている。人には馴れている風情で、干潟の道を人が行き交っても飛び立つ気配がない。鳴海(なるみ)とはよく名付けたもので、波音よりも、鳥たちの鳴き声のほうが優っている。浜路を踏み続ける間、ずっと鳥の声が絶えなかった。

日がようやく傾きかけた頃、前方に深い森が見えた。樹木の上が、何か布をかけたように、ほの白い。近づいて納得がいく。白鷺の群で、まだ次々と干潟の方から森に戻って来る。戻って来た鷺の勢いに気圧されて飛び立ち、別の枝に移るものもいる。交わす声がかまびすしい。

こんもりとした森の下には、朱の垣根がところどころにのぞく。夕日に照らされて、目を射るような朱色に輝いている。そこが熱田宮(あつたぐう)で、日蓮様の図面にあったのを前夜確認していた。日蓮様が記した以上、かつて日蓮様も参られたはずだった。

境内は木暗かった。神殿脇の木々の枝に、何百という紙こよりが結びつけられている。それぞれが願掛けなのだろう。願いがかなうとすれば、見助の望みはひとつだ。対馬に無事着きますようにと、他の参拝客に混じって手を合わせた。

日の暮れ方は早く、熱田の社（やしろ）を出たとき、ひと息に道が暗くなる。道を急ぐ旅人がいるのは、次の宿が近い証拠で、見助は歩を進めた。昼間よりも寒気が増していた。

案の定、次の萱津（かやづ）の宿には、日が暮れる前に着いた。

翌日、まだ暗いうちに宿を出る。吐く息がまだ白い。とはいえ、泥のように眠ったおかげで、足には力が戻っていた。

干飯を嚙みながら歩く。片口鰯（かたくちいわし）の干したものも合わせて嚙む。かすかな塩気にうまみがあった。日々歩いていると、食っているものがすべて足の力になっているような気がする。頭の中で考えることも少ない。体全体が足になっていた。

時折、日蓮様のことがしのばれた。今頃はまた鎌倉に戻っておられるのだろうか。それともまだ下総で静養されているのだろうか。

再びの災難を覚悟して鎌倉に戻られるとして、万が一、命を落とされるようなことがあれば、自分はいったいどうなるのだろうか。体が死に、手足と耳目が生きていても、何にもならない。

まだ薄暗い道を歩きながら、そこまで考えて首を振る。日蓮様が死ぬなど、思ってはならないことだった。

日が昇り、焦げた匂いの正体が、周囲の焼野のせいだと分かる。一面の桑畑もたいていが葉を落とし、小さな家が点在している。道に近い家の庭では、老女が桑の葉を平笊(ひらざる)の上に散らしている。蚕(かいこ)を飼っているのだろう。奥の畑では男が鋤(すき)を踏んでいた。庭先に出てきた幼子二人が何か叫んでいる。

焼野と桑畑を過ぎると、笹に覆われた原に出る。放たれた馬があちこちに散り、栗色の腹を朝日が照らしていた。どこからか雉(きじ)の鳴き声も届く。

その丘を下った先の川には浮橋がかけられていた。行き交う人々は足元を見ながら、用心深く船に渡された板を踏む。渡り終えたとたん、安堵の息が出る。いかにぬかるんだ道でも、足元がおぼつかない舟橋よりはましだった。

渡った先は、見渡す限りの麦田だった。道はその間を縫っている。まるで田の畦を歩いているような錯覚がする。

日が真上に上る頃、大河の前に出た。河口の先に海が広がっている。ゆるやかな流れで、渡し舟の同乗の男女の話から、これが木曾(きそ)川だと知った。

舟渡りの先は田畑続きで、所々に池が掘られていた。

田畑の間をひたすら歩き、夕闇近くになって笠縫(かさぬい)の宿に着き、飯屋で腹を満たしたあと安宿にはいった。夜中、雨音で目を覚ました。翌日の難路を思いやっているうちに、また寝入ってしまう。

翌朝は、夜半からの雨がやみ、一面の霧がかかっていた。雨に降られるよりはましで、薄明の中を出立すると、すぐに山道にさしかかる。両側に山がそびえ、谷あいの道は霧に閉ざされているうえに、なおも暗い。向こうから下って来る旅人や、こちらが追いつく旅人に出合うと心強く感じる。

前夜の雨で道がぬかるみ、途中で緒の切れた草鞋を投げ捨て裸足になる。さすがに地面は冷たく、道を横切る細流を渡るとき、清水のほうが温く感じた。

わずかに霧が薄くなったとき、古い関所の跡を通り過ぎた。茅葺き屋根にも草が生え、板庇(いたびさし)も傾いている。耳を澄ますと、谷川の音がかすかに届く。なおも進むと、崖の半ばから清水が湧き出していて、その落ちる音だったことが分かる。何人かが手で清水を掬(すく)い、口に運ぶ。見助もそれにならう。竹筒には宿の井戸水を詰めていたが、それを空けて、清水を入れ直した。

霧がようやく晴れたのは昼近くで、山頂に立ち並ぶ松が目にはいるようになる。枝ぶりまでが見分けられ、緑色が鮮やかだ。暮れ方に足の疲れを感じて、小さな小野(おの)の宿での泊まりを決めた。夕暮れから暗くなるまでの歩きは気が急(せ)いて、どこか落ちつかない。それよりも、早めに宿を取り、翌朝早く宿を出たほうが、気も楽で、足の疲れも感じにくかった。

翌朝も霧で、この霧が川霧だと分かったのは、川にさしかかったときだった。幸い水深はさしてなく、騎乗の武家のあとをついていけば、太腿くらいまでの深さしかなかった。着物の裾を尻の上までたくし上げて渡る娘もいて、見助はついついその白い尻を眺めてしまう。自分が日蓮様の耳目代わりだと思い返して苦笑する。日蓮様だったら、白い尻などには眼もくれないはずだった。

晴れ渡った空はどこか陽気じみて、冬の終わり、春の予兆を感じさせた。昼間小休止した宿場で、今日が大晦日だと知らされた。明日は正月元日だ。それで行き過ぎる宿場が、どこか気忙しかった理由がのみ込めた。

日が傾きかけた頃、鏡の宿を過ぎ、もうひと歩きして守山の宿で大晦を迎えることにした。今年の食べ納めは、田螺の煮つけと鮎の飴煮だった。飯屋では酒で酔った客が殴り合いを始め、見助は早々に夕餉を終えた。

翌日も朝まだきに宿を出た。星が満天にいくつも残っており、元旦が天候に恵まれるのは確かだ。

日の出前、もう田畑に農夫たちが出ていた。女たちがしゃがんで手を動かしている。田芹を摘んでいるのだろう。小川沿いに柳が立ち並んでいる。白鷺が数羽、餌をついばんでいる。

道端の家は、竹の垣から卯の花が蕾（つぼみ）をのぞかせていた。その先の畑では、農夫が六人、並んで田を打っている。鍬を打ちおろすごとに声を合わせているので、どこか鳴き声を連ねる雁（かり）の群に似ていた。不意に足元にまとわりつくものがあるので驚くと、白犬だった。人に慣れていると見え、村はずれまで追って来る。旅人から何か餌を貰う癖がついているのだろう。年の初めなのに農作に精を出す姿には頭が下がった。元旦に働いておけば、その年の豊作は間違いないと信じられているのかもしれなかった。

道は田畑の中を延々と縫うようにして続く。さすがに行き交う旅人は少ない。草津（くさつ）の宿を過ぎ、さらに野路（のじ）の宿を通り、勢田（せた）の唐橋（からはし）を渡ったあたりで、日は傾いた。それでも対岸の見えない湖面には、まだ舟が出ていた。帰途を急ぐのか、櫓の跡に白波が立つのが眼にはいる。

橋の先でいったん浜辺に出、そこからはゆるやかな上り坂になる。登り詰めたあたりに関所の跡があり、これが逢坂（おうさか）の関（せき）だと聞く。都への入口にこの関跡があるのは、日蓮様の図面で確かめていた。日蓮様がその近くに書き記していた寺の名は、三井寺（みいでら）だった。

前を行く四人の男女の旅人に三井寺への道を訊く。

なのだ。

「ああ、あの焼け寺。それはこっちの道」

指さされた右の方の道を歩きながら、焼け寺とは何なのか解せなかった。寺が焼けているのなら、宿房とてないはずで、泊めてもらえるはずもない。しかも今日は元日なのだ。

しかし懸念は杞憂に終わった。暮れがけに寺の惣門に辿り着くと、門前で篝火が焚かれていて、幾人もの信者が出入りしていた。

信者に紛れて門の中にはいる。樹木の中に建物が点在していて、焼けた御堂などない。しかもこの寺の広大さは並はずれていた。あちこちに建物がある。見助は意を決して、通りかかった若い僧を呼びとめた。

「あのう、一夜の夜露をしのぎたいのですが」

年は見助と同じくらいだろう。さして驚いた様子もなく、見助の旅姿を上から下まで眺めた。慌てて見助は笈をおろし、中を開いて書付を二通さし出す。

僧はおもむろに受け取り、暗がりの中で二通に眼を通した。

「なるほど分かりました」

若い僧が頷く。「行者堂なら誰にも気兼ねすることなく、一夜を過ごせるはずです」

こっちへと言う僧のあとについて、すぐ近くの堂の中にはいった。扉を開けると中は暗く、どうなっているのか見分けられない。目が慣れると、土間を上がった所に狭い板敷があった。

「見助さんとやら、ここには役行者（えんのぎょうじゃ）が祀（まつ）られています。ひと晩、役行者の加護を受けるといいです。あとで夜具を持参します」

言い残して僧が出て行く。

あるいは宿坊に泊めてもらえると期待していた見助は、落胆はしたものの、ひと安心する。拒まれていれば、どこかの軒下で寒気に震えなければならなかったのだ。

元日の今夜、宿坊は出入りが激しく、旅人など受け入れる余裕がないのかもしれない。

荷を解いているうちに、堂の奥にある仏像が眼にはいる。近づいて眺めたものの、どういう仏か分かるはずもなかった。

風が吹き込まないだけでも、ここで寒気はしのげそうだった。蓑を掛け布団代わりにして横になろうとしたとき、扉の開く音がした。

先刻の僧が、丸めた藁布団を背負い、両手に明かりと大椀を持っている。見助は土間に降り、明かりを受け取る。

「何か腹の足しになるのではないかと思い、芋粥を持って来ました」

ありがたく手に取ると、大椀はまだ温く、粥のよい匂いが鼻をくすぐった。「修正会に供したものの残りです。どうぞ熱いうちに」箸まで添えられていて、さっそく見助は口にする。空腹には、涙が出るくらいの馳走だった。最後の汁をすするまで若い僧は目を細めて眺めていた。

「ありがとうございました」

見助は両手をついて感謝する。

「先程の書状をもう一度見せてもらえませんか。星明かりなので、しかと読めなかったのです」

僧が言うので、見助は再び二通を取り出した。僧がまず読んだのは日蓮様の書付だった。

「この日蓮というお方、いくつになられますか」

「はい、確か四十歳だと思います」

自分より十七年上のはずなので答える。

「若い頃、比叡山延暦寺で学ばれたのですね」

「はい、そう聞いています」

「実に奇縁です。ここ三井寺園城寺は、延暦寺の衆徒によって、この百八十年の間に、七回も焼かれています。逆に園城寺の衆徒が延暦寺を焼いたことは一度たりともありません。同じ天台の衆徒でありながら見苦しいことではあります」

「今の寺は焼けたあとの新しい建物ですか」

旅人が焼け寺と口にした理由がようやく分かった。

「焼けるたびに大伽藍は新しく建て替えられました。争いの火種は、すぐ近くにある大津(おおつ)の港に発しています。大津は湖上交通の要所で、豊かな商人が多い所です。土地の帰属はもちろん園城寺です。一方、住人の祭神は日吉社(ひえしゃ)で、自分たちを日吉神人(ひえじにん)と称しています。皮肉なことに、日吉社を延暦寺の衆徒が産土神(うぶすながみ)として篤(あつ)く信仰しているのです。百八十年ほど前、大津の日吉神人が日吉社から離れ、園城寺の新宮に仕えようとしました。これ幸いと、園城寺の衆徒が大挙して日吉祭に押しかけ、神事の妨害に出ました。怒った延暦寺の衆徒が、腹いせに園城寺に火をつけたのです。誠に争いは大津の神事に起因しています。神事と仏事は切り離して考えるべきなのでしょうが」

見助に眼をやる若い僧の顔が、ろうそくの火影で揺れる。「日蓮というお方、延暦寺におられる間に、この係争についても耳にされたでしょう」

僧は再び書付に眼をおとす。筆遣いそのものに見入っている様子だ。

「闊達極まりない筆致には気力が充満していて、お人柄がしのばれます」

そう言い、二通目の伯耆房の書付も広げた。

「駿河国の実相寺については聞いたことがあります。この伯耆房というお方はいくつぐらいか」

「確か十六歳です」

「十六」

僧が驚いて首を振る。「十六歳でこの能書とは信じられません。よほど幼い頃から手習いを積まれたのでしょう。そなたの身の上を頼むと切々と訴えておられる」

「そうでございますか」

改めて見助は伯耆房に感謝したかった。

「日蓮という方の書状には、そなたが対馬まで赴くと書いてあります。とすれば旅はまだ道半ばです。今夜はゆっくりここで休んで下さい。役行者が護ってくれます。厠と井戸はすぐ裏です。せっかく園城寺に来られたのですから、この寺随一の仏像を、明日一緒に拝観しましょう」

若い僧は丁重に言ってから、大椀と箸を手にして堂を出た。

灯明の残りはわずかだった。火を吹き消し、横になる。元日の夜をこんな大きな寺の堂の中で、それこそひとりゆっくり過ごせるのは幸せ以外の何ものでもない。それも日蓮様と伯耆房の書状のおかげだった。あの二通がなければ、早々に追いたてをくらっていたはずだった。境内の賑わいは夜半まで続き、見助はまどろみながら音を聞いた。

翌朝目が覚めたのは、外が明るくなってからだ。いつもならもう宿場の二里三里先を歩いている時刻だった。起きて藁布団を畳み、厠で用を足し、井戸水で顔を洗った。冷気が境内全体を包んでいる。早朝の空には雲ひとつなかった。

行者堂に戻り、漏れ入る光の下で赤々と輝く仏像を眺めた。仏の姿とはいえ、どこか力の漲(みなぎ)っている顔であり、姿だった。

前夜の僧が朝餉を運んで来たのは、旅仕度をしているときだ。粟(あわ)と米の混じった粥の上に梅の塩漬けがのっていた。しかも大椀に溢れるほどつがれていて、見助は胸が熱くなる。

「本当にありがとうございます」

「何の何の。これから先、道中は長いが、どうやって九州まで行かれるのでしょうか」

「京都までの道程は日蓮様が図面に書いて下さいました。しかしそれから先はとんと分かりません」

「それは不案内な。幸いこの園城寺には、九州から修行に見えている僧が三人いる。すぐに行き方を聞いて来ます。待っていて下さい」

僧は、見助が食べ終わった大椀を手にして戻って行く。程なく紙を手にして姿を見せた。

「これは反故の裏に書いてもらった図面です」

大判の紙を広げる。「九州に行くのには、陸路と海路があります。できればこれからの季節、海は荒れにくいので、海路がいいと、三人とも言っていました。念のため、陸路の主な宿駅も書いてもらっています」

裏の文字が透けて見えるものの、新たに書かれた図面の線と、宿駅や港の名前は明瞭だった。しかし漢字ばかりで見助には読めない。それを言うと、若い僧がしまったという顔をした。

「そうでしたか。これは迂闊です」

また戻りかけたのを見助は引き止める。

「笈の中に筆と硯、墨があります」

見助は笈の底から硯と墨、筆を出し、井戸まで走って硯に水を入れた。墨をするのを僧がじっと見つめている。

「港や宿の地名を言っていただければ、仮名で書きます」

「そなた、仮名なら書けるのか」

僧がまた驚く。僧が言うままに、見助は地名の脇に読みを書き記す。地名は三十近くあり、書いているだけで、道程の遠さがしのばれた。

「日蓮というお方の書状によれば、そなたが目ざす対馬はこの島らしい」

僧が指さした島は、九州から離れて、小さく書き足されていた。そこにも〈つしま〉と仮名を書き添える。

「どうしてそんな遠島(えんとう)に行くのですか。まさか島流しではないでしょうし」

「他国侵逼(しんぴつ)の難をいち早く知るためです」

「他国侵逼？」

「はい、日蓮様は、近々日本国に他国が攻めて来ると踏んでおられます」

「他国の襲来ですか」

信じられないという顔を僧がする。

「はい。その襲来を確かめるためです」

「なるほど」

図面の中の対馬に眼をおとして僧が首をかしげ、顔を上げる。「その日蓮というお方は、そこまで考えておられるのか」

「考えておられます」

見助は大きく頷く。

「この園城寺にそなたが足をとめ、一夜を明かしたからには、道中無事と安心して下さい」

若い僧が明るく言う。「出発にあたって、昨夜お話ししたこの園城寺の宝ともいうべき仏像をお見せしましょう」

「ありがとうございます」

僧について行者堂を出る。すぐ近くに、塀に囲まれた堂があった。

「園城寺には、あまたの仏像があります。ですが、私が一番好きなのは、この護法善(ごほうぜん)神堂(しんどう)に安置されている像です」

若い僧が扉を開けると、朝日が中まで射し込む。奥に、金色の光を放っている小さな像が浮かび上がる。

「園城寺随一の仏像です」

僧が静かに言い、自らも仏像に見入った。高さは二尺にも満たない像で、天女が坐った姿で左腕に幼な子を抱いている。幼な子は、菩薩の頭から細く垂れる髪を、小さな両手で摑み、戯れていた。

「この訶梨帝母は鬼子母神とも呼ばれています」

僧が説明する。「もともとは人の子供を食う邪神でした。自分も千人の子供を持っていたのにです。そこでお釈迦様、釈尊が訶梨帝母の子のひとりを隠してしまわれたのです。半狂乱になった訶梨帝母は、ようやく子を失う母の悲しみを知り、悔悛して仏道にはいり、ついには子を守る善神になりました。右手に持っているのは、めでたい果実、吉祥果です」

子を慈しんでいる仏像を見るのは、見助も初めてだった。幼な子は、母親の左腕と、右足の上に重ねた左足のなかで安心し、あっけらかんと笑っている。

そして、我が子を見る母親の顔の何と優しいことか。自分が知らない母親も、たぶんこうやって幼い自分を抱いてくれていたのだろう。自分も母親の懐でこんな仕草でじゃれついていたに違いない。

目が潤み、涙が頰を伝う。僧に涙を見せてはならないと思い、横を向いてこぶしでぬぐった。

「すみません。自分は母を知らないもので」

つい言ってしまう。

「あなたもですか」

僧が驚く。「母は産後の肥立ちが悪くて死に、父は出奔して、祖父母に育てられました。その祖父母も小さい頃に亡くなり、孤児として園城寺にはいったのです」

「よいものを拝観させていただき、ありがとうございました」

見助は頭を深々と下げ、もう一度、金色の母子像を目に焼きつけた。

境内には正月の参拝の客が集まりつつあった。僧に伴われて、参詣の人々とは逆に惣門に向かう。

「お世話になりました。お名前を聞かせていただければと思います」見助が言う。

「名前など」

若い僧はかぶりを振る。「再びこの三井寺園城寺に来られたときは、鬼子母神の好きな背の高い僧と言ってもらえれば、きっと分かります」

どこまでも謙虚な僧で、見助はまた頭を下げる。昨日、偶然にも境内で会ったのは、神仏の配慮のようにも思えた。

「対馬までの長旅。どうぞ達者で」

僧が笑いながら見送ってくれた。

四、肥前小城まで

僧から言われたとおりの道を辿って、都にはいったのは日が真上にかかる頃だった。そこが粟田口(あわたぐち)だと知ったのは、石の標識からだ。僧が書いてくれた図面では、ここから京都を抜け、宇治(うじ)、木津川(きづがわ)、摂津(せっつ)、大坂を通って難波津(なにわづ)に至るようになっていた。

道は広く、どこまでも真っ直ぐで、遮るものがない。確かに鎌倉の若宮大路や小町大路は広い。しかしその二つの道と交叉する道は、ぐっと狭くなる。ここでは、大路が整然と縦横に碁盤割りされていた。

行き交う牛車の数も多い。従者は晴れやかな衣裳をまとい、牛までも色鮮やかな掛け物を背にしていた。角に赤色の布が巻かれているのは、めでたい正月だからだろうか。

稚児(ちご)たちのきらびやかな衣裳を見て、見助は目を見張る。女児も男児も髪飾りをつけ、頰や唇に紅をさしている。稚児たちが足に履いている木沓や草履の色鮮やかさは、鎌倉の下駄屋や草履屋でも眼にしなかった。それに比べて、汚れきった衣をまとっている自分がいた。古びた笈の上に蓑と笠を負い、ちびた草鞋を履く自分の姿が人目を引くのか、稚児たちまでも見助を見た。

高い塀の向こうから笛音が響いてくる。低い音もあれば、ひばりの声のように寒空を引き裂くような音色もある。

右側に連なる館がどうやら内裏のようだった。人通りが少なくなり、警固の武士四人が赤門の前に立っていた。見助が立ち止まると、そのうちのひとりが、こちらを睨みつけた。

見助は澄み切った青空にかすかになびく柳の枝を見上げる。もう枝には若芽がついていた。あと十日もすれば、柳の並木も一斉に萌え木になるはずだ。

内裏の正面から南下しているのが朱雀大路だろう。両側に濠があり、柳の並木がずっと先の方まで続いている。歩きはじめて、大路がかすかに下りになっているのに気づく。見通しがよいのもそのためだ。

再び色鮮やかな牛車が大路を上がって来る。従者までが衣冠束帯をつけていた。内裏に向かうのかもしれなかった。

御簾（みす）がおろされて中は見えない。後方から馬に乗って追い越したのは、背に靫（ゆぎ）を負い、弓を肩にかけた武家だった。馬のたてがみが五色の布で巻き分けられている。尾の先も赤い総（ふさ）で結ばれ、尾袋（おぶくろ）は黄色だ。手綱（たづな）や胸懸（むながい）、鞍（くら）の色彩も、人以上に飾りたてられている。武家がかぶる冠（かんむり）の先端が、馬の蹄（ひづめ）の音に合わせて揺れている。見助はしばし見とれた。

朱雀大路を下っていくにつれて、両側に連なる家々が粗末になる。破れたままの塀もある。腐った藁葺き屋根に草が生えていた。道の脇の濠に、雑多なものが投げ込まれ、異臭が鼻をつく。見ると、割れた陶器の下から、犬の死骸がのぞいていた。

都の出口にある門の朱色の塗りが剝（は）げ、側板が何枚か持ち去られていた。門の外には、乞食が十数人たむろしている。門の内側で物乞いをすると、警固の衛士から引っ張られるのだろう。胸をはだけて赤子に乳を飲ませている女は、顔も胸も垢（あか）にまみれていた。

物乞いされる前に足早にその場を立ち去る。内裏付近のきらびやかさとは、何という落差だろう。都の華やかさは、ほんの一部に過ぎなかった。

門を出た先の道は狭くなったものの、両側に人家は絶えない。造りの似ている人家が密集していた。柱は掘立てで、天井の高さも七尺を超えない。板葺きもあれば、茅葺きや、藁葺きもある。間口は二、三間で、網代壁の上は格子になっていた。入口に垂らされた暖簾まがいの布の隙間から、土間と板敷が見えた。

家並が尽きると、道は沼地の中をどこまでも延びていた。日が傾き、見助は早目に宿を見つけた。竹垣に竹の腰板の安宿で、だだっ広い板敷にわずか八人がばらばらに床を敷いた。目を閉じると、園城寺で見た鬼子母神が目に浮かんだ。たぶん自分もあのように、母に抱かれていた日があるのだと思うと心が和み、すぐに眠りに落ちた。

夜半に寒さで目が覚める。誰かが「雪だ」と叫んで厠から帰って来る。春の雪だ。翌日雪道を歩くためにも、寝ておかねばならない。体を丸めて藁布団にくるまった。

翌朝は暗いうちに宿を出る。雪が、二寸積もり、草鞋の足がかじかむ。蓑笠に雪が降り積む。ひたすら歩くうちに、足も冷たさを感じなくなる。

夜が明けても雪はやまない。それでも行き交う旅人は増えた。馬上の旅客も馬を急がせず、ゆったりと進んでいる。

雪は昼過ぎにやみ、午後は雪が溶け出す。泥道を歩き続け、川沿いの宿場でその日の道程を終えた。宿屋で木桶の湯を貰ったとき、生き返った思いがした。

翌朝も早立ちだった。日が昇るまでに二里半は歩いただろうか。広い川面に鴨が五、六羽浮かび、餌を漁っている。その脇では鷺が二羽、立ったまま動かない。鴨が一列になって泳ぎはじめる。後ろに小波が立っていた。朝日を浴びた波が輝く。二羽の鷺が同時に飛び立つ。翼が朝日に白く光った。

ひと息に飛んで行ける鳥に比べて、こちらはまるで尺取り虫だった。

志気が細りかけるたびに、日蓮様を思った。自分は日蓮様の手足なのだ。弱音を吐くわけにはいかない。前を見つめて足を運ぶ。

前を行く年配の男女は、背に大きな荷を負っている。男が先に立ち、女は遅れて黙々と歩く。夫婦者に違いなかった。旅人で信用できるのは老いた人間か、夫婦者だった。血気盛んな男の二人連れや三、四人連れは、初手から用心が必要だ。子供を連れた家族連れとて、安心はできない。安宿で親と話し込んでいるうち、七、八歳の女の子が、見助の笈の中に手を突っ込んでいるのに気づいたこともある。間違いなく、親から仕込まれた手つきだった。

若い女のひとり旅も危い。別の宿で、女に言い寄った男が二人で出て行ったあと、残した荷を別の男がかっ払って行ったのを見たこともある。女と盗人はしめし合わせていたのだ。

「あのう」

見助は後ろから夫婦者に呼びかける。「この道を行けば、港に行き着くでしょうか」

念のために確かめた。

「夕暮れどきには、港に着きます」

実直そうな女房のほうが答えた。年の頃四十くらいだろうか、日焼けした肌は、このあたりの商人とは思えない。

「あなた、どこに行きなさる」

鎌倉や都とも違う言葉遣いで亭主が訊いた。

「西国です」

「西国のどこです？」

「九州です」

「それは遠い。難儀ですのう」

男が同情する。「わしらは播磨の高砂まで帰ります。明石の先です」

そう言われても、どのあたりかは見当もつかない。

饒舌なのは女房のほうで、自分たちが背負っているのは反物だと言う。明石や高砂あたりで上質の塩を仕入れて、京の都まで運び、そこで上質の絹と換え、明石で売り捌くのらしい。道理で二人ともがっしりした体つきだ。

「ところで、あなたは何を扱っているのですか」

訊かれて見助は戸惑う。扱っている品物などない。そう答えると二人ともあきれた顔をした。

「もしかして九州が生まれ故郷？」

「故郷でも何でもありません。行って、見るだけです」

見助の返事が物見遊山と思われたのか、女房が再びあきれた顔をする。

「ま、とにかく高砂の港まで行けば、その先ずっと西まで行く船があります。一緒に参りましょう」

亭主が言ってくれる。

どこから来たのかと女房に訊かれて、鎌倉だと答えると、よい道連れと思ったのか、夫婦は矢継早に質問してきた。

答えているうちに話が尽きる。つぶさに鎌倉を見たと思っていたのは間違いだった。要するに鎌倉をしかと見てはいなかったのだ。知っているようで、実際は知ったつもりだったのに過ぎなかった。見助は愕然とする。これでは、日蓮様の手足にはなれても、耳目になれるわけがなかった。

「高砂という港は、難波に次ぐ賑やかなところです」

亭主が話題を変えた。この道の行き着く先が難波で、そこが船旅の起点になることは、図面で知っていた。

「昔から、異国からの船が難波にはいりにくいときは、高砂に着いていました。少し先、加古（かこ）川の河口にあるし韓泊（からどまり）も高砂に劣らぬ良港です」

「韓泊ですか」

「異国の船が泊まる港だからでしょう。今は、宋（そう）の船がはいって来ます。宋というのは、震旦にある国です」

言われて見助は耳を研ぎ澄ます。塩を扱う商人のくせに異国の知識がある。見助には驚きだった。

「宋の船が持って来るのは、書物や薬、香料、秘色（ひそく）の香炉（こうろ）などです。しかし一番多いのは、何といっても銅銭です。あなたも旅をしている以上、銅銭を所持されているでしょう」

訊かれて見助はどぎまぎする。路銀としての銅銭は、千葉様から貰って、笈の底に、紙や筆と一緒にしまい込んでいる。

「船荷の半分は銅銭で、これが都に送られ、国中に広まっていきます。ですから、宋の船が一隻（せき）港にはいると、都やその他の土地で、物の値段がじわりじわりと上がるのです。鎌倉でも同じではないですか」

訊かれて見助はきょとんとする。銅銭の量と物の値段の関係など、考えてもみなかった。

「国中に銭が溢れると、物の値段が上がります」

亭主が諭すように言う。「ずっと昔、物の取引きは米でしていたようです。これではしかし、持ち運びが不便です。銭が便利です」

確かに、片海に住んでいた頃、麻布の購入も、対価は米で行うところもあった。鯛一匹と布少々を交換したこともある。

「そうすると、異国の船は、銅銭と引替えに何を受け取りますか」

「主に砂金です。それと扇や刀剣です。日本の刀は切れ味がよいと、評判が高いようです」

亭主の話を聞いていると、海そのものが、今まで考えていたものと違うことに見助は思い至る。片海の海は、魚介類を手に入れる場所で、鎌倉でも似たようなものだった。

しかし、商人夫婦が口にする海は、船の行き来する道筋であり、大量の物が移動するところだ。

日が傾く頃に行き着いた難波津で、商人夫婦と同じ宿をとった。これまでの安宿とは違って、藁布団も上質だった。

「明日、馬島まで行く船が出るようです」

どこかに出かけて戻って来た亭主が知らせてくれた。「途中、高砂、室、牛窓、鞆浦で泊まり、五日目に馬島です」

それらの港の名のひとつか二つは、図面に書いてあったような気もする。しかし馬島から先はどうなるのか。

「馬島で待てば、必ず九州の博多に向かう船があるはずです」

亭主が自信あり気に言い足す。「馬島から博多までは、風向きが良ければ、三日か四日でしょう」

となれば、港で船を待つ日を入れても、十日で博多に行き着く。博多から小城までは、確か陸路で二、三日だったはずだ。

「まだまだ先は長いです。ここはじっくり腰を据え、船の中で体を養うに限ります」

女房のほうが助言する。

「船旅は、足を動かさないでいい分、楽です。港にはいったら、土地土地の珍しいものを口に入れ、先の長旅に備えるのが一番です」

亭主が言い添えた。

見助は園城寺でもらった図面を広げた。夫婦二人もそれに見入る。どうやら亭主のほうは、多少字が読める様子だ。

「なるほど、なるほど、大方このとおりです。書いてある港は多少違っても、国の並びは東から西にかけて、播磨、備前、備中、備後、安芸となっています。その先は、周防、長門の国になり、博多は九州筑前です。あなたが行くのはここですか」

博多の北の方に、対馬が描かれ、朱で「つしま」と書かれていた。「遥か先ですね」

亭主が顔を上げて見助を見る。

「まだまだ旅は道半ばです」

頷いて見助は答える。溜息が出そうになる。

翌日乗った船には、旅人だけでなく、さまざまな物資が積み込まれていた。ひと目見て分かるのは大甕と大鉢、壺、擂鉢の類だ。

「これらの焼き物は、常滑の窯で作られたものです。常滑というのは尾張国にあって、そこで作られる器は堅くて丈夫ですから、どこでも重宝されます」

亭主が言う。尾張国は、熱田神宮があった所ではないか。あんなところから、この港までどうやって重い器を運ぶというのか。

「常滑からはるばる船で紀伊を回って難波津に着き、別の船に移し変えられて、西国まで運ばれます」

壺類の他には、竹籠に入れられた干物類がある。見たところ、魚の種類も一種にとどまらない。

「あれは、伊勢鯉つまりぼら、そして蛸です。その他にも近江の鮒、松浦の鰯などがあるはずです。そして別の籠にはいっているのは、反物でしょう。絹や苧でできたもので、私らが商う品と同じです。ま、私らが購入したものよりは、質が落ちるでしょうが」

亭主が女房と眼を合わせて胸を張った。

この船の大きさは、亭主によると八百石くらいだという。これが並の船であり、大きなものになると千八百石、二千石に達するらしかった。確かに、下総と相模を結ぶ渡船の二倍近くあり、帆柱が船首と船尾、中央に三本立っていた。水手は片側に十人近くいる。いずれも屈強な体つきをしていた。

見助が驚いたのは、行き交う船の多さだった。難波津に集まっている船の数にも目を見張ったが、船が沖に出ると、その数が減るどころか増えた。

「この海の恵みがあるから、私らは生きられます」

亭主が言い、女房が頷く。亭主の言う恵みが、単に食い物にとどまらず、海上の往来をさしているのが見助にも分かる。

「この瀬戸内の海のおかげで、東の物が西に行き、西の物が東に行けるのです。私ら人間も同じです。京の都や、遠く東の鎌倉を支えているのも、この海のおかげかもしれません」

亭主が目を細めて説明する。

「西の方に行かれると、もっともっと栄えた港がありますよ」

女房がつけ加える。

いつの間にか三本の柱に莚帆が上がっていた。水手たちが漕ぐ手を休め、汗をぬぐっている。

そのうちあちこちで船酔いが出はじめ、水手たちが木桶を配り出す。久しぶりの船であったものの、見助は酔いは感じない。片海でさんざん小舟を漕いだおかげだろう。その代わり便意をもよおして、船尾に設けられた厠に行く。そこは小さな板囲いになっていて、戸を開けると、床に縦長の穴があった。すぐ下に海面が見える。しゃがんだとたん、ゆるい便が出て、うまく穴の下に落ちていった。切り揃えられた縄を一本とって、尻を拭き、穴の中に投げ落とした。

日が高くなると風が止み、莚帆がおろされる。水手たちの櫓漕ぎが力強い。乗客はほとんど横になり目を閉じていた。

見助も身を縮めて横になる。水手たちの掛け声が、波の音に混じって届く。

夕刻、高砂に着き、商人夫婦と別れた。別れ際に、亭主が改まった顔で見助に言った。

「海は便利ですけど、ただひとつ難儀なのは、海賊です。ここいらにはいません。しかし西の方に行くにつれて、必ず海賊が出ます」

「海の盗人です」

女房がつけ加える。「それも大勢でやって来ます」

「ま、そこは船長（ふなおさ）がうまく捌（さば）いてくれるでしょうが」

亭主が言い、無事を祈ってくれた。

高砂の港も難波津に並ぶほど人で賑わい、ようやく港近くの安宿にもぐり込めた。船を降りる際、翌日の日の出までには船に戻るように言われた。寝過ごしてしまえば、置いてきぼりをくらう。宿屋の女中に、朝まだきに起こしてくれるように頼んで目を閉じた。

揺れる船の上より、陸のほうが眠りが深かった。女中に起こされたときは外がほんのり明るく、見助は慌てて身仕度をする。船着場に急ぐ。乗船用の書付を水手に見せて船に乗り込んだ。

前夜運び入れられたのか、船荷の一部が変わっていた。平たい木桶の中にはいっているのは、獲れたばかりの魚で、桶ごとに鰯や鯖、鮑が仕分けされていた。水手が海水を汲み上げ、桶の上にぶちまける。少しでも鮮度を保つためだろう。

乗客の顔ぶれも三分の一くらいは変わっていた。いくらか海が明るくなったとき、大小の船が三々五々出航する。水手たちの櫓の動きも少しずつ速くなり、追い風が出たところで莚帆が上げられた。

その日の泊まりは室で、次の日が牛窓の泊まりになった。幸い海賊には襲われず、見助は胸を撫でおろす。しかし牛窓を出て、日が高くなった頃、船客のひとりが「出たぞ」と叫んだ。見ると、赤旗を船首と船尾に掲げた船が島陰から忽然と現れていた。水手たちが櫓漕ぎをやめる。

赤旗の船は大きくない。漕ぎ手は六人だ。その他に、鎧を身につけて帯刀し、弓を持っている男が八人乗っている。船客は固唾をのんで見守るだけだった。

「上乗りになるか、帆別銭か」

牛窓から乗った、僧形の集団の中のひとりが呟く。鎌倉の念仏衆の恰好とは多少異なるものの、似たような宗徒には違いなく、十五、六人はいる。ほとんどが屈強な体つきをしていて、身につけているものが違えば、ならず者の集まりにも見える。目つきも鋭かった。

「上乗りとは何ですか」

見助は恐る恐る訊く。

「船に何人かが乗り込み、水先案内を強いるのが上乗り。船頭としては迷惑かもしれないが、ともかく水路は無事通過できる。帆別銭というのは、掲げた帆の大きさによって払う礼銭のようなもの。どちらになるかは、船頭の腕ひとつ」

僧が言うとおり、船尾にある屋形の方で、船頭が海賊船と何か言い合っている。賊船の男たちは薄手の鎖帷子を着ていた。何人かが手にしているのは、柄の長い熊手と、太縄をつけた熊手だ。

事あれば、それをこちらの船に引っかけて乗り込んで来るのだ。

「このくらいの船だと、どのくらいの礼銭になりますか」

若い僧が、事情通の年配の僧に訊く。

「さあ、一貫目か二貫目か」

僧は莚帆を見上げて答える。

「いや、三貫は下らない」

見助の横にいた武者風の男がぼそりと言った。こちらは室津から乗り込んでいた七人の武家の集団で、五人の従者がつき添っている。どこかの荘園に赴くところかもしれなかった。

三貫といえば、三千文だ。見助が難波津から馬島までの船賃として支払ったのは三百文だった。その十人分だ。

「三貫といっても、考えようによっては安い」

武家が僧に言う。「そなたたちは、いくら払った？」

「ひとり五十文、牛窓から鞆浦までです。そこから草出に行きます」

「ほう、そなたたちは安いな」

武家が同輩と顔を見合わせる。「わしらは室津から馬島までで、三百文取られた。従者は二百文にしてもらったが」

「船賃は、身分によって違います。僧は安くしてくれます」

「僧がいれば、船が安全と思っているのかもしれません」別の僧が言う。

「そうか、わしたちも僧形で上船すればよかった」武家が笑う。

「しかし、お武家様たちが乗り込まれているので、船頭は強気になれます。ほら、賊のひとりがこっちを見ているでしょう」

年配の僧が声を低める。「たぶん、上乗りにはならないでしょう。上乗りでもすれば、お武家様たちが後ろからばっさり」

僧が刀で斬る仕草をした。

船頭と賊の使者との話し合いが結着をみたのか、船頭が布袋を賊船に吊るした。中味を確かめた賊船側の男が、紐の先に小旗を結びつけた。

「あれが通行手形になります」僧が言った。

「やれやれ。海賊もいい商売だ」武家のひとりが応じる。

「しかしわしらが殿の館に詰めて、領地を守っているのと似たような生業ではある」

武家の中では年長の男が言った。「あるのは土地と海の違いだけ」

見助はなるほど一理あると妙に納得した。

賊船を後にして、ようやく狭い海域を抜ける。広い海に大小の島影がいくつも見えた。追い風がやみ、莚帆がおろされ、櫓漕ぎになる。櫓漕ぎでも船足が速いのは、潮の流れのせいだった。

鞆浦という港に着いて陸に上がり、一泊した。翌朝、船に戻ったときは僧の集団はいなかった。武家の一団は船尾近くに坐っている。港を出たとたん雨が降り出し、武家たちは屋形の中に退避したが、見助たちは水手から制された。全員が屋形にはいると、船の傾きが怪しくなるという。見助は蓑と笠のまま身を縮めて雨をしのぐ。他の乗客も似たような恰好で身動きしない。蓑笠を用意していない者は、濡れるがままに任せている。船底にたまる水を、水手が汲み出す。

それでも潮の流れは良好らしく、この船だけでなく、周囲の船も順調に前に進んでいる。

逆に反対方向に進む船が一隻も見えないのは、港々で潮待ちをしているのに違いなかった。

雨が降り続けるなか、船は島と島の間、陸と島の間を縫うようにして進んだ。

「賊船だぞ」

水を汲み出していた水手が叫ぶ。見ると賊船は六隻で、そのうちの二隻がこの船に近づいて来る。小舟なのに櫓台が多く、通常の船の二倍の速さがある。どうやら、二隻ずつ分かれて、三隻の船を襲っているようだ。小さな船は相手にしないのだろう。

船尾のほうで船頭と交渉がまとまったのか、小舟から四人が乗り移る。いずれも薄手の鎧を着て帯刀していた。

どうやら、僧が言っていた上乗りのようだ。屋形の中に退避していた武家たちに、見助は眼をやる。海賊たちに立ち向かうつもりはないようで、静かに成り行きを見守っている。

見助が恐れたのは、上乗りの連中が船客の荷に手をつけることだった。そうなれば、荷の底に入れている金を巻き上げられる恐れがある。書状や紙、墨や硯には眼もくれないだろうが、富木様から託された金がなければ、対馬まで行く手立てがなくなる。

賊のひとりは、船客の間をかき分けて舳先に立った。前を見て両手を上げる。それが後方にいる船頭への合図なのだろう。瀬戸をうまく抜ける手順は、海賊にとってはお手のものに違いない。まさしく上乗りとは言い得て妙だった。

後方を見ると、見助たちの船の後ろに、二隻が連なっている。それらの船にも上乗りがいた。賊船はそれを護衛するかのように左右についている。

瀬戸を過ぎたところで、賊は舳先から降りて船尾に戻る。四人が戻った賊船は、また矢のように島陰に消えた。

船客がほっとしたとき、雨が小降りになった。薄日が傾く頃、港にはいる。そこが馬島だった。見助は港近くに安宿を探した。宿の主人に、さらに西に向かう船があるかどうかを訊いた。返事は、あるにはあるが、出港がいつになるかは分からないだった。

船が故障して修理中なのか、それとも潮向きが悪いのか、あるいは海賊が出没しているのか、問い質すと、返事はそのどれとも異なっていた。

博多行きの船が出たのは十日前で、帰りは向こうの積荷の進捗具合、天候や潮流の良し悪しに左右されるのだという。小船を雇う手もあるが、三貫の船賃は覚悟しなければならないと聞いて諦めた。

それならばと、見助は陸路で博多まではどのくらいかかるかと問い直す。

「さあ、順調にいって五日から一週間」

その返事で、見助は待つことを決めた。船で博多まで行き着くのには、通常三日らしいので、その倍の日数を陸路は覚悟しなければならない。

十日前に博多に向かって出たのなら、三、四日のうちに必ず船が戻って来るような気がした。安宿で休養する間に、見助はこれまでの旅の過程を書きつけておくことを思いつく。料紙を取り出して墨をすり、ちびった筆を手にする。紙といっても裏には字が透けて見える。筆も使い古されたものだ。

その他に、真白な料紙と真新しい筆も与えられていた。それは、日蓮様に対馬の状況を伝えるときのためにとっておきたかった。

腰掛けを文机代わりにして書いているとき、掃除をしていた宿のおかみに後ろから覗き込まれた。みすぼらしい身なりの男が筆を使っているのを見て驚いたようだった。たかだか仮名に過ぎなかったが、それでもおかみには大したものに見えたのだろう。その夜、おかみが配ってくれた藁布団は、前夜のものと違って真新しかった。

　博多行きの船が戻って来たのは三日後だった。今まで乗って来た船よりは小ぶりとはいえ、船客よりも積荷のほうが多かった。しかもその荷の中味は、前の船とはいささか異なっていた。何の獣の皮か分からない広い敷物があるかと思えば、色鮮やかな模様のはいったぶ厚い敷物もある。麻袋に入れられているのは、米や麦ではなく、訊くと香料、あるいは胡椒の類、そして薬の原料らしかった。さらには、これも見助が見たこともない形や色の大きな壺があった。

　それらの積荷がおろされたあと、積み込まれる荷も、見助はすぐ近くから眺めた。漆の器や折敷、石鍋、擂鉢、壺などの他に、焼き物の灯籠まであった。最後に運び入れられたのは木箱で、人足たちが重そうに肩に担いでいた。宿屋のおかみによると、中味は刀剣で、博多には粒揃いの職人がいて、刀の柄や鞘を作っているという。

　船賃が二百五十文のところを、うちの常連客だからと言って二百文に値切ってくれたのはおかみだった。見助の筆遣いを見てからというもの、何かと気配りをしてくれたのが分かった。

小ぶりな船だけに、五、六十人の船客は身を寄せあって坐るしかなかった。横になるのはもっての外で、船が揺れるたびに、お互い背と肩をぶつけた。

　上客が乗り込んでいる後方の屋形の中も、やはり混み合っている。それでもそこの船賃は二倍にはなるらしい。どうせ混むなら安いほうがましと、誰かがいい、笑いが漏れた。

　船客同士で交わされる会話で、見助が理解できるのは、二分の一くらいだろうか。宿屋のおかみの話も半分くらいしか分からなかった。

　見助が聞き耳を立てたのは、鞆浦から程遠くない草出（くさいづ）の話だった。芦田（あしだ）川という川の河口にはいくつもの洲があり、岸辺には大小さまざまな港町があるらしい。そのなかで最大の町が草出だという。川べりにずらりと並ぶ蔵は、それぞれに扱う品物が異なる。ある商人の蔵は米と麦のみ、別の商人の蔵は塩で満ち、その隣の蔵はまた別の商人の所有で、反物が山と積まれている。船が使う莚帆ばかりを扱う商人の蔵もあるというから驚く。

「まことに、草出こそは国のへそ」

　商い人に違いないその男は、自分の腹を出し、へそを指さした。

　その男の話が呼び水になって、船客はそれぞれに、自分が見聞した土地の自慢話をはじめる。

この近くの島々には、継ぎ獅子で有名な祭があるという。何人かの若者が外向きに円陣を組み、その肩の上に別の若者たちが乗って二継ぎになる。さらにまた別の組がその上に乗って三継ぎになるらしい。三継ぎは当たり前で、島内の村々で競い合うので、四継ぎくらいしないと感心されない。そうやって一番上に獅子頭をつけた子供が乗り、片足立ちをしたり首回しをしたりして芸をする。この頃では、船の上で四継ぎ獅子をする村まであるという。

「まさか、揺れる船の上で四継ぎは無理だろう。話が大き過ぎる」

聞いていた船客のひとりが茶々を入れる。

「嘘ではない。この目で見たのだから」

話す当人はむきになったが、聞き手が半分は疑っているようだった。

「そんな、人が肩を組んで高く積み上げるだけでは興がない。うちの村には夜通し踊る神楽（かぐら）がある。村の一軒一軒が、それぞれひとつの神の踊りを先祖から受け継いでいる」

先刻茶々を入れた髭面の男が、得意気に鼻をひくひくさせる。

「ほう、どんな神様がいるのか」すぐ脇にいる男が訊く。

「どこの家でも神様を祀(まつ)っているだろう。厨には竈(かまど)の神、井戸には井戸神、厠には厠神、納戸(なんど)には納戸神、それに加えて福の神もあれば疫(やく)神もあるし、東西南北にもそれぞれ、午(うま)の神や巽(たつみ)の神といった具合だ。先祖代々、ひとつの家がひとつの神を受け持って踊りを守り通している」

聞いていて、見助はまさかと思う。あまりぱっとしない神を代々祀らねばならない家は、嫌気がささないのだろうか。

「そんなら、雪隠(せっちん)神はどんな踊りをするのか」

やはり首をかしげた船客のひとりが訊いた。

「ああ、厠神か。それはこうだ」

髭面の男がやにわに立って裾をからげ、雪隠坐りになる。頭の上で両手を動かしたので、一同が口を開けて笑った。

「その家は気の毒、可哀相」

何人かが同情する。

「となると、あんたの家の神楽は何の神かい」

別の船客が面白がって訊く。

「わしの家か」

男がみんなを見回す。「うちは代々貧乏神を演じている」

「本当か」

「嘘は言わん」男は大真面目だ。

「そんなら、どんな踊りか」

「いや、踊りも大切だが、準備がさらに重要」

男がぎょろりと目をむく。「ひと月前から食い物の量を減らして、最後の十日間は水だけ口に入れる。そうやって四、五貫は体重をおとす。神楽の当日、頬がこけて皺くちゃになった顔に墨を塗り、破れて垢のしみた手拭を頬かぶりする。踊りはこうだ」

男はゆるゆると立ち上がり、両手を頭の上にかざして体を揺らし、倒れかかる。それを船客が声を上げて支える。また反対方向に倒れかかり、別の船客が受けとめる。

「こんな風にして、福の神や、床の間の神たちにもたれかかる。中には他の神から、ひょいとかわされて、倒れることもある」

思わず見助も頬をゆるめる。神楽見物をする一座の笑いが聞こえてくるようだった。

「しかし、わしの家が村一番の分限者なのは、この貧乏神のおかげかもしれん」

また男が鼻の先をうごめかす。確かに男は恰幅がよく、身につけている衣も貧相ではない。

「この葛籠に入れているのは刀の鍔だ。隣村の鍛冶屋に作らせて、長府、小倉、博多で売る。四、五倍の値はつく。これも先祖代々うちに住みついている貧乏神のおかげ」

男の言葉に、一同は妙に納得させられた。

船はその後、海賊に襲われることもなく、柳井、馬関で泊まった。馬関を出る際、船は潮待ちをした。そこから先、船は内海から外海に出るという。

船出してみると、確かに瀬戸は狭い。両岸ともに手を伸ばせば届くほどの距離だ。すべての船が一斉に外海を目ざしていた。帆も立てていないのに滑るように進むのは、潮流のせいに違いない。向こうから来る船は一隻もいない。潮の流れに逆らっては到底進めないからだろう。

外海は海の色まで青味が濃いように思われた。しかも波が高い。対馬はこの外海の先にあるはずだった。とはいえ、それがどのくらい遠い所にあるのかは見当もつかない。この船の客もたいていは博多どまりで、そこからさらに離れた島に渡る者などなかろう。

沖合いに小島が二つ見える。それが対馬などであるはずはない。見助は恨めし気に海の彼方を見つめ、はっと我に返る。まもなく船の旅も終わりだった。

――日蓮様、ようやく博多まであと少しです。

胸の内で言ってみる。日蓮様が、こんな遠い地までも、まるで自分の家の庭のように気にかけておられるのが不思議に思えた。

おそらく、日蓮様の頭の中には、日本という国がいつも描かれているのだ。そこでは、片海も鎌倉も、若い頃修行した都も、見助が通り過ぎて来たさまざまな土地も、優劣なく存在しているのに違いなかった。

――日蓮様、対馬には、あと十日もあれば着けるはずです。

見助は再び言ってみる。胸が熱くなり、涙がにじんできた。

「博多が見えたぞ」

船客のひとりが叫んだ。陸沿いに進んでいた船は、岬の先端あたりで、進路を左に曲がり、莚帆をおろした。陸地を深くえぐった湾の奥に、密集している人家が見えた。大小の船が、櫛の歯のように突き出した桟橋に鈴なりになっている。

櫓漕ぎにつれて港が近くなる。難波津に比べて船の種類がさまざまだった。船体の色合いまでも違う。すぐ横の大きな船は帆をおろしていたが、どう見ても莚帆ではなかった。帆柱も三本あり、船内を動き回っている水手たちの衣裳も違う。異国からの船に違いなかった。

既に日は傾いており、見助は港近くに宿をとった。宿に近い飯屋で出されたのは、鮑の耳だけを醬に漬けたものと、貝汁だった。小鉢にはわかめと干し筍の煮つけが盛られている。筍を嚙んでいると、長旅の疲れが薄らいだ。

宿屋の主人に肥前小城への行き方を訊いた。二日はかかるという返事に見助は安心する。あとひと息だった。

翌日暗いうちに宿を出た。

博多は鎌倉以上に瓦葺きの家屋が多かった。往還も広く、間口の広い商家が両側に並んでいる。鎌倉や難波津と違って、見慣れない衣裳や頭巾を身につけた異人の姿が目立った。肌の色も白かったり黒っぽかったりする。すれ違うときに見助は耳を澄ます。異人たちが交わす言葉は、どこか鳥のさえずりに似ていた。

脇道にそれない限り、道は広く迷う恐れもない。牛のひく荷車を追い越したかと思うと、早馬二頭に追いつかれる。

日が真上に昇る頃、道を真横に遮るような土手が現れた。土手というよりも長細い山で、雑木に覆われている。往還はその土手を断ち切るようにして延びていた。行き過ぎたところにあった茶店で訊くと、水城だという。

敵が海の方から攻めて来たとき、この切り通しを塞ぎ、川の水を外濠と内濠に引き込む仕掛けらしい。これで敵は人馬ともに進めなくなる。土塁の長さは二、三里ほどあり、大宰府を防禦するには絶好の場所といえた。

大宰府の大きな建物と寺は、往還の左側に望めた。鎌倉の若宮大路と小町大路に挟まれた御所や北条氏の館とも肩を並べるくらいの立派さだ。

背後には山がそびえ、緑が美しい。いつの間にか、あたりには早春の陽気が満ちていた。見助は胸を張り、春の息吹を吸う。頭上でひばりの鳴き声がして、空を見上げる。鳴き主の姿は見えない。代わりに、どこまでも澄んだ空に浮かぶ、薄絹のような雲が眼にはいった。

暮れがたに橋を渡り、小さな宿場で一夜を過ごした。耳にはいる会話に聞き入っているうちに、半分くらいは分かるようになった。飯屋で出された大根汁と、砕いた沢蟹の塩漬けに舌鼓を打った。

翌朝もまだきに宿を発ち、いくつかの小高い山を越えて、神埼の荘にはいる。道行く人に何度も確かめて、小城を目ざした。連なった山が北側に見えるだけで、あとは見渡す限りの平野だった。眼にはいるほとんどの土地が耕されて、農夫が種播きをしている。その向こうでは別の男が麦踏みをしていた。道端の畑では白菜と葱が食べ頃に育っている。

昼過ぎにようやく小城に着く。

目ざした千葉氏の館は小川の脇にあった。片海の館よりは小さく、瓦葺きはほんの一部で、門の屋根さえも、葦で葺かれている。衛士などはおらず、そのまま中にはいり、下人らしい男に声をかけた。幸い意味が通じ、外でしばらく待たされる。出て来たのは、いかめしい髭面の男だった。

「下総中山の館からの使いと聞いたが本当か」

男が訊く。

「はい。千葉様の書状ならびに富木様の書付も持参しております」

見助が答えても、にわかには信じてもらえず、見助は笈の中から二通の書状を出す。これこそ命綱とも言うべき書状で、雪やみぞれ、雨風の時でも大切にしていた品だった。

書状の表書きを眼にして、男が軽く頷く。筆遣いに見覚えがあるのに違いなかった。

「中で待っておれ」

男に言われて中にはいり、土間の隅にある長い腰掛けに坐らされる。奥の方から下人らしい男女の声がする。夕餉の仕度をしているのに違いない。見助は急に空腹を覚える。この匂いは、間違いなく魚を焼いているはずで、見助は唾を呑み込む。

魚は何だろうと思いを巡らす。鎌倉にある栄屋の光景が眼に浮かんだ。ここは海の近くだろうか。それとも川魚が獲れるのか。

腹の虫が続けて鳴ったとき、若い女の下人が桶を持って来た。草鞋を脱いで、足を洗われる。汚れた足と、ぼろぼろになった草鞋が気恥ずかしい。

「自分で拭きます」

女が拭こうとしたのをとどめて、手拭を取り上げる。足を洗っても、着ている衣は薄汚れ、裾はほころびかけていた。宿屋で何度か洗い、生乾きのものは笈の上に広げて、道々で乾かしてはいた。それでも汚れは積もるばかりだったのだ。

「上がれ。殿が待っておられる」

戻って来た男の口調は、いくらか丁重になっていた。

通されたのは板張りの小部屋で、開け放たれた廊下の先に、庭と柴垣が見えた。

咳払いがして、家来三人を従えた武家が正面の畳座の上に胡坐(あぐら)をかくのを見届けて、見助は床に頭をつけた。

「顔を上げてよい。見助とやら、遠い所を御苦労だった。ひとりでよくぞ参った。さぞかし難儀したろう」

「いえ難儀などしておりません」

見助は頭を横に振る。

「その顔には、難儀だったと出ておる」

武家が笑う。もしかすると顔に泥でもついているのかもしれない。髪もぼうぼうなのだろう。知らぬ間に乞食同然の姿恰好に成り果てているのだ。見助は身を縮めた。

「お前が市川（いちかわ）を出たのは、去年の暮、十二月十三日か」

訊かれて見助は首を捻る。その頃だとは思うものの、日付までは知らない。

「どうしてご存知なのですか」

「書付の日付がそうなっている」

館の主がかすかに笑う。「そして今日が一月十五日、ひと月あまりはかかっている。大変な健脚ぶりだ」

「天候に恵まれました。賊にも襲われませんでした」

見助は心の底からそう思い、口にした。

「日蓮殿の祈りがお前を守ってくれたのは間違いない。わし自身は日蓮殿に会ったことはない。しかしその高名ぶりは、この小城にも届いている」

「そうでございますか」

「いずれはこの地にも来ていただこうと思っている。そうすれば、法華経の教えがここでも花開く。千葉氏一門にとっても名誉であり、民にとっては、心の拠り所になる。これから書状を頼胤殿に届けさせ、お前が小城に無事に着いたことを知らせる。その中で、日蓮殿にもこの地に赴いてもらうよう書き添えよう」

見助は呆然とする。自分の到着を知らせるため、わざわざ使者が下総まで行くなど、とんでもなかった。

「いや、どうせ三ヵ月に一度は中山まで早馬を出すことになっている。途中、京都に寄って、千葉氏の別宅にも届ける品や書状がある。早馬を多少早めればいいだけの話だ。お前から日蓮殿に何か伝えることはないか」

訊かれて見助は目を白黒させる。この地にあって、自分のことを日蓮様に何か知らせることができるなど、思いもよらない。

「早馬を出すのは二、三日うちだから、それまでよく考えておけ」

「はい、ありがとうございます」見助は頭を下げる。

「言い忘れた。わしは千葉清胤で、頼胤殿とは従兄弟に当たる。九歳までは下総にいた。お前の話しぶりに下総が感じられて懐しい。書状によると、お前の目的は対馬に行くこととか」

「はい、対馬です」

「日蓮殿の指示とか。わしは驚いた」

清胤様が見助を見据える。「この地にある者は皆、都や鎌倉を見て暮らしている。頭の中に、対馬などを思い描いている者などひとりとしていない。にもかかわらず、日蓮殿は対馬を考えておられるというではないか。わしは思わず唸った。この一点にこそ、日蓮殿の偉大さの一片が透けて見える。わしは感服した。お前が対馬に行き、そこで暮らし、また鎌倉に戻るまで、お前に助力を惜しまないつもりだ」

「ありがとうございます」見助は身振いする。

「ここに二、三日いて充分体を休めるがいい。その間に、対馬でのお前の後ろ楯になりうる者がいないか、大宰府（だざいふ）まで人をやらせる」

「大宰府でございますか」

見助はそこは覚えていた。貰った図面にも書いてあった。

「大宰府こそは、日本の玄関口であり、この九州を所轄する役所でもある。役所をとりしきっているのが少弐氏（しょうに）で、対馬もその管轄下にある。何か手立てを見出せるはずだ。待っていろ。まずは、その薄汚い衣を脱いで垢も流せ」

見助は身を縮めて退出する。改めて我が身を眺めると、この館にはあるまじき見苦しさだった。顔だけでなく、手の先まで恥ずかしさで赤くなる。

案内された小ぎれいな小部屋は、胡坐をかくのにも気がひけた。立ったままで外を眺める。微風に潮の香が混じっていた。しかし海は見えない。どこまでも続く田畑があるのみだった。

もう一度、大きく息を吸う。海が近いのは間違いない。縮めるようにしていた体が生き返った気がする。

「どうぞ、湯が沸きました」

下女が知らせに来る。

「ここは海が近いのですか」

「海ですか。一里先です」

下女にそれがどうしたという顔をされ、見助はまた身を縮めて湯殿までついていく。木桶が二つあり、ひとつには湯、もうひとつには水がはいっていた。

ちゃんとした湯浴みはひと月ぶりだった。手でこするだけでも垢がとめどなく出てくる。

「背中を流しましょうか」

突然後ろから声をかけられて飛び上がる。

「いえ、自分で洗います」

「いえ、御館様の命令ですから」

年増女は構わずに後ろに来て、したたかに熱い湯を背中にかけた。

ひえっと声を上げたものの、見助は動かない。今度は冷たい手拭が背中に当たり、またしても「ひえっ」が声に出る。

「垢がごろごろ落ちる」

訛のある言葉で女が言った。

「すみません」

言いながらも見助はありがたかった。貫爺さんの背中を流したことはあっても、流してもらったことはない。背中を洗ってもらうなど、赤子のとき以来に違いない。

「ありがとうございます」

言うと涙が出た。はるばる異国に来て、見知らぬ女から背中を洗ってもらう。ひと月の旅の疲れがこれで消える気がした。

五、対馬まで

翌日、見助は与えられた小部屋で一日を過ごした。外は夜半過ぎから小雨になっていた。ほんの一日違いで、雨中の旅を免れていた。

軒下に硯を突き出して雨滴を受け、縁側で静かに墨をすり出す。先のちびた筆も出しておく。紙は富木様から貰った反故で、表の字が透けて見えた。新しい紙は後の日のために残しておきたかった。

小部屋に文机などない。持って来させるのも、はばかられた。板敷の上で書けばいいのだ。何から書いていいのか分からなかった。考えてもらちがあかない気がしたので、頭に浮かんだことから書きつけるしかない。

にちれんさま、ひぜんおぎにきのうつきました。おんながせなかをながしてくれました。けんすけはげんきでおります。

かまくらには、じょうけんぼうさまとぎじょうぼうさまのはかがありました。しまばあさんがくようしていました。さかえやのおかみにもあいました。

じっそうじでは、ほうきぼうからよくしてもらいました。にちれんさまを、こころからしたっていました。

おんじょうじで、とめてもらいました。きしもじんのちいさなぞうをみました。きょうとは、かまくらよりもにぎやかです。

ふなたびでは、二どもかいぞくにあいました。

いまは、ちばきよたねさまのやかたにいます。あすかあさって、ここをたって、つしまにいきます。

ようやくここまで書きつけて、溜息をつく。ひと月あまりの旅だったのに、たったこれだけしか書けないのが情けなかった。しかしこれ以上書き足そうと思っても、頭の中から出てこない。ともかく無事を知らせればよいのだと思い直して、反故を丸める。

日蓮様の手足、耳目になると思い定めていた自分が、この体たらくだった。確かにこのひと月で小城に着いたのだから、日蓮様の手足になりえてはいた。しかし耳目に至っては、日蓮様の千分の一、万分の一にも成りえていない。そんな自分がみじめで、見助は日がな外の雨を眺め続けた。

雨は夜にやみ、翌日は晴れになった。朝餉のあと、見助は家人に言って外に出た。海まで一里ほどであれば、行ってみたかった。

田畑には人が出ている。見渡す限りの平地で、雨上がりの緑が目に沁みる。ゆるやかな上り道を上がり切ると、果たして海が見えた。

今までとは全く違う海だ。海と陸の境目が分からない。どこまでも干潟が続き、そのはるか向こうに、薄く海が広がっている。その海も手前の干潟も、等しく朝方の日を受けて光っている。

眼をこらすと、干潟のあちこちに人影がちらばっていた。小舟らしいものに乗っている、と思ったのは間違いだった。どうやら長い板のようで、人影は片膝をついて、釣竿を操っている。

干潟で魚が釣れるはずはないと、見助は首を捻る。しかし釣糸の先にかかってくるのは、やはり魚としか見えない。

ははあ、と見助は納得する。釣竿といっても、これは餌で釣るのではなく、釣糸の先の鉤で、魚をひっかけているのだ。その証拠に釣糸を流すという手間が省かれている。

前日の夕餉に出た魚を見助は思い出す。黒焼きにされていて、頭からかぶりついた。頭が大きく、尾すぼみで、見たこともない魚だった。下女は名前を教えてくれたが、思い出せない。

釣人は少しずつ移動する。釣人の乗る長板の軌跡が、干潟に刻まれていた。その曲がりくねった模様が日に照らされて輝く。片海とも鎌倉とも違う海の姿だった。にもかかわらず海だ。海には変わりがない。

しぼんでいた心が膨らんでくる。海さえあれば生きていける気がした。対馬も島である限り、四方は海だろう。見知らぬ土地であっても、海の香をかぎ、波の音に耳を澄ませ、漁師と語らえば、生き永らえ、日蓮様の手足、耳目であり続けられる——。

海辺からの帰途、ようやく対馬まで行く心構えができていることに気がつく。足も軽かった。館に着くなり、清胤様の許に伺うように言われ、家人についていく。前と同じ場所に通された。清胤様の脇にはべっているのは、前とは違う御家人ばかりだった。

「大宰府まで早馬を飛ばし、少弐殿からの書状を貰った。これを持って対馬に行けば、便宜をはかってくれるはずだ。対馬までは、この馬場冠治（ばばかんじ）が先導してくれる。馬場は少弐氏の分家筋にもあたり、対馬にはこれまで数度渡ってもらった。目的は何だと思う?」

見助には分かるはずがない。平頭してから首を振った。

「薬だよ。対馬には朝鮮からの薬が渡って来る。それを買い付けに行くのが目的だ。家臣の中では一番の対馬通だ」

「ありがとうございます」床に額をつけたまま礼を言う。

「出立は明朝。下総中山への早馬も翌朝出発する。そなた何か伝言はないか。そのまま向こうに伝えるが」

これまでお前と呼ばれていたのが、そなたに変わっていた。

「これを日蓮様に届けていただければと思います」

見助はおずおずと懐から書付を取り出す。恥ずかしさで差し出す手までが赤くなっていた。すかさずそれを馬場冠治殿がにじり寄って受け取り、清胤様に手渡した。

書付を広げて、清胤様が何度か頷き、最後には微笑した。

「そなた、仮名が書けるのか」

答える代わりに見助はまた頭を下げる。

「稚拙とはいえ真心が表われている。日蓮殿も喜ばれるだろう。わしが封をして表書きをしておく」

「ありがとうございます」

「そなたは純な心の持主だのう」

笑顔が見助を見ていた。「そなたの書状、そなたの立ち振舞いに、それが出ている。対馬ではそれが災いするかもしれないが、最後には実を結ぶ。どうだ、少しはここで骨休めはできたか」

「はい。生き返ったような気がします」

「それはよかった。下がって仕度をしろ」

見助は馬場殿にも頭を下げて退室する。

小部屋に戻っても、特に用意するものはなかった。笈の中にあるのは、多少の金と衣、草鞋、紙と硯、墨と筆くらいなものだった。

夕刻、家人が清胤様からの贈物を持って来た。反故ではない真新しい紙、真新しい筆、そして一貫目の銅銭だ。ありがたくいただいて笈の底に収めた。

翌朝まだ暗いうちに用意を整えて待った。女の下人が迎えに来て、玄関先に出た。馬場殿が待っていた。従者はおらず、代わりに笠に上衣、脚絆と草鞋の旅姿だった。

「ご迷惑をかけて申し訳ございません」

見助は深々と頭を下げる。

「なんの、俺も久しぶりの対馬、楽しみにしている」

馬場殿が笑う。年の頃は三十そこそこだろうか。背が高く、手が袖口から長く出ていた。長い顎(あご)がしゃくり上がっていて、それがいかめしさを和げていた。

「いいな、今日は一日中歩き通しで、峠越えがある。心しろ」

「はい」

「これはいらぬ老婆心、釈迦に説法だった。何しろそなたは、鎌倉から歩いて来た男だ」

「いいえ、難波津から博多までは船でした」

「とはいっても、半分以上は徒歩だろうからな。俺のほうは日頃さして歩いていないので、自信はない。ともかくよろしく頼む」

頼まれて見助は恐縮する。しかしその物言いで、馬場殿の気さくな人となりが分かって安心した。

どこかで一番鶏が鳴き、つられて二番鶏も鳴いた。道はまだ暗く、空には月が高々と残っている。共に実相寺に向かった日蓮様のときと同じように、馬場殿のあとについて歩く。しかし馬場殿はわざわざ歩を緩めて追いつかせる。どうやら横に並んで歩くのが当然と考えているようだった。

「鎌倉はどんな所だ？　一度は行ってみたいが、京都すら行ったことがない。死ぬまで、行く機会は巡って来ないだろう」

馬場殿からどんな所と訊かれても、ひと言で伝えるのは難儀だ。

「寺と坂の多い所で、前には海が開けています。鶴岡八幡宮から海に向かって、大きな若宮大路が一本延びています。その東側にもう一本、少し小ぶりな小町大路も平行して延びています。鶴岡八幡宮の近く、二つの大路に挟まれて政所や北条氏の館、将軍様の館があります」

「なるほど、なるほど。坂が多いというが、その坂は広いか狭いか」

「それは狭く、切り通しになっていて、馬がやっとすれ違えるくらいです」

「なるほど。となると攻める側は容易でない。一方は海で、三方は山ということになるな」

「はい」

「頼朝殿がそこを居所とされたのも理解できる。武家ならではの知恵と言えるな」

「そうでございますか」

「そうだ。すべての坂に土塁を築けば、敵は攻めるのに苦労する。万が一のときは、海路で逃げ出せる。捲土重来（けんどちょうらい）をはかれる」

言われて見助は納得する。

「その点、わが千葉氏小城の館は、どこからでも攻めてこられ、どこからでも逃げ出せる。鼠（ねずみ）の巣と同じだ」

「攻められることがあるのですか」

驚いて見助は訊き返す。

「攻められる日がいずれ到来すると、そなたの師匠、日蓮殿は言われたのだろう。そなたが対馬に行くのもそのためではなかったか」

「はい。その通りです」

日蓮様が自分の師匠など、初めての指摘だった。不釣合な弟子だが日蓮様が師匠とは言い得ていた。

「その危急の折、ここでは敵は防げない。大宰府の水城でも無理だろう。となると、水際で防ぐしかない。敵が攻めて来るのは博多近辺だろう。まずは博多の町を占領して兵站地（へいたんち）とする。そこで上陸後の態勢を整え、一気に大宰府を落とす。大宰府は鎌倉の出先なのでそこを手に入れれば、小城を含め、幾多の御家人の館を落とすのは、枯野に火をつけるくらい容易だ」

聞きながら、さすがに武家だと見助は思う。目のつけ所が違った。

「博多が攻防の大事な場所とすれば、対馬はどうなりましょうか」

気になって見助は訊かずにおれない。

「博多の先の壱岐（いき）、その先の対馬は、残念ながら捨石にしかならない」

「捨石」

「川の流れを少しでも殺（そ）ぐために、要所要所に投げ込む石。しかし所詮流れを堰（せ）き止めることはできない」

見助は、流れの底に沈む石を思い浮かべて背筋が寒くなる。自分がこれから向かうのはそんな場所なのだろうか。

「清胤様から、そなたの目的を聞いて、俺は蒙（もう）を啓（ひら）かれる思いがした。というのも、これまで対馬といえば、商（あきな）いのための島だった。それは、対馬を治めている少弐資能（すけよし）殿も似たような考えだろう。その点だけでも日蓮殿のすごさが分かる。遥かに遠い鎌倉にいながら、日本国の領土としての対馬を案じておられる。尋常ならざるお人だ」

歩きながら馬場殿が言い、自分で納得するように何度も頷く。「そしてそなたの役目もまた重い」

「はい」見助は気圧（けお）されて返事をする。

「清胤様からそなたの案内役を命じられた以上、俺も全力を傾けてそなたを助けようと思う」

「ありがとうございます」馬場殿の言葉で胸の内が軽くなる。

「とはいっても、俺はずっと対馬にとどまることはできない。これから先、対馬に行くのは半年に一回くらいでしかない。だから、そなたの庇護者を向こうで探しておく。何人か心当たりはある」

道は山道にさしかかり、馬場殿は口をつぐんだ。道端からいたちが飛び出して、素早く反対側の繁みに消えた。稀（まれ）にしか人と行き合わない道なので、動くものがあると気がなごむ。峠を過ぎたあたりに、岩肌を伝う清水があり、手で掬（すく）って飲んだ。

「対馬を統（す）べるのは少弐氏とはいえ、これは最近のことだ。つまり、対馬側からすると、少弐氏は新参者」

馬場殿は自嘲気味に口を開く。「俺も少弐氏には恩義があるので声高には言えないが、事実は知っておく必要がある。現在の当主の少弐資能殿の父は武藤資頼（むとうすけより）殿で、もともとは平家の武将だった。一（いち）の谷（たに）の戦（いくさ）で源頼朝殿に下ってから、平家滅亡後、大宰少弐に任じられた。以来、武藤姓を廃して少弐を名乗るようになった。少弐資能殿の長男が経資（つねすけ）殿、次男が景資（かげすけ）殿で、二人とも勇将で通っている。とはいえ、あまり仲は良くない。ここだけの話だ」

馬場殿が見助を見やって頷く。

「対馬におられるのは、そのお二人のうちのどちらですか」

「もちろん次男の景資殿で、壱岐の守護も兼ねている。長男の経資殿はあくまで大宰府に詰めておられる。離れ島の受持ちなど、景資殿は面白くないのだろう。

他方、対馬には古代からの在庁官人がいた。それが阿比留(あびる)氏だ。ところが十数年前、阿比留氏が高麗(こうらい)との交易を大宰府に報告していなかったので、鎌倉幕府は中止するように警告を発した。阿比留氏にしてみれば、交易は昔からのこと、今さらいちいち報告するのは馬鹿げているという考えがあったからに違いない。警告など、どこ吹く風という態度をとり続けたので、少弐資能殿が、配下の宗重尚(そうしげひさ)を対馬に派遣して、阿比留氏の頭首(とうしゅ)を成敗させた。以後、阿比留氏一族は表舞台に立つことは許されず、実権は宗氏が地頭代として掌握している。

しかしいかんせん、阿比留氏の五百年の歴史に比べ、宗氏は二十年足らずの新参者。それこそ対馬の隅々まで深く根を張っているのは阿比留一族だ。少弐氏も、この阿比留氏の手を借りなければ何もできない。千葉清胤様も表向きは少弐氏の顔を立てつつ、実際手をつないでいるのは阿比留氏だ。実を言えば、阿比留氏は千葉氏ともゆかりのある上総の出だ。元をただせば同族かもしれない。今でも俺は新参の宗氏より、阿比留氏を頼りにしている。だからそなたの後ろ楯になってくれるのは阿比留氏しかない。幸い心当たりがある。任せてくれ」

「はい」見助は答える。

「対馬といっても広い。見助、そなた少しは見当がつくか」

「いいえ。とんでもありません」

慌てて見助は首を振る。

「対馬は南北に長い。南北二十里に対して、東西は四里しかない。しかも平地が少なく、海岸まで山が迫っている。だから道がない。東側の港から西側の港に行くにも、道はあってなきが如しだ。ぐるりと島の南浦か北浦を船で回って行くしかない」

「それは大変です」

「その代わり、良い港には恵まれている。島の真ん中あたり、西側にある浅茅湾は何百という入江に恵まれている」

「船がはいるのも、その入江なのでしょうか」

「いやいや、浅茅湾は西側にあるので、筑前国や肥前国から渡るのには遠くなる。船がはいるのは、対馬の東南に位置する府中で、ここに守護所がある。もうひとつ対馬中部の東側、佐賀にも守護所が設けられている。いわば対馬の東側が表であり、西側は裏に当たる。このあたりの地形は、船待ちする間に俺が図面に書いてやろう」

しかしその対馬の府中に渡る肥前の港はどこにあるのだろう。見助は質問する。

「もちろん博多から行く方法もある。しかし壱岐までは遠くなるので、肥前から壱岐に渡るには唐津を使う。唐津からだと、島が多いので波も穏やか、天候が悪しくなっても、島陰に避難できる。一日で壱岐に着き、さらに一日で対馬の府中の港に至る。もうひとつ唐津の北にある登望の港も昔から使われている」

「どんなところでしょうか、対馬は」

「ひとことで言うのは難しい。がしかし、高麗との交易が長いだけに、むこうの言葉が話せる者が多い。長く向こうに住んでいた者もいる。向こうの女を娶った者もおれば、向こうに婿入りした男もいると聞いている。そうなれば、親族同士のつきあいも増えて、風習も入り混じってくる。

俺が一番驚いたのは、奇妙な文字を阿比留氏は使っている。見助、そなたが仮名をよくするのにはびっくりしたが、その仮名とは全く違う文字だ。おそらく高麗で使われている文字だと思うが、高麗の官人は俺たちと同じ漢字を使う。漢字は難しいので、下人たちが使う文字なのかもしれない。ま、そのくらい、高麗の風習が対馬には入り込んでいる」

峠を下ると、川に沿ってだらだらと下り坂が続いた。日が傾く頃にようやく峡谷を抜けた。やがて前方に、見晴らす限りの平地が開けた。遠くに白く光っているのは海だ。心地よい微風が吹き上がってくる。人の行き来が増え、荷を担う牛や馬も眼につく。海辺を縫うようにして人家があり、あちこちで白い煙が上がっている。見助は急に空腹を覚えた。

「腹が減ったのう」

馬場殿が言う。「いつもの所に宿を取る。そこは飯屋も兼ねていて、魚がうまい。そなたは何が好きだ？」

「何でも好きです」

そう返事するしかない。これまで何が好きかなど考えたことはない。出されるものは何でも食べ、まずいと思ったことはなかった。

「俺は、唐津に来たら、𩺊（あら）だ」

「粗（あら）ですか」

見助は驚く。身を取ったあとの残りを好むなど、よほどの魚好きに違いない。

「小城で食う魚や貝は、どこか泥臭い。鯥五郎（むつごろう）にしても平目にしても、三味線貝にしても、すべてに泥の臭いがする」

「いえ、あれはあれで珍しいものでした」

「そなたは初めて食したから、そう言える。来る日も来る日も食べていると、体まで泥の臭いがしてくる」

馬場殿が本気で言うので、見助はおかしくなる。

日が沈み、海が暮れなずむ頃にようやく宿屋に辿り着く。なるほど、これまで見助が泊まったような安宿ではなかった。大部屋だけでなく、廊下の両側に小部屋もあった。道に面した一角が飯屋になっていた。

「鯱がちょうど炊き上がる頃らしい。間に合った」

女中に席に案内されたとき、馬場殿が言う。わざわざ粗を炊くのかと、見助は解せぬまま腰掛に坐った。

さっそく貝汁と香の物、くらげの酢の物が運ばれてくる。馬場殿が酢の物に箸をつけたので、見助は浅蜊の味噌汁を手に取る。

「貝汁も酢の物も、お代わりができる。何度でも」

「何度でもですか」

信じられずについ訊いてしまう。改めて周囲を見回すと、商い人や武家を問わず、身なりの整った客ばかりで、もの静かに談笑していた。

「鯱が来たぞ」

誰かが叫んだ。客たちが一斉に厨の方を向く。立ち上がる者もいた。

女中が二人がかりで運んで来た魚を見て、見助は仰天する。板の上に煮炊きされた魚がでかでかと横たわっていた。長さは四尺、幅も一尺くらいはある巨大魚だった。女中二人はそれをおのおのの皿にとり分ける。

「わしは腹の身がいい」

「俺のには目玉を入れてくれ」

「わたしは、頭の身をぜひとも」

舌なめずりをしながら口々に言う。

「今日の鯱は特に大きい。鯛でも大き過ぎると旨くない。しかし鯱は違う。大きければそれだけ旨味が詰まっている」

馬場殿も舌なめずりをしている。「見助はどのあたりがいいか」

「どこでも。汁をたっぷりかけてもらえればどこでもいいです」

「そうだな」

忙しげな女中に馬場殿が言うと、そのとおりにしてくれ、二人の前に置いた。

「馬場様が粗(あら)と言われたので、骨ばかりと覚悟していました」

見助が言うと、馬場殿が笑う。

「𩺊の粗も確かに旨い。頼んでやろうか」

「いえ、これで充分です」見助も苦笑する。

白身(しろみ)の魚は、旨味がぎっしり詰まっていた。訊くと馬場殿が教えてくれた。これを煮炊きする鍋が、一体どの位の大きさなのか想像もつかない。

「𩺊専用の長い石鍋で、真ん中が凹んでいて、そこに𩺊を入れる。そうすると姿煮(すがたに)ができる。鎌倉にはなかろう」

「ありません、ありません」

三、四十人はいる客で、ほどなく𩺊は骨ばかりになり、女中二人が下げて行った。

いつの間にか、旨かった貝汁は三杯も頼んでいて、腹がくちくなる。

夜は馬場殿と一緒の部屋だった。それまでの雑魚寝(ざこね)とは勝手が違い、妙に緊張して目が冴える。馬場殿は頓着(とんちゃく)がないようで、すぐに寝息が聞こえ、そのうち見助も寝入った。

翌朝は馬場殿に起こされて飛び起きた。

「これから船探しに行って来る。そなたはここで待っていろ。今日、船が出てくれればいいが、これぱかりは風頼みだ」

言い残して馬場殿は出て行く。

まだ薄暗いものの、雨の心配はなさそうだった。風向きの具合で船出が可能かどうかは、見助にもよく分かる。帆がなくても、向かい風で櫓を漕ぐのは骨が折れる上に、船足も遅くなる。徒にくたびれるだけだ。

ほどなく馬場殿が慌てふためいて戻って来た。

「船を出してくれる船頭がいた。今出れば、風向きはよいらしい。明日になれば逆風になって、数日は風待ちする破目になるらしい。朝餉はなし。水だけ飲んでおけ」

見助は慌てて身仕度する。竹筒に水だけは詰めた。幸い、前夜しこたま食べたおかげで、さして腹は減っていない。

それにしても、一日違いで船出が難しくなるなど、片海では考えられないような、気まぐれな海だった。

船は四、五人を乗せるくらいの小船で、船頭は六十に手の届くと思われる老人だった。船尾に小さな莚帆を立てる柱が立てられている。二人が乗り込むと、夜明けの海に向かって漕ぎ出す。老船頭とはいえ、腰つきには年季が入っていて、見助は貫爺さんを思い出した。

「一月下旬となれば、壱岐と対馬へも行きやすくなる」

訛の強い船頭の言葉に見助は耳を傾ける。季節による風向きについては知っておく必要があった。

「玄界灘は他の海と違って、ころころ顔を変える。笑ったり怒ったりだ」

見助と海を交互に見ながら船頭が言う。「秋から冬にかけては、壱岐行きは難渋する。秋になると、アオ北が吹く。北風で、吹きはじめると十日以上は続く。こうなるともう壱岐へは渡れない。このアオ北に干潮が重なると船を出してはいけない。北風と引き潮が重なって、玄界灘は荒れに荒れる。晴れていても、波は高くて、船は進めない。北風に干潮の荒れに船乗るな、だ」

北風に干潮の荒れに船乗るな——。見助は胸の内で復唱する。

「その時は、近くの港で潮待ちをする。干潮は、およそ二時もすればやんで満潮に変わっていく。そうすれば多少なりとも船は出せる。

アオ北のあとは、アナゼになる。これは北西風で、凍えるくらい冷たい。壱岐へは完全に向かい風で、いくら漕いでも船は進まない。おまけに体は冷えて、どうにもならない。年が改まるまで、待つしかない」

言われて見助は顎を引く。となると、この時期は、そのアナゼとやらがおさまったあとなのだ。

「アオ北とアナゼの間の時期に、三、四日、東風に変わる。このときは、鬼の目を盗むようにして壱岐に渡れる」

あたりの海が明るくなると追い風がはっきりしてきた。

「帆を上げてくれんか」

船頭から言われて、見助は莚帆を上げて麻縄で固定する。良い方向きだと船頭から誉められた。

「あなた方、壱岐の次は対馬まで行かれると言うが、同じ島でも壱岐と対馬は大違い。わしも何度か行った。地勢が全く異なる。森は深く、浦々も奥深い。壱岐は対馬よりは小さく、南北に細長い。南北四里、東西三里と思ってよい。地勢は平坦、深山がない。稲も麦も育ってくれる。対馬はそうはいかない。魚介と海藻、茸以外の食い物は、外から運んで来ないとどうにもならない」

追い風に乗って船頭の声が耳に届く。見助は今さらながら、対馬が難儀な島だと思い知る。

外海に出たようだった。波が多少高くなった。幸い風向きは変わらず、帆は風を充分に受けている。船頭の櫓漕ぎも軽やかだ。

波がさして高くないのは、あちこちに島があるからだろう。昼過ぎになってようやく島が眼にはいらなくなる。やがて海の彼方に薄く島が見え出す。馬場殿が壱岐だと教えてくれた。

「今の壱岐の守護代は、平景隆(たいらのかげたか)殿だ。少弐氏の下で壱岐一島を任されている」

「そうすると、対馬は宗氏、壱岐は平氏が主なのですね」

「いかにもそのとおり。平氏は源平の戦(いくさ)で負けても、降伏したあと、そのまま鎌倉幕府についた者もいる。平景隆殿の祖先もそうで、少弐氏の下で領地を安堵されている。いわば対馬の阿比留氏のようなものだ。阿比留氏は前に話したように、鎌倉の意向を無視したために、排斥されて、宗氏が地頭代になったが――」

前方にある壱岐は、まるで海の上に皿を逆さに置いたような形をしていた。

「それから、船が出た唐津湾から、さらに西にある伊万里(いまり)湾にかけては、松浦(まつら)党という水軍がある。少弐氏の管轄下にはあるものの、細かいところまでは口出しはできない。戦の折は、どの氏族も、海の航行までの能力はない。海戦や船での移動には、松浦党に頼るしかない。ということで、特別な扱いを受けている」

「その松浦党の力は、壱岐と対馬にも及んでいるのですか」

見助は訊く。もしそうならば、将来世話にならないとも限らない。

「いやあくまでも、松浦の海岸と島々が統治下だ」

馬場殿の返事から、見助は瀬戸内で二度遭遇した海賊を思い出す。その海賊たちにも縄張りがあって、互いに干渉していなかった。もちろん、陸の勢力の影響も及んでいない。

「一番近い初瀬(はぜ)の港にはいります」

船頭が言った。もう日は赤味を増して西の方に沈みつつあった。

港はさして大きくはなく、十隻ほどの小船が岸につながれているだけだ。馬場殿が船頭に金を渡し、船宿に落ち着く。ほどなく先刻の船頭が顔を出し、明日早朝に対馬まで行ってくれる船と船頭を見つけたと知らせてくれた。

船宿は全くの雑魚寝で、馬場殿には申し訳なかった。翌朝、暗いうちに中年の小柄な男が、二人を探しに来た。

「もう出発か」

馬場殿が驚く。暗いうちに船を出さないと、対馬までは行き着かないと、船頭が言う。桟橋(さんばし)の隅で波に揺られている船は、思ったよりも小さく、もちろん帆はない。

「心配いりません。この船で対馬まではもう百回は渡りました」

懸念顔の二人を見て船頭が言う。小さな体軀(たいく)なのに、腕も足も太い。ここは任せるしかなかった。

船は壱岐の東岸を、北上する。夜がすっかり明ける頃、壱岐の北端に達し、そこから先は、一路北に向かった。追い風が幸いして、船足に遅滞はない。釣船があちこちに出ていた。

「対馬が見えています」

船頭が指さす。水平線の彼方わずかに島影が認められる。昼近くになり、南風が東風に変わった。

「漕ぎ手を代わりましょう」

日が真上に来たとき、見助は船頭に言う。

「そなた漕げるのか」

馬場殿が驚く。

「やってみます」

船頭も苦笑いしながら、櫓台に見助を立たせた。

櫓を握るのは、十年ぶりだった。漕ぎ始めると、片海での生活が思い出された。あの頃は、櫓を手にしない日のほうが稀だった。腰つきと、手の返しを教えてくれた貫爺さんの顔が思い出された。

不思議に疲れは感じない。おそらく、ひと月の旅が足腰を鍛えたのかもしれなかった。

船頭も安心したのか、前方を見やっている。この足腰も、日蓮様の手足の続きだと見助は思う。異国の船が対馬を襲ったとき、真っ先に知らせるのは小城の千葉氏の館だ。そこから早馬が鎌倉に向かってくれるはずだった。

となると、一昼夜、二昼夜、船を漕ぎ続けられなければ、役に立たない。今はその序の口なのだ。見助は無心に漕ぐ。

とはいえ半時(はんとき)も経たないうちに、腕が石のようになる。腰も萎(な)えてくる。情けなかった。

「よい骨休めをさせてもらいました」

見助が疲れたのを見て、船頭が言ってくれた。

「なかなかの腕前だったぞ」

馬場殿が言ってくれたものの、この体(てい)たらくでは役目が果たせるはずはなかった。

昼過ぎから空模様が怪しくなり、小雨がぱらつき出す。再び櫓台に立った船頭は、勢いよく漕ぐ。骨休めが役に立ったようだ。

厚い雲が日を覆ったとき、稲光りが襲う。海上にくっきりと稲妻の形が見えた。遅れて雷鳴が届く。と同時に大粒の雨が降り出す。ここはもう、ずぶ濡れを覚悟するしかなかった。

「暗くなる前に行き着くだろうな」

心配気に馬場殿が船頭に確かめる。

「はい何とか」

真剣な顔で船頭が答える。海面が激しく泡立ち、周囲の視野が閉ざされる。船底にも雨水がたまり出し、見助は箱形の柄杓で水を汲み出す。対馬の島影は消えていた。

それでも船頭は、前をしっかりと見据えて櫓を漕ぐ。そこに迷いはなく、あたかも島影が見えているような落ち着きぶりだ。再び稲妻が上空から降り立つ。この船にでも落ちれば、それこそ命がない。雷鳴を耳にしながら見助は身を縮めた。

一時ばかりして雨が上がり、行く手に黒い島影が見え出す。対馬だろうか。

「船頭、でかしたぞ」

馬場殿が声を上げる。対馬だと分かったのだ。三人とも濡れ鼠になっていた。雲間から薄い日が射している。日暮れ前に辿り着けたのは、船頭の腕前のおかげだった。

「申し訳ないです。府中ではなく、豆酘の港にはいりました」

船頭が頭を下げる。

「構わない。どこの港であろうと、対馬に着けば、あとは何とでもなる」

馬場殿がなだめる。

府中や豆酘という地名を聞いても、見助には位置の見当さえつかない。

「明日、船を府中に着けます」船頭が言う。

入江の奥には小船が二十艘ほど繋がれている。海辺に人家が連なり、人の姿が見える。ここが対馬だと思うと胸が熱くなった。

（下巻につづく）

●本書は二〇一八年七月に、小社より刊行されました。
文庫化にあたり、一部を加筆・修正しました。

|著者|帚木蓬生　1947年、福岡県小郡市生まれ。東京大学文学部仏文科卒業後、TBSに勤務。退職後、九州大学医学部に学び、精神科医に。'93年に『三たびの海峡』（新潮社）で第14回吉川英治文学新人賞、'95年『閉鎖病棟』（新潮社）で第8回山本周五郎賞、'97年『逃亡』（新潮社）で第10回柴田錬三郎賞、2010年『水神』（新潮社）で第29回新田次郎文学賞、'11年『ソルハ』（あかね書房）で第60回小学館児童出版文化賞、'12年『蠅の帝国』『蛍の航跡』（ともに新潮社）で第1回日本医療小説大賞、'13年『日御子』（講談社）で第2回歴史時代作家クラブ賞作品賞、'18年『守教』（新潮社）で第52回吉川英治文学賞および第24回中山義秀文学賞を受賞。その他の著書に『天に星 地に花』（集英社）、『悲素』（新潮社）、『受難』（KADOKAWA）など。

襲来（上）

帚木蓬生

講談社文庫

定価はカバーに
表示してあります

2020年7月15日第1刷発行

発行者——渡瀨昌彦
発行所——株式会社　講談社
東京都文京区音羽2-12-21　〒112-8001
電話　出版（03）5395-3510
　　　販売（03）5395-5817
　　　業務（03）5395-3615

Printed in Japan

デザイン—菊地信義
本文データ制作—講談社デジタル製作
印刷———凸版印刷株式会社
製本———株式会社国宝社

落丁本・乱丁本は購入書店名を明記のうえ、小社業務あてにお送りください。送料は小社負担にてお取替えします。なお、この本の内容についてのお問い合わせは講談社文庫あてにお願いいたします。

ISBN978-4-06-520374-3

講談社文庫刊行の辞

二十一世紀の到来を目睫に望みながら、われわれはいま、人類史上かつて例を見ない巨大な転換期をむかえようとしている。

世界も、日本も、激動の予兆に対する期待とおののきを内に蔵して、未知の時代に歩み入ろうとしている。このときにあたり、創業の人野間清治の「ナショナル・エデュケイター」への志を現代に甦らせようと意図して、われわれはここに古今の文芸作品はいうまでもなく、ひろく人文・社会・自然の諸科学から東西の名著を網羅する、新しい綜合文庫の発刊を決意した。

激動の転換期はまた断絶の時代である。われわれは戦後二十五年間の出版文化のありかたへの深い反省をこめて、この断絶の時代にあえて人間的な持続を求めようとする。いたずらに浮薄な商業主義のあだ花を追い求めることなく、長期にわたって良書に生命をあたえようとつとめるところにしか、今後の出版文化の真の繁栄はあり得ないと信じるからである。

同時にわれわれはこの綜合文庫の刊行を通じて、人文・社会・自然の諸科学が、結局人間の学にほかならないことを立証しようと願っている。かつて知識とは、「汝自身を知る」ことにつきていた。現代社会の瑣末な情報の氾濫のなかから、力強い知識の源泉を掘り起し、技術文明のただなかに、生きた人間の姿を復活させること。それこそわれわれの切なる希求である。

われわれは権威に盲従せず、俗流に媚びることなく、渾然一体となって日本の「草の根」をかたちづくる若く新しい世代の人々に、心をこめてこの新しい綜合文庫をおくり届けたい。それは知識の泉であるとともに感受性のふるさとであり、もっとも有機的に組織され、社会に開かれた万人のための大学をめざしている。大方の支援と協力を衷心より切望してやまない。

一九七一年七月

野間省一

講談社文庫 最新刊

東野圭吾作家生活35周年実行委員会 編
東野圭吾公式ガイド
〈作家生活35周年ver.〉
超人気作家の軌跡がここに。全著作の自作解説と、ロングインタビューを収録した決定版!

桃戸ハル 編・著
5分後に意外な結末
〈ベスト・セレクション 黒の巻・白の巻〉
累計300万部突破。各巻読み切りショート・ショート20本+超ショート・ショート19本。

佐木隆三
身分帳
身寄りのない前科者が、出所後もう一度、人生を始める。西川美和監督の新作映画原案!

帚木蓬生
襲来 (上)(下)
日蓮が予言した蒙古襲来に幕府は手を打てなかった。神風どころではない元寇の真実!

恩田陸
七月に流れる花/八月は冷たい城
稀代のストーリーテラー・恩田陸が仕掛けるダーク・ファンタジー。少年少女のひと夏。

青柳碧人
霊視刑事夕雨子(ゆうこ)1
〈誰かがそこにいる〉
必ず事件の真相を摑んでみせる。浮かばれない霊と遺された者の想いを晴らすために!

高橋克彦
水壁
〈アテルイを継ぐ男〉
東北の英雄・アテルイの血を引く若者が、朝廷の圧政に苦しむ民を救うべく立ち上がる!

篠田節子
竜と流木
「駆除」か「共生」か。禁忌に触れた人類を生態系の暴走が襲う圧巻のバイオミステリー!

森博嗣
カクレカラクリ
〈An Automaton in Long Sleep〉
動きだすのは、百二十年後。天才絡繰り師(からくし)が村に仕掛けた壮大な謎をめぐる、夏の冒険。

講談社文芸文庫

幸田 文

男

働く男性たちに注ぐやわらかな眼差し。現場に分け入り、プロフェッショナルたちと語らい、体感したことのみを凛とした文章で描き出す、行動する作家の随筆の粋。

解説＝山本ふみこ　年譜＝藤本寿彦

こF11
978-4-06-520376-7

殁後30年

幸田文　随筆の世界

『ちぎれ雲』『番茶菓子』『包む』『回転どあ・東京と大阪と』

見て歩く。心を寄せる。
殁後三〇年を経てなお読み継がれる、幸田文の随筆群。

講談社文庫 目録

橋本治 九十八歳になった私
原田泰治 わたしの信州
原田泰治・原田武雄 泰治が歩く〈原田泰治の物語〉
林真理子 幕はおりたのだろうか
林真理子 女のことわざ辞典
林真理子 さくら、さくら〈おとなが恋して〉
林真理子 みんなの秘密
林真理子 ミスキャスト
林真理子 ミルキー
林真理子 新装版 星に願いを
林真理子 野心と美貌〈中年心得帳〉
林真理子 正妻(上)(下)〈慶喜と美賀子〉
林真理子 大原御幸〈帯に生きた家族の物語〉
林真理子・見城徹 過剰な二人
原田宗典 スメル男
帚木蓬生 アフリカの蹄
帚木蓬生 日御子(上)(下)
坂東眞砂子 欲情
花村萬月 信長私記

花村萬月 續信長私記
畑村洋太郎 失敗学のすすめ
畑村洋太郎 失敗学実践講義〈文庫増補版〉
はやみねかおる そして五人がいなくなる〈名探偵夢水清志郎事件ノート〉
はやみねかおる 都会のトム&ソーヤ(1)
はやみねかおる 都会のトム&ソーヤ(3)〈いつになったら作戦終了?〉
はやみねかおる 都会のトム&ソーヤ(4)〈四重奏〉
はやみねかおる 都会のトム&ソーヤ(5)〈IN塀戸〉(上)(下)
はやみねかおる 都会のトム&ソーヤ(6)〈ぼくの家へおいで〉
はやみねかおる 都会のトム&ソーヤ(7)〈怪人は夢に舞う〈理論編〉〉
はやみねかおる 都会のトム&ソーヤ(8)〈怪人は夢に舞う〈実践編〉〉
はやみねかおる 都会のトム&ソーヤ(9)〈前夜祭 内人side〉
はやみねかおる 都会のトム&ソーヤ(10)〈前夜祭 創也side〉
勇嶺薫 赤い夢の迷宮
服部真澄 クラウド・ナイン
初野晴 向こう側の遊園
原武史 滝山コミューン一九七四
濱嘉之 警視庁情報官〈シークレット・オフィサー〉
濱嘉之 警視庁情報官 ハニートラップ

濱嘉之 警視庁情報官 トリックスター
濱嘉之 警視庁情報官 ブラックドナー
濱嘉之 警視庁情報官 サイバージハード
濱嘉之 警視庁情報官 ゴーストマネー
濱嘉之 警視庁情報官 ノースブリザード
濱嘉之 鬼手〈世田谷駐在刑事・小林健〉
濱嘉之 電子の標的〈警視庁特別捜査官・藤江康央〉
濱嘉之 列島融解
濱嘉之 オメガ 警察庁諜報課
濱嘉之 オメガ 対中工作
濱嘉之 ヒトイチ 警視庁人事一課監察係
濱嘉之 ヒトイチ 画像解析〈警視庁人事一課監察係〉
濱嘉之 ヒトイチ 内部告発〈警視庁人事一課監察係〉
濱嘉之 カルマ真仙教事件(上)(中)(下)
濱嘉之 新装版 院内刑事
濱嘉之 新装版 院内刑事〈ブラック・メディスン〉
濱嘉之 院内刑事〈フェイク・レセプト〉
馳星周 ラフ・アンド・タフ
早見俊 上方与力江戸暦

畠中 恵 アイスクリン強し
畠中 恵 若様組まいる
畠中 恵 若様とロマン
葉室 麟 風渡る
葉室 麟 風の軍師〈黒田官兵衛〉
葉室 麟 星火瞬く
葉室 麟 陽炎の門
葉室 麟 紫匂う
葉室 麟 山月庵茶会記
葉室 麟 津軽双花
長谷川 卓 嶽神〈上・白銀渡り〉〈下・湖底の黄金〉
長谷川 卓 嶽神伝 無坂(上)(下)
長谷川 卓 嶽神伝 孤猿(上)(下)
長谷川 卓 嶽神伝 鬼哭(上)(下)
長谷川 卓 嶽神列伝 逆渡り
長谷川 卓 嶽神伝 血路
長谷川 卓 嶽神伝 死地
長谷川 卓 嶽神伝 風花(上)(下)
幡 大介 股旅探偵 上州呪い村

原田マハ 夏を喪くす
原田マハ 風のマジム
原田マハ あなたは、誰かの大切な人
羽田圭介 「ワタクシハ」
羽田圭介 コンテクスト・オブ・ザ・デッド
花房観音 女坂
花房観音 指人形
花房観音 恋塚
畑野智美 海の見える街
畑野智美 南部芸能事務所
畑野智美 南部芸能事務所 season2 メリーランド
畑野智美 南部芸能事務所 season3 春の嵐
畑野智美 南部芸能事務所 season4 オーディション
畑野智美 南部芸能事務所 season5 コンビ
早見和真 東京ドーン
はあちゅう 半径5メートルの野望
はあちゅう 通りすがりのあなた
早坂 吝 ○○○○○○○○殺人事件
早坂 吝 虹の歯ブラシ〈上木らいち発散〉

早坂 吝 誰も僕を裁けない
早坂 吝 双蛇密室
浜口倫太郎 22年目の告白〈—私が殺人犯です—〉
浜口倫太郎 廃校先生
浜口倫太郎 シンマイ!
浜口倫太郎 AI崩壊
原田伊織 明治維新という過ち〈日本を滅ぼした吉田松陰と長州テロリスト〉
原田伊織 列強の侵略を防いだ幕臣たち〈続・明治維新という過ち〉
原田伊織 虚像の西郷隆盛 虚構の明治150年〈明治維新という過ち・完結編〉
原田伊織 三流の維新 一流の江戸〈明治は「徳川近代」の模倣に過ぎない〉
萩原はるな 50回目のファーストキス
葉真中 顕 ブラック・ドッグ
平岩弓枝 花嫁の日
平岩弓枝 花祭
平岩弓枝 青の伝説
平岩弓枝 はやぶさ新八御用旅(一)〈東海道五十三次〉
平岩弓枝 はやぶさ新八御用旅(二)〈中仙道六十九次〉
平岩弓枝 はやぶさ新八御用旅(三)〈日光例幣使道の殺人〉
平岩弓枝 はやぶさ新八御用旅(四)〈北前船の事件〉

講談社文庫　目録

2020年6月15日現在